生命的姿态

刘兴录　著

中国纺织出版社有限公司

内 容 提 要

本书以散文为体裁，其情感主调是凭借人和事探讨生命、生活的巨大内涵，思考追问人生的含义。全书写历史，写人物，写生活，写生命，写感悟，写做人为人，都是有标发矢，有理而论。书中《生命与灵魂》《幸福与成功》《寻求心中的天平》《仅仅超越自己是不够的》《小草》《说说同学》《写给自己》等文章从多角度揭示了“生命的姿态”这一主题。《关于〈离骚〉》《再说曹孟德》则是把历史和人物高度融合在一起的。在历史的长河中，有的人物千古流芳；有的人有所作为，惠及国家和民族，造福千秋，值得了解和缅怀。

图书在版编目（CIP）数据

生命的姿态 / 刘兴录著. -- 北京：中国纺织出版社有限公司，2023.7

ISBN 978-7-5229-0808-3

Ⅰ. ①生… Ⅱ. ①刘… Ⅲ. ①散文集-中国-当代 Ⅳ. ①I267

中国国家版本馆 CIP 数据核字（2023）第143935 号

责任编辑：张 宏　　责任校对：王惠莹　　责任印制：储志伟

中国纺织出版社有限公司出版发行
地址：北京市朝阳区百子湾东里 A407 号楼　邮政编码：100124
销售电话：010—67004422　传真：010—87155801
http://www.c-textilep.com
中国纺织出版社天猫旗舰店
官方微博 http://weibo.com/2119887771
天津千鹤文化传播有限公司印刷　各地新华书店经销
2023 年 7 月第 1 版第 1 次印刷
开本：710×1000　1/16　印张：14.75
字数：160 千字　定价：98.00 元

前言

任何生命都是伟大的、幸运的，也是精彩的，都有绽放光彩的机遇、条件。有人说，我们不能决定生命的长度，但我们可以把握生命的高度和广度、深度。对生命价值及美好的理解，应该是辩证的、多样的、多彩的、立体的。为什么这样说呢？因为它既受外在条件的制约，又受个人因素的支配。正所谓“潮平两岸阔，风正一帆悬”“好风凭借力，送我上青云”。因此，也就有了“心有多大，思想就有多远，你就能走多远”的论道。我们无法决定上天赋予我们的因素，但可以努力改变后天的自己。

学习是生命前进的不竭动力，奋斗是生命的靓丽底色。“天行健，君子以自强不息。”这说明宇宙和自然都在生生不息地奋斗和努力。奋斗是逐步积累成长的势能，它让我们厚积而薄发，达到成功的彼岸。所以，无论何时，我们都不要忘记努力和拼搏。不努力，能力永远不会提升，甚至没有能力。有能力，生命出彩；没能力，生命出丑。你努力，就会出众；你不努力，就会出局。其实，这就是一个根本不能回避的现实。

奋斗不是盲目打拼和没日没夜的加班加点，它是一个接一个的努力和由努力带来的健康成长，更是不断的、健康的、有目标的学习。我们必须明白，努力和奋斗是外在的因素，它和我们出生的年代永远是没有直接关系的。奋斗的本质是通过不懈地奋斗来逐步改变我们的命运，从而拥抱更美好的人生。

只有努力和奋斗还是远远不够的，我们还要学会包容和接纳。所谓包容，就是我们必须懂得世界是复杂的，人生也是复杂的，人性更是复杂的。所谓接纳，就是要我们懂得世间的很多事情是不以人的意志为转移的，不接纳，我们永远都无法读懂生命。这里就有一个我们前面讲到的人生的辩证关系问题，我们既要利用好先天的因素，又要通过奋斗培植和掘取后天的潜力。既然有些方面是不以人的意志为转移的，那就要信服于自然，尊重自然，认清其规律，不跟自然较劲，不跟命运较真。信服自然，就是信服命运，但绝对不是要放弃自我的努力和奋斗。信服自然的本质，是认清自然规律，把更多的精力放在自我成长上，做出最好的努力和行为，我们才能逐步变得成熟，并懂得一些更复杂和更深层次的事情。发展个人并非简单的利己主义或自私自利，我们可以用一个最简单的道理来阐明它。试想苍穹如果没有星星的闪烁和点缀会了无生趣，那闪烁的每一颗星星就好比我们每一个人，如果我们每一个人都发出一丝光亮，天空将会璀璨夺目，灿烂诱人，我们所处的也将是一个鲜花簇拥、魅力无穷的世界。生命的存在不容易，生命的硕壮和精彩就更难，但我们应该勇气冲天，无所畏惧。最初我们来到这个世界，是不得不来；最终我们离开这个世界，又是不得不走。这中间的历程就是“人生”。人生苦短，每个人都在用自己的方式诠释“活着”。我们用力活着，纵使会崩溃、难过，会跌倒、摔伤、摔残，也绝不能选择放弃，把还未耗尽的热情储存下来，点亮自己的灵魂。前方的路是未知的、漫长的，不至于迷失了方向。生命之花应该尽情绽放，虽然它最终还是要凋谢，也要在当下绽放最美的容颜。生命意义的答案亦当如此。人要活得平凡，但不能平庸，要追求普通，但不能觊觎特殊。生命应时时刻刻呈现成长的姿态，身躯在成长，肌肉在发达，心灵在坚韧，思想在成熟，生命一定要向上、向前、向着阳光。即使身躯倒下了，也要倒向成长的方向；即使热血停止了沸腾，灵魂也要在历史的长河中潜滋暗长！

一个人的生存和生活不可能是绝对独立的，总要和这个社会发生方方面面的关系，有着千丝万缕的联系。世界本就是一条没有距离的路，人生本就是一本没有厚度的书，生活本就是一锅五味杂陈的粥，这就是全部的世界。在这里，每个人都是沧海一粟。在这个大世界里，你建设你的小世界，安置你的小生活，获取你的小需要，享受你的小快乐。也可以嬉笑怒骂，颠覆你的小天地。其实，这个世界属于你。

一个读懂生命的人，经过时光的打磨，生活的历练，雨露的润泽，他的心窗里总有暖阳的晖映，一道亮光伸向远方，直到天的尽头。无论什么时候，他心阳光，他心灿烂，他心安恙，像刚从纯净水中拿出来一样，净洁得让人惊讶，羡慕得让人发呆，一旦有春风吹拂，定会心花怒放。不管这颗心是否受过伤，是否记过恨，自始至终都安卧在他所喜好的木板床上，飞翔在碧空万里的蓝天上，行走在小草吐翠、鲜花摇曳的曲径通幽的小径上。偶有与风雨雷电的相遇和撞击，也是心灵的空前洗礼，撞击出的火花也会刹那划破漆黑的夜空，释放出耀眼的光芒。

一个读懂生活的人，他一定懂得苦难与辉煌、艰辛与快乐之间的关联。他知道他有追求幸福的权利，也有获取快乐的理由，但他的幸福一定是建立在他人幸福之上的幸福，他的快乐也是建立在他人快乐之上的快乐。那他的幸福和快乐究竟是怎样的呢？我想，他的幸福就是平淡如水、简单如一的生活，就是一丝不苟、鸿轩凤翥的心境，就是知责于心、担责于身、履责于行的行为。他的快乐就是虚怀若谷的胸襟，就是上善若水的秉性，就是坚如钢铁的信念。

一个读懂人生的人，不必也不想在自己生命的年轮上刻下多深的印迹。走过了层层叠叠厚重的岁月，趟过了年复一年漫长的时光，总有一些抹不掉的记忆萦绕在心头，徘徊在心间，温暖的、感动的、凄凉的、痛苦的，他会把这些记忆镌刻成一串串美丽的珍珠，小心翼翼地沉淀在心底。身体受伤了，就把伤口裸露在阳光下晾晒，风沙雨雪来了，就用一张废弃的报纸或拆散的纸箱遮挡，只要不扩散，多久恢复都不要紧。若是心受伤了，也是一笑了之，无须心灰意颓，无须丧气垂头，静静地等待它的自然修复，就如静待花开一样。或许一次等待就是一世的温暖，就是一世的凄凉，就是一世的遗憾，就是一世的哀怨，就是一世的尘封。也或许每一次的等待都是一个错误的结局，但都无所谓，这颗心虽然在滴血，始终都是阳光的、温婉的、平静的、善良的，宛若冬日暖阳下散落在雪地上的梅花，又像一枝带血的玫瑰，艳压群芳，惊艳了花的海洋，无法掩埋。不管风吹浪打，无论电闪雷鸣，无论荣光与屈辱，他都宠辱不惊，敢于面对眼前沧海横流，红尘滚滚，也准备迎接将要到来的暴风和骤雨、鲜花与掌声，还有望眼欲穿、一张熟悉的面孔，带着发自内心的微笑。当一朵花开到衰败时，能够接受它所有的，并不是曾经许下的誓言，也并非顾忌世俗的偏见。当一片黄叶在冬天的大雪里不小心坠落时，也许只有风才能懂得它归去的心意。一杯浓酒，一杯香茗，一杯苦咖啡，都无法洗去他淡淡的忧伤和永久的期盼，也无法治愈他永远的痛。

一个没有品尝过苦涩与艰辛、打击与失败、屈辱与欺凌的生命，一个没有被蛮横、无理、傲慢、诬陷荡涤过的生命，精神永远是混沌和萎靡的，脊梁永远是弯曲和乏力的，内心永远是偏激和灰暗的，目光永远是狭隘和肤浅的。一个充满生命力的不屈不挠的灵魂，往往潜藏着强大的精神忍耐和心理韧性。不是不犯错误，而是犯了错误能及时纠正；不是自高自傲，而是善于学习他人之长，清楚自己的短板而能尽力补齐。不在意获得了多少鲜花和掌声、荣誉和勋章，不在意付出了多少心血和汗水，而是懂得感激、感谢、感怀、感恩，是播种而不准备参加收获。就算岁月的芳容面目全非，就算前行的通道一次次坍塌，就算理想的禾苗一回回被风雨吹打得粉碎，就算连微笑都来不及就被迎头一记耳光，这个灵魂依然从容，依然挺胸，依旧镇静。就算走到了生命的临界点上，连回首的机会都没有，照样无所畏惧，精力和智慧时刻聚焦在恢复元气上，只想把生命打扮得更为精彩！

无论怎样，他深深懂得，真正美好的生命都没有预约，也没有偶然，更没有彩排，只有跋涉的脚步，寂寞的灵魂，短暂的回眸和苦涩的停留……

无论怎样，他深深懂得，一个平凡的人，他的命运注定是平凡的，平凡的活着，平静的离去，他的生命无须惊天动地。

所有的路径都是自己精心设计和选择的，苦酒皆为本人亲手酿造，请不要有太多的指责，太多的幻想，太多的抱怨。抱怨只会搞糟你的心情，挫伤你的锐气，动摇你的自信。生命如一盏灯，要它发光发亮是有条件的，你要不断地充电和加油。也有人说，是你的就是你的，不是你的，无论如何也得不到。的确是一些人有“好”运气，不经意间天上掉下一个苹果砸在了他的头上。有的人被砸出了万有引力定律,有的人却被砸伤或砸懵。我们应该懂得,你的灯盏是你自己点亮的,一切收获都是种植、培植、养育出来的。你种下希望,收获希望;你种下快乐,收获快乐;你种下健康,收获健康。它生长的沃土就是你的心血和汗水,将来的你一定会感谢现在努力拼搏的自己。人生最不应该的就是退步乃至停下来,生命最可怕的状态就是停止前行。身体衰退,器官衰竭,生老病死,那是规律,由不得自己,更是不能改变和抗拒的。累了就歇歇脚,回首一下来路,观赏一下路边的风景,精神恢复了再出发。再累了,就可以什么也不干,给自己放几天假,睡上几个大觉,然后再思考和安排出发的时间、行程、目标。

奋斗和前进是生命最美的姿态,心静,亦为最美的生命姿态。在漫长的人生旅途中,我们随时需要静下心来,从盲目、忙碌和茫然的世界中退后一步,让内心回到安静的状态,从而赶走身边的无奈,驱散周围的喧嚣,抚平疼痛的伤口,迎接幸福的未来。只要我们学会静下来,回归一颗安静的心,幸福就会与我们共鸣,和我们一起扭转人生。一个人的成熟,不仅在于经历过多少事,更在于经历过后的沉浸与思考,不要只顾着埋头向前冲,适时停一停,给自己一点反思的时间,从每一次的经历中有所领悟,有所得到,你才能在未来的人生道路上蹄疾步健,行稳致远。

有时候心态健康远比身体健康重要,积极的心态让你的人生有无限可能。失败和成功的最主要区别就是,前者是被消极的心态打败的,而后者却能打败自己的消极。这一生把姿态压得低低的,心境才会高高的。学会接纳和包容就是健康心态的有效方式之一。只有学会接纳和包容,就算外界因素很糟，你也一定会克服困难，鼓足勇气，好好向前去努力；只有学会接纳和包容，你才会把人生给予你的种种挑战都当成自我成长和蜕变的重要动力；只有学会接纳和包容，你才能拥有真正的生命，拥抱生命的精彩。山不解释自己的高度，并不影响它高入云端；海不解释自己的深度，并不影响它容纳百川；地不解释自己的厚度，但没有谁能取代它承载万物的地位。

生活中，我们不用明白他人，更不用羡慕他人，真正赢得他人敬重的是一个人的德行、修养。正所谓“品正人自贤，德高民皆仰”。灵魂的一半是学识，另一半是骨子里的涵养。“地势坤，君子以厚德载物”（有德行的君子，应以深厚的德行容载世间万物）。通俗地讲，就是道德高尚者，能承担大任务。我们必须要明白一个道理，人的一生中，最高尚、最宝贵的财富是德行，走得最久远的也是德行。你的追求决定了你的德行，你的德行决定了你的追求，你的追求和德行决定了你生命的高度和深度。高尚的德行也不是天生的，它也是学习修炼的结果，也是一点一滴积累的结果，所以我们要积累自己的德行。当一个人的德行积累得多了，命运自然就会变得更好。人的能力决定了他一生走得多快，而德行则决定了他一生走得多远。

一个人的命运总是和品行紧紧联系在一起，在成长的路上，你会发现强者都懂得厚德载物。从现实中理解，厚德载物的本质是积累善缘，更是积累自我的人脉，成人达己。没有人不喜欢有德行的人，德行表现在现实生活的方方面面。但整体而言，德行的背后永远是先人后己，民族利益大于个人利益，奉献大于索取。奉献使人生变得快乐，奉献使人生变得更有价值，奉献会带来生命的成长和蜕变。跟能帮助我们建立正确的价值观、人生观和世界观的人在一起，耳濡目染，自然天成，蓬生麻中，不扶自直，你的修养和境界自然得到提升。

从某个方面来讲，人类是一个命运共同体，学会奉献自己，我们才能连接更多的人，拥抱更美好的世界。太阳奉献阳光才有了生命的诞生。在这个世界上，学会奉献自我，也是自我成长、成熟、发展的法宝。巴尔扎克也曾说：“拼着一切代价，奔你的前程。”因为自强不息，努力奋斗的人生才称得上幸福的人生；自强不息，努力奋斗者是精神最为富足的人，也是最懂得幸福、享受幸福、创造幸福的人。

每个人的生命只有一次，但闪耀着夺目光彩的机遇可能有无数次。生命里不只会有一次春天；只要心不死，就会有希望！只要心里装满了春天；你的岁月里才不会缺少春天；只要心里充满了阳光，你的生活里才不会缺少温暖，你的路途上才会有鲜花摇曳，你的生命才会充满生机和希望。现在有一句非常时髦的话，“最后一公里”。这句包含哲理的话适用于很多地方，我们的一生也许要经历好多个“最后一公里”。人生的精彩并非五光十色，功名利禄，万贯家财，山珍海味，惊天动地……而是明白日子怎么过，人怎么活，事情如何做，做什么，路怎么走，走什么路。正如古人所云，“三十而立，四十而不惑，五十而知天命，六十而耳顺，七十而从心所欲，不逾矩”(《论语·为政》)。对此，金一南教授有一段话非常耐人寻味，他说：“幸福是财富，苦难亦是。比它们更珍贵的，则是领悟。我们这代人生活的如此认真，尽管属于我们的春天满地泥泞。”人只有自立才能自强，只有自强才能自信，只有自信才能活出真实的自己，只有活得真实简单才能品出生活的真谛，少一些不必要的麻烦和烦恼，才能懂得活在自我的世界里、感恩的世界里，是多么的自在、惬意、阳光！活在自我的世界里，你不必点头哈腰看别人的脸色行事，你不必奴颜婢膝，让他人牵着鼻子走，你更不必夜不能寐常常被噩梦惊醒，你也不必因为他人对你的评头论足而脚步沉重，苟且度日。活在感恩的世界里，感激斥责你的人，因为他会助长你的智慧；感激绊倒你的人，因为他强化了你的能力；感激遗弃你的人，因为他教会了你如何自立；感激欺骗你的人，因为他增进了你的见识；感激伤害你的人，因为他磨炼了你的韧性；感激瞧不起你的人，因为他让你树立了自尊；感激打压你的人，因为他激活了你的心志；感激鞭策你的人，因为他消除了你的业障；感激指点你的人，因为他教会了你少走弯路；感激欣赏你的人，因为他使你的生活多了一份精彩……

人心因感恩而舒朗，生活因奉献而富有，人生因奋斗而成功，生命因奋斗而出彩！

刘兴录

2022 年 6 月

目录

关于《离骚》

《离骚》是中国战国时期诗人屈原创作的诗篇，是中国文学史上最长的抒情诗。

屈原（公元前340—公元前278年），战国时期楚国诗人、政治家。出生于楚国丹阳秭归（今湖北宜昌）。芈姓，屈氏，名平，字原；又自云名正则，字灵均。楚武王熊通之子屈瑕的后代。（《史记·屈原贾生列传》，汉初的贾谊，身世与屈原相似，又都在长沙为官，故将其两人放一块作传。这是至今所看到的记载屈原最早、最完整的材料，因此，也是后人了解屈原生平最重要的依据。）

屈原提倡"美政"，主张对内举贤任能，修明法度，对外力主联齐抗秦。因遭贵族排挤诽谤，被先后流放至汉北和沅湘流域。楚国郢都被秦军攻破后，屈原自沉于汨罗江，以身殉国。

《离骚》本身思想深邃，内涵丰富，立意高远。诗人以华丽的文字，唯美的意象，惊世的才华，大胆的想象，别致的结构，浪漫的手法，无私的劝谏，新颖的比喻，宏伟的篇幅，神奇的构想，坦率的表白，悲壮的结局，表现深刻的现实，浓郁的感情，高贵的品格，崇高的理想，博大的胸怀，坚贞的信念，无私的精神，丰富的内涵，鲜明的主题。《离骚》成就了屈原在中国文学史上的地位，创造了中国诗歌史上一座空前的高峰。鲁迅曾赞之为“逸响伟辞，卓绝一世”(雄浑奔放的诗文，壮美瑰丽的文句，超过一切，无与伦比，《汉文学史纲要》)，给予其极高的评价。

此诗以诗人自述身世、遭遇、心志为中心。前半篇反复倾诉诗人对楚国命运和人民生活的关心，表达要求革新政治的愿望，以及坚持理想、虽逢灾厄也绝不与邪恶势力妥协的意志；后半篇通过神游天界、追求实现理想和追求失败后欲以身殉国的陈述，反映出诗人热爱国家和人民的深厚思想感情。他根据楚国的政治现实以及自己的不幸遭遇，“发愤以抒情”而创作的一首政治抒情诗。由于其中曲折尽情地抒写了诗人的身世、思想和境遇，因此也有人把它看作是屈原生活历程的形象记录，称它为诗人的自叙传。这种观点是可以理解，也能接受的。《离骚》的高明之处、精妙之处、深厚之处、伟大之处也正是发端于此。屈原不愧为文学之巨擘，华夏之英才。

屈原是我最为崇敬的文化巨匠之一。上中学的时候学过《离骚》的节选，读大学的时候也学过节选，只不过相比中学时代理解要深刻一些。今天是通篇读，认真读，深入读，思考地读，研究地读。读《离骚》，就是读屈原，读历史，读社会，读现实，读人生，读自己，读追求。读懂了《离骚》，就认识了屈原；读透了《离骚》，就读懂了屈原。

且来说说《离骚》当中蕴含的“美”，或者说《离骚》的美学思想探析。其实《离骚》的美学思想早有人发现、咀嚼、鉴赏、思考，也有很多的文章问世，非大腕即名流。于我而言，只不过看问题的视觉不同罢了，当然也有新的认识和观点。本来《离骚》这部中国文学史上的金字塔，就如一朵盛开的牡丹花,引得蜂群采蜜,众蝶纷飞,百鸟来仪。观点、认识不同再正常不过。相信会有更多的人提出更多惊人、服人的观点,使这部千古绝唱更加美妙动人。

法国著名雕塑家罗丹说过,“世界上并不缺少美,而是缺少发现美的眼睛”。我再把它翻版一下:世界上并不缺少美,而是缺少美的嗅觉和心灵。《离骚》周身充满和散发着美的元素,屈原塑造的“吾”内秀外修,德才兼备,理想远大,达到了外美和内美的高度融合,现实与作品的高度统一,难怪有人说是他的自叙传。在他的笔下,帝、后、王、神、人,除了那些昏君奸臣、谄媚小人,其他都各美其美,不仅外貌美、心灵美、穿着美、装饰美、饮食美、环境美、地理美,就连住宿、用具、举止都美。尽管有些、有时,他们对“吾”不友好,不理“吾”。就算人间谈“沙”色变的浩瀚沙漠,在“吾”这里也很美,不仅没有威胁到自己的行程,“吾”还沿赤水从容游逛。细读《离骚》,“美”扑面而来。多数内容都能与“美”和谐结合了起来,即使不是直接写“美”的内容,多数也是用来反衬“美”的。“美”的中心是“吾”美,而“吾”美的根本所在是其人格品行的美和理想追求的美。

我分几个板块来谈谈《离骚》的美学特征。

第一,一枝独秀的表现手法美。具体体现在以下几个方面:

一是现实主义手法和浪漫主义手法的完美结合。《离骚》是一首充满激情的政治抒情诗,是一首现实主义与浪漫主义相结合的艺术杰作。一般而言,政治内容很难入诗,更难抒情,而《离骚》却创造了奇迹。此诗大量借用楚地的神话材料,用绮丽的幻想,使诗歌的境界大为扩展,显示恢弘瑰丽的特征。这使它成为中国文学史上光照千古的绝唱,并对后世产生了深远的影响。

“彼尧、舜之耿介兮（唐尧与虞舜多么光明正直），既遵道而得路（他们沿着正道登上坦途）。何桀纣之猖披兮（夏桀与殷纣多么狂妄邪恶），夫唯捷径以窘步（贪图捷径落得走投无路）。惟夫党人之偷乐兮（结党营私的人苟安享乐），路幽昧以险隘（祖国的前途黑暗而险阻）。”“荃不查余之中情兮（你不深入了解我的忠心），反信谗而齌（jì）怒（反而听信谗言对我发怒）。”“余既不难夫离别兮（我并不惧怕辞官归田啊），伤灵修之数化（只是伤心你的反反复复）。”“虽萎绝其亦何伤兮（它们枯萎死绝有何伤害），哀众芳之芜秽（使我痛心的是他们的质变）。众皆竞进以贪婪兮（他们都拼命争着向上爬），凭不厌乎求索（利欲熏心而又贪得无厌）。羌内恕己以量人兮（他们猜疑别人宽恕自己），各兴心而嫉妒（他们勾心斗角相互妒忌）。忽驰骛以追逐兮（急于奔走钻营争权夺利），非余心之所急（这些都不是我所追求的东西）。”以上内容不是当时的现实又是什么呢？在诗的第一部分后半段“上天叩问”中，诗人通过向重华陈辞，分析往古兴亡的历史，证明了自己的态度正确，否定了这种消极逃避的态度。“济沅、湘以南征兮（渡过沅水、湘水向南走去），就重华而陈词（我要对虞舜把道理讲清）：启《九辩》与《九歌》兮（夏启上天得到《九辩》和《九歌》啊），夏康娱以自纵（他寻欢作乐而放纵）。不顾难以图后兮（不居安思危预防后患），五子用失乎家衖（五子因此得以酿成内乱）。羿淫游以佚畋兮（后羿爱好田猎溺于游乐），又好射夫封狐（对射杀大狐狸特别喜欢）。固乱流其鲜终兮（本来淫乱之徒无好结果），浞（zhuó）又贪夫厥家（寒浞杀羿把他妻子霸占）。浇（ào）身被服强圉（yǔ）兮（寒浇自恃有强大的力气），纵欲而不忍（放纵情欲不肯节制）。日康娱而自忘兮(天天寻欢作乐忘掉自身),厥首用夫颠陨(因此他的脑袋终于落地)。夏桀之常违兮(夏桀行为总是违背常理),乃遂焉而逢殃(结果灾殃也就难以躲避)。后辛之菹醢(zū hǎi)兮(纣王把忠良剁成肉酱啊),殷宗用而不长(殷朝天下因此不能久长)。汤、禹俨而祗敬兮(商汤、夏禹态度严肃恭敬),周论道而莫差(正确讲究道理的还有文王)。举贤才而授能兮(他们都能选拔贤者能人),循绳墨而不颇(遵循一定准则不差分毫)。皇天无私阿兮(上天对一切都公正无私),览民德焉错辅(见有德的人就给予扶持)。夫维圣哲以茂行兮(只有古代圣王德行高尚),苟得用此下土(才能够享有天下)。瞻前而顾后兮(回顾过去啊把未来瞻望),相观民之计极(看出了万民的愿望)。夫孰非义而可用兮(哪位国君不义而能统治天下)?孰非善而可服(哪位国君不善而能使人归顺)?阽(diàn)余身而危死兮(我虽然面临死亡的危险),览余初其犹未悔(毫不后悔自己当初的志向)。"于是,追求实现理想的强烈愿望,使他升腾到了天上。他去叩帝阍,阍者却闭门不理;他又下求佚女以通天帝,也终无所遇。这天上实际上是人间的象征,说明再度争取楚王的信任也是不可能的。但这表现了诗人为崇高理想而战斗的精神,也表现了他热爱进步,憎恶黑暗的光辉峻洁的人格。所以,它虽然是一首抒情诗,却反映了丰富的社会现实内容;它虽然是一首浪漫主义作品,却具有深刻的现实性,不愧为我国文学史上伟大的诗篇。屈原在艺术上的创造性突破,主要不是表现在每句字数的增加、句中句末用"兮"等,而是在艺术构思上能摆脱创作素材的束缚,有空前广阔的想象空间,从而极大地提高了诗的表现能力。屈赋的内容几乎是无所不有的,诗人的笔像魔术师的棍棒似的,能点铁成金,使它们全都发出艺术的光芒。诸如个人的政治斗争，历史上的兴亡大事，这些都是最难入诗的内容，而经过诗人的象征手法的点化，枯燥的生活原型得到升华，塑造了生动的艺术形象，具有激动人心的感染力量。因而，政治倾向性与艺术感染力的高度统一，也就成了屈赋的主要特色，这恐怕是屈原在诗歌艺术上的主要贡献。

《离骚》是中国爱国主义诗篇的开山之作，开辟了中国文学浪漫主义的源头，对中国文学的发展以及对后世文人的创作产生了重要而深远的影响。后世文人无不对这首长诗推崇备至。这为中国古典诗歌的创作，开辟出一条新的道路。后代个性和情感强烈的诗人如李白、李贺、李商隐等，都从中受到极大的启发。中国古代诗歌的"悲秋"传统，也当亦源于《离骚》。

李白的许多作品同《离骚》一样，往往编织大量神话传说、日月风云和历史人物，构成具有象征意义的雄奇图画。李商隐的《无题·锦瑟》同样如此，而它的用典也非常多。一首短短五十六个字的七言律诗就用了六个典故：素女鼓瑟、庄周梦蝶、杜鹃泣血、南海鲛人、鲛人泣泪、良玉生烟。"沧海月明珠有泪"一句就用了两个典故，令人称绝。这首诗歌，其传颂度非常高，尤其是最后两句"此情可待成追忆？只是当时已惘然"（此时此景为什么要现在才追忆？只是当时的我茫茫然不懂得珍惜）。

中国现代文学奠基人鲁迅在1926年出版《彷徨》时引《离骚》诗句作为书前的题词："朝发轫于苍梧兮（早晨从南方的苍梧出发），夕余至乎县圃（xuán pǔ）（傍晚就到达了昆仑山上）。欲少留此灵琐兮（我本想在灵琐稍事逗留），日忽忽其将暮（夕阳西下已经暮色苍茫）。吾令羲和弭（mǐ）节兮（我命令羲和停鞭慢行啊），望崦嵫（yān zī）而勿迫（莫叫太阳迫近崦嵫山旁。”“恐鹈鴂（tí jué）之先鸣兮（只怕杜鹃它叫得太早啊），使夫百草为之不芳（使得百草因此不再芬芳）。”也引了《离骚》中的“路漫漫其修远兮，吾将上下而求索”。鲁迅在北京“老虎尾巴”书房西壁挂有一副集屈原《离骚》句联：“望崦嵫而勿迫；恐鹈鴂之先鸣兮。”显示出《离骚》所体现的屈原孜孜不倦地追求真理的精神对鲁迅产生的巨大影响。

二是抒情主人公“吾”美。《离骚》是屈原生平、思想最全面、最深刻的反映，但这种反映是通过典型化和象征化的艺术折光显示出来的。诗人用第一人称和浪漫主义的象征手法，塑造了一个纯洁高大的神话式的抒情主人公形象“吾”，由于理想的崇高、人格的峻洁、感情的强烈，这个形象就远远地超出了流俗和现实之上。这个高大伟岸的主人公是《离骚》“美”的核心，让人思之泣血，读之泪流，美之难忘。他的确很美，他究竟有多美，我们一起来看看：

超群拔俗的世系美。

“帝高阳之苗裔兮（我是古帝高阳氏的子孙），朕皇考曰伯庸（伯庸是先王辉煌的大名）。”好多学者都把皇考伯庸说成是“吾”的父亲，而董楚平先生的《楚辞译注》解释为先王。根据《离骚》的整体内容，我还是倾向于楚平先生的观点。《离骚》开头称世系时，是借鉴了《诗经》的写法。“皇”大，美，是古代常用于神圣人、物的赞颂状词。西汉刘向把《离骚》的“皇考”理解为楚先王，相当于《诗经》里的“皇祖”“皇王”。古氏族为了美化自己的世系，都要托祖于天神天帝，自称是某“帝”某“神”的后裔。《离骚》托祖于神界始祖高阳，凡间始祖伯庸，是利用这些传说渲染诗中主人公的“内美”。在先秦传记中，高阳的地位比祝融要高，高阳是“帝”，祝融只是南方天帝炎帝的“佐神”。这都是艺术的虚构。作为艺术创作，也为了表达的需要，屈原完全可以，而且应该为“吾”塑造一个比祝融更高达的宗神。因为，在古代，神化是最高级的美化。

神秘的生辰美。

“摄提贞于孟陬（zōu）兮（寅年的寅月，又巧在寅日），惟庚寅吾以降（多美的吉日啊我从天降临）。”摄提，古代天文学中假设的星名，与岁星（木星）相应，又称太阴，12 年一个周期。它是天皇时期（约公元前 6390—公元前 6210 年）创制的纪元法，是“摄提纪”“摄提格”的简称。太岁在寅时为摄提格，即寅年。贞，正。孟，开端。陬，夏历正月是寅月。寅年寅月寅日，古人认为是难得的吉日。“降”表明他不是从凡间的母体里生出来的，而是从天降临人间。既从天降，又逢吉日，真是美上加美。在先秦著作中，“降”都指从天降临，生才是诞生。“巫咸将夕降兮（今夜里巫咸将从天降临），百神翳（yì）其备降兮（天上诸神遮天蔽日齐降临）。”一个“降”字，活现了一个神话人物从天降临的高大形象。这个“吾”自始至终都是一个神话式的艺术形象，不等于他的原型屈原本人。他一降临人间，就“扈（hù）江离与辟芷兮（肩披幽香的江离白芷），纫秋兰以为佩（把秋天的兰草花穿成佩环挂身旁）”。后来又“制芰（jì）荷以为衣兮（菱花儿缝成上衫），集芙蓉以为裳（莲花儿缀成下裳）”。这当然不是现实中屈原的服饰，而是类同于《九歌》里“少司命”“山鬼”诸神的打扮。“朝饮木兰之坠露兮（早晨我饮木兰上滴下的露珠），夕餐秋菊之落英（黄昏我吃秋菊的花瓣）”，也非屈原真以为生。寅年寅月寅日是一个十分稀罕的日子，屈原可能诞生于这样的年月日，创作时把自己的诞辰移到诗中主人公身上，写成“灵均”从天降临的日子。这在艺术创作上当然是容许的，这是一方面；另一方面，屈原即使没有这样一个难得的诞辰，他在创作《离骚》这样富于虚构夸张的浪漫主义作品时，仍然可以去编造一个吉日，以渲染主人公的“内美”，这在艺术创作上同样是容许的。因此，寅年、寅月、寅日可能是屈原的生辰，也可能不是，后一种可能性恐怕更大。如果非要在此考证较真，也没必要，是不理解《离骚》的创作特点。《离骚》本来就不受现实、神话的限制，它常常是根据自己的艺术需要来改来编。

光芒四射的名字美。

“皇览揆(kuí)余初度兮(先皇仔细揣测我的生辰，鉴于我的初承大任)，肇锡余以嘉名(于是，通过占卦赐给我相应的美名)：名余曰正则兮(我的名啊叫正则)，字余曰灵均(同时把我的字叫作灵均)。”“正”，平也；“则”，法也；“灵”，神也；“均”，调也(借鉴王逸注释。王逸，东汉著名文学家，著《楚辞章句》，今湖北省襄阳市宜城县人)。这里值得一提的是，司马迁在《史记·屈原列传》里说自己读过《离骚》，但他却没有把“名正则，字灵均”写入列传，也没有说屈原的父亲或先祖叫伯庸，更没有提起屈原的生年。作为传记，尤其是史书里的传记，以上三项都是必要内容，生年尤其重要，当时推算要比现在方便得多，即使推算困难，也可照抄一下。具有实录精神的司马迁，在《列传》里全文引录《怀沙》《渔父》，对被后人认为是“自述生平的第一手材料”的《离骚》首八句，反而一字不引，不予“实录”，是颇可发人深思的。这是董楚平先生的看法，我有同感，就引录了它。其实，就是当今的有些事都很难知其所以然，何况几千年前的事情呢？这个悬念就留给后来者思考吧。

令人倾倒的形象美。

《离骚》抒情主人公形象高大，他有着突出的外部形象的特征。“高余冠之岌岌兮(把耸立的冠冕做得更高),长余佩之陆离(把耀眼的佩戴装得更长)。扈江离与辟芷兮(肩披幽香的江离白芷),纫秋兰以为佩(将秋天的兰草花穿成佩环挂在身旁)。制芰荷以为衣兮(菱花儿缝成上衫),集芙蓉以为裳(莲花儿缀成下裳)。掔揽木根以结茝兮(用木兰的根须编结白芷),贯薜荔之落蕊(再穿上薜荔带露的花蕊)。矫菌桂以纫蕙兮(用菌桂的嫩枝串连蕙草),索胡绳之纚纚(把胡绳搓得又长又美),謇(jiǎn)吾法夫前修兮(我这是效法前贤的模样),非世俗之所服(并非俗人们所戴所穿)。民生各有所乐兮(人生各有各的乐处),余独好修以为常(我独爱美,并且习惯于衣冠楚楚)。”很多屈原的画像即使不写上“屈原”二字,人们也可以一眼认出是屈原,就是因为有诗中这种具有特征性描写的依据。

坚定远大的理想美。

理想美是《离骚》“美”的核心和重心,其他美都是为之展开并为之服务的。理想美、政治美,也就是诗人的“美政”理想。祖国的富强是诗人理想的目标,推行美政,进行革新则是达到这一目标的手段和方法。

屈原是一位杰出的进步的政治改革家,主张法治,“循绳墨而不颇(守规矩不差分毫)”,强调以法度治国。他有明确的“美政”思想,这与他改革弊政、联齐抗秦的政治主张是一致的。在谈自己的“美政”理想时,反复提到那些具有一统地位,曾在一定程度上统一中国并有所作为的君主——尧、舜、禹、汤、周文、周武等,歌颂他们的一统业绩、政治措施、治国方略,希望楚王能效法他们。如“昔三后之纯粹兮(古三王德行啊纯粹完美),固众芳之所在(所以群贤都集聚在他们周围)。彼尧、舜之耿介兮(那唐尧虞舜光明守度),既遵道而得路（走正道所以才受人拥戴）。汤、禹俨而祗敬兮（商汤夏禹态度严肃恭敬），周论道而莫差（周先王讲究治道）。忽奔走以先后兮（急匆匆为君王前后奔走照料），及先王之踵武（希望你能赶上先王的脚步）”。其最终目的是要“及前王之踵武”，使历史上曾兴旺发达的“三王”政绩发扬光大，亦即由楚国统一天下，使百姓安居乐业。

“美政”思想的实质是要巩固楚王的统治，重视人民的利益和人民的作用，认为有德者在位，无德者失国。“皇天无私阿兮（上天对一切都公正无私啊），览民德焉错辅（见有德的人就给予扶持）。夫维圣哲以茂行兮（只有古代圣王德行高尚），苟得用此下土（才能让他享有天下）。”这表现了他反对统治者的荒淫暴虐和臣子的追逐私利，充满了儒家美好政治的色彩，体现了儒家“民本思想”的要求。屈原不但有“美政”理想，也有实现它的具体办法。其中最主要的就是“君明臣贤”。要有好的国君，还要有忠于国君并且有才干的大臣加以辅佐，君臣和谐才能成功。因而他歌颂“汤、禹俨而求合兮（夏禹与商汤严格求贤），挚（zhì，伊尹）、咎繇（gáo yáo）而能调（能够跟皋陶与伊尹协调）”。他极力主张选贤任能，打破贵贱等级和“世卿世禄”制，举贤授能，明修法度。赞美古代贤君“举贤而授能兮（凭德才选用贤才）”，称颂“说（yuè）操筑于傅岩兮（傅说在傅岩筑过土墙），武丁用而不疑（武丁毫不犹豫用他为相）。吕望之鼓刀兮（姜太公在朝歌操过屠刀），遭周文而得举（他被任用是遇到了周文王）。宁戚之讴歌兮（宁戚喂牛时敲着牛角唱着歌），齐桓闻以该辅（齐桓公听出了他的怀抱）”。其中的傅说、吕望、宁戚等皆是地位低下而有才能的人。他还不遗余力，尽其所能，为国家培养栋梁之材。“余既滋兰之九畹兮（我曾经栽培了大片的芝兰），又树蕙之百亩(又种下蕙草百亩之多)。畦留夷与揭车兮(芍药跟揭车一行一行),杂杜衡与芳芷(杜衡和芳芷套种其间)。冀枝叶之峻茂兮(本希望满枝头绿浓红艳),愿俟时乎吾将刈(等待着我收获的那一天)。"关于"吾"的崇高的爱国主义精神,忠贞不渝的"美政"理想,高洁自爱的个人修养,有的是自己表述的,有的是通过他人之口表述的,这都更加反映了他崇高的理想。他为此奋斗终生,没有一次因挫折而倒下,充分显示了这一形象的典型性和杰出政治家的风度。

至死不渝的人格美。

他勇于同黑暗腐朽势力做斗争。诗人清楚地知道,楚国的不幸命运,以及自己的不幸遭遇正是楚廷群小造成的。诗人对之极为愤恨,因而不遗余力地反复加以揭露和抨击,斥责他们"世溷(hùn)浊而不分兮(这个世道混浊善恶不分啊),好蔽美而称恶(喜欢嫉妒别人而抹杀美好)。虽萎绝其亦何伤兮(它们枯萎死绝有何伤害),哀众芳之芜秽(最痛心的是众芳草中途变质)。众皆竞进以贪婪兮(大家都贪婪得你排我挤),凭不厌乎求索(利欲熏心又贪得无厌)。羌内恕己以量人兮(拿自己的私心去猜度别人),各兴心而嫉妒(勾心斗角,互相妒忌)"。竞进贪婪,嫉妒成性,朋比为奸,随波逐流,黑白颠倒。诗人还揭露了楚君的过失,说他反复无常,荒唐糊涂,宠信奸臣,疏远忠良,善恶不辨,致使诗人的"美政"理想落空。

他追求光明和真理,坚强不屈。"亦余心之所善兮(这是我心中追求的东西),虽九死其犹未悔(就是多次死亡也不后悔)。虽体解吾犹未变兮(即使被解肢体,我也不会改变啊),岂余心之可惩(难道我的志向是可以挫败的吗)?"体现了诗人坚持正义的刚毅不屈的伟大精神。他坚信真理和正义的存在，虽然“路漫漫其修远兮（我前面的道路啊又远又长）”，但他始终是“吾将上下而求索（我要上天下地追求理想，寻觅知音）”。他清楚地知道，他的高洁品格，以及超群拔俗的崇高理想，都“虽不周于今之人兮（虽然我不投合今人的趣味）”，因而招致“谣诼谓余以善淫（造谣诽谤我妖艳好淫）”，遭受种种迫害和打击。在这种情况下，连他亲近的人都劝其随俗浮沉，不要“汝何博謇而好修兮（你何忠言无忌爱好修饰）”。可是，诗人却在诗中反复申明他绝不能随波逐流的态度，在打击和迫害面前绝不动摇，岿然如山，坚强不屈。诗中描写屈原三次求女婴，虽然失败了，但他仍然不懈地探索真理，寻求志同道合者。这种对光明和真理的追求与热爱的精神，正是他终生奋斗的力量源泉。

他内心纯真，修养高洁，信念坚定，能力超群。“既替余以蕙纕（xiáng）兮（他们攻击我佩戴惠草啊），又申之以揽茝（chǎi）（又指责我爱好采集茝兰）。亦余心之所善兮（这是我心中追求的东西），虽九死其犹未悔（就是多次死亡也不后悔）。”这表现了诗人坚定的信念和不与邪恶势力同流合污的高贵品质。“忳（tún）郁邑余侘傺（chà chì）兮（忧愁烦闷啊我失意不安），吾独穷困乎此时也（现在孤独穷困多么艰难）。宁溘（kè）死以流亡兮（宁可马上死去魂魄离散），余不忍为此态也（媚俗取巧啊我坚决不干）。鸷鸟之不群兮（雄鹰不与那些燕雀同群），自前世而固然（原本自古以来就是这样）。”“芳与泽其杂糅兮（因为我的芳香和光泽杂糅在一起啊），唯昭质其犹未亏（所以只有纯洁品质不会腐朽）。”这都表现了诗人内心的纯真，修养的高洁。至于他出众的能力，一方面表现在绝世的才情、灵异的内美和高尚的德行，因为这样，有了辅佐君王的机遇和经历。另一方面主要表现在后半部分，诗人在重华面前阐述了自己的“举贤授能”的政治主张后，引出神游天地，“上下求索”的幻想境界，这突出地表现在诗人驰骋想象，糅合神话传说、历史人物和自然现象编织幻想的境界。如关于神游一段的描写，诗人朝发苍梧，夕至县圃，他以望舒、飞廉、鸾皇、凤鸟、飘风、云霓为侍从仪仗，上叩天阍，下求佚女，想象丰富奇特，就连天帝也听从他的调遣，简直就是一个顶天立地的大神和超人。境界仿佛迷离，场面宏伟壮丽，有力地表现了诗人追求理想的精神，也充分表达了诗人不容于世的强烈感情。

倾天而泄的情感美。

《离骚》塑造的这个大美形象，成为诗人理想与情感表达的重要载体。他不仅内美外修，才华横溢，能力超常，还有血浓于水的感情。他不仅是一个愤世嫉俗的斗士，还是一个能力超群的贤臣。他不仅是一个遨游天地的神人，还是一个有着温婉个性，情感厚重的爱国主义者。诗人通过这一形象，描绘和抒发了自己思想感情的波澜和不同凡响的情感历程。

《离骚》是屈原的代表作，是带有自传性质的一首长篇抒情诗，主要体现的是忠君爱国的思想。诗人从自叙身世、品德、理想写起，抒发了自己遭谗被害的苦闷与矛盾，斥责了楚王昏庸、奸佞猖獗与朝政腐败，表现了诗人坚持“美政”理想，抨击黑暗现实，不与邪恶势力同流合污的斗争精神和至死不渝的爱国热情。他既是“恐皇舆之败绩（我只担心祖国为此覆灭）”，为楚国的；又是“夫唯灵修之故也（一切都是为了你楚王的缘故）”（灵修，作品中塑造的以楚怀王为原型的另一个艺术形象，灵，神；修，美），为楚君的；同时也是“哀民生之多艰（可怜人生的道路多么艰难）”，对普通人痛苦的同情。即是君、国、民三位一体的。尤其是他“将尽忠楚国和楚王当成一种义不容辞的责任”。这个出身高贵、品行高洁又少年得志的屈原，深深地爱着楚国这片土地，即使在很久以后，他因为受到楚王排斥、小人陷害而放逐之时，都没有想过要离开。“良禽择木而栖”，他却只愿意待在这个既让他爱也让他痛苦的地方。

诗人写作《离骚》时已经度过了大半生。他为了实现政治理想，不断遭到腐朽的贵族集团的排挤和打击，这时已经到了再被放逐，救国无路的地步，而楚国也由一个颇有希望的国家，被弄到了濒临危亡的绝境。诗人由失败再到失败，上天下地也没有寻到知音，心中的失落和疼痛可想而知。至此，情感的闸门终于被无情的现实重重地撞开，情感的潮水像山洪暴发，汹涌咆哮，一路怒吼着冲出千山万壑，掀起冲天狂澜，又如飞天而下的巨瀑跌入山谷，发出震天的訇响。诗人瞻前顾后，感慨万分，怒从心起，情注笔端，激扬文字，他把坚持奋斗而不能实现爱国理想的沉痛感情，熔成了这篇激动人心的交响曲。就是绝望，也要魂流故土。《离骚》是屈原用生命和血泪铸成的一曲悲歌。诗人采用的比喻象征中对喻体的调遣，又基于传统文化的底蕴，因而总给人以言有尽而意无穷之感。由于诗人无比的忧愤和难以压抑的激情，全诗如大河之奔流，浩浩荡荡，浪涛汹涌，不见端绪，体现了诗人不凡的艺术匠心。

至此，一个内美和外美高度契合的、有血有肉的、感情饱满的大美形象栩栩如生，跃然眼前。文学本身就是美学，文学本身就是艺术，你完全可以对这个大美形象再塑造，再创造。诗人的咆哮怒吼，人民的悲悯啜泣，历史的浅唱低吟，以至于我们都能听得到诗人的心跳声，我们也能感受得到他身体的余温。估计千万年之后，《离骚》还在吟唱，历史也会因为《离骚》的吟唱多一抹靓色，中华民族会因为《离骚》的吟唱而多一份自信，华夏子孙会因为能够听到《离骚》的声响而加快进取的步伐。《离骚》从没有停止成长和进取，诗人也从没有放慢求索的脚步。

屈原在《离骚》中成功地塑造了中国文学史上第一个形象丰满、个性鲜明的抒情主人公的形象，体现了屈原伟大的思想和崇高的人格。《离骚》抒情主人公的形象，是中华民族精神的集中体现，两千多年来给了无数仁人志士以品格与行为的示范，也给了我们以无穷的力量。

第二，千年一叹的孤独美。

从诗的内容，我们知道诗人本身就具有很高的修养和出众的才干，他不断追求高洁，但没有人能够理解他，也就没有追随者。因为他的穿着出众，装饰美丽，没有人赞美他，与之为伍者就更少，甚至有人指责他。“汝何博謇（jiǎn）而好修兮（你何忠言无忌爱好修饰），纷独有此姱（kuā）节（还独有很多美好的节操）？薋菉（cí lù）葹以盈室兮（满屋堆着都是普通花草），判独离而不服（你却与众不同不肯佩戴）。”他品行高尚，但与他志同道合者很少，不仅如此，他培养的人才也变质了，“虽萎绝其亦何伤兮（它们枯萎死绝有何伤害），哀众芳之芜秽（使我痛心的是它们质变）”，即使他认为最可靠的也不可靠了。“兰芷变而不芳兮（兰草和芷草失掉了芬芳），荃蕙化而为茅（荃草和惠草也变成茅莠）。何昔日之芳草兮（为什么从前的这些香草），今直为此萧艾也（今天全都成为荒藁野艾）？岂其有他故兮（难道还有什么别的理由），莫好修之害也（不爱好修洁造成的祸害）。余以兰为可恃兮（我还以为兰草最可依靠），羌无实而容长（华而不实虚有其表）。”他反对弊政和贪官小人，却险遭陷害，甚至逐出朝堂，流放他乡。他的“美政”不能实行，理想就更不可能实现。他曾做过巨大的努力，其行动和魄力超乎想象。他下决心在天界和地界寻找知音，追求光明，结果都大失所望，无功而返。“世溷浊而嫉贤兮(世间混乱污浊嫉贤妒能)，好蔽美而称恶(爱障蔽美德把恶事称道)。闺中既以邃远兮(闺中美女既然难以接近)，哲王又不寤(贤智君王始终又不醒觉)。怀朕情而不发兮(满腔忠贞激情无处倾诉)，余焉能忍而与此终古(我怎能啊如此了此一生)”？“哀高丘之无女(哀叹高丘(凤凰山)没有美女)”，但他还是不死心，继续寻找。“和调度以自娱兮(我调度和谐地自我欢娱)，聊浮游而求女(姑且飘游四方寻求美女)。”实际上，上天求女的愿望已经就此破灭。豪杰伤心也泪垂，他内心彷徨、孤独、愤懑、无奈，流下了伤心的泪水。“长太息以掩涕兮(我揩着眼泪啊声声长叹)，哀民生之多艰(可怜人生道路多么艰难)。曾歔欷(xū xī)余郁邑兮(我泣声不绝啊烦恼悲伤)，哀朕时之不当(哀叹自己未逢美好时光)。揽茹蕙以掩涕兮(拿着柔软惠草揩抹眼泪)，沾余襟之浪浪(热泪滚滚沾湿我的衣裳)。忽反顾以流涕兮(忽然回头眺望涕泪淋漓)，哀高丘之无女(哀叹高丘竟然没有美女)。”“汩(yù，疾行)余若将不及兮(光阴似箭我好像跟不上)，恐年岁之不吾与(岁月不等待人令我心慌)。惟草木之零落兮(我想到草木已由盛而衰)，恐美人之迟暮(害怕君王逐渐衰老)。荃不查余之中情兮(你不深入了解我的忠心)，反信谗以齌怒(反而听信谗言对我发怒)。虽萎绝其亦何伤兮。(它们枯萎死绝有何伤害)，哀众芳之芜秽(使我痛心的是它们质变)。老冉冉其将至兮(只觉得老年在渐渐来临)，恐修名之不立(担心美好名声不能成立)。亦余心之所善兮(这是我心中追求的东西)，虽九死其犹未悔(就是多次死亡也不后悔)。怨灵修之浩荡兮（怨就怨楚王这样糊涂啊），终不察夫民心（他始终不体察我的心情）。忳（tún）郁邑余侘（chà）傺（jì）兮（忧愁烦闷啊我失意不安），吾独穷困乎此时也（现在孤独穷困多么艰难）。屈心而抑志兮（宁愿委屈心志压抑情感），忍尤而攘诟（暂时忍受罪过，等待将来除去耻辱）。依前圣以节中兮（我以先圣行为节制性情），喟凭心而历兹（愤懑心情至今不能平静）。抑志而弭节兮（定下心来啊慢慢地前行），神高驰之邈邈（难控制飞得远远的思绪）。”在他惊天动地的所有行程中，即使他有神力调动、命令各路神仙，少帝为他驱路、护驾、壮行，但自始至终都是孑然一身，独立出行。就是灵氛占卦也是他邀请的，没有人真正了解和理解他，没有人嘘寒问暖，没有人温暖他那颗长期被世态排斥、被小人诬陷诽谤伤透的心灵。巫咸的降临，给了他少有的“体谅和关怀”，“告余以吉故（巫咸又告诉我不少佳话），求矩矱（huò）之所同（去寻求意气相投的同道）”，但那也是暂时的，又是矛盾的。这样一个形象高大、品德优秀、才华绝世、能力超群、理想美好、信念坚定、悲天悯人的人物，没有志同道合的人，没有志趣相投的人，没有知遇之恩的人。他没有实现抱负的平台，更没有报效国家的机会，就连他热爱自己的祖国也受到了打击。他能不愤慨，能不孤独吗？诗人在理智上是坚定鲜明的，但在个人感情上却是痛苦和迷惘的。对诗人而言，他并没有气急败坏，也没有悲观，而是以更加坚定的信念和大胆的计划，行走于天界和地上，出入于人间和神界，不懈求索。也许正是这样的孤独给他生命注入了新的活力，让他行动更洒脱，抒情更浓重；也许正是这样的孤独使他远离了俗世秽物，更加洁身自好。

我完全可以把他说成，正是这样的孤独，成就了他的千古绝唱。

你不觉得这样的孤独更加值得,更加凄美感人吗? 修行的路总是孤独的,因为智慧必然来自孤独。身的孤独可以用心的丰富创造而缓解,而心的孤独,则必须学会适当宣泄。这份情感埋于诗人内心深处久远,越是久远,越有强大的爆发力和冲击波。这些孤独和愤懑在诗人心中缠缠绕绕,百转千回,终于爆发了出来。岳飞在愤懑的时候写下《满江红·写怀》,鲁迅在愤怒时写下《狂人日记》,李清照在孤独时写下《声声慢·寻寻觅觅》,李白在孤独时写下"花间一壶酒,独酌无相亲"。屈原始终是个世间的人物,他创造的抒情主人公形象是为他抒发情怀、表明志向服务的。但即使他虚构创造的形象,也是有生活来源和基础的,没有实际生活的支撑和真情实感的渗透,艺术形象是没有感染力的,也就谈不上影响力。

第三,光耀千古的悲壮美。《离骚》通过诗人一生不懈的斗争和身殉理想的坚贞行动,表现了诗人为崇高理想而献身祖国的战斗精神;表现了他与祖国同休戚、共存亡的深挚的爱国主义感情;也表现了他热爱进步、憎恶黑暗的光辉峻洁的人格。同时通过诗人战斗的历程和悲剧的结局,反映了楚国政治舞台上进步与反动两种势力的尖锐斗争,暴露了楚国政治的黑暗腐朽和反动势力的嚣张跋扈。

诗人从早年起就汲汲自修,锻炼品质和才能,并决心把这一切献给祖国的富强事业。开篇屈原便描写诗人的身世,可以看出他十分热爱自己的祖先和宗族,对此诗人充满了自信和自豪感。

他对楚王说:"不抚壮而弃秽兮(何不利用盛时扬弃秽政),何不改乎此度也(为何不改变这些法度)? 乘骐骥以驰骋兮(乘上龙驹纵横驰骋吧),来吾道夫先路(来呀,让我在前面引道开路)!”但是诗人热爱祖国和人民的愿望,却因为触犯了贵族集团的利益,招来了严重的迫害和打击。贵族群小向他围攻,极尽诬蔑诽谤之能事;楚王听信谗言,不仅不信任他,反而放逐了他;他为实现理想而苦心培植的人才也变质了。当诗人回顾这些,想到自己的理想遭到破坏,祖国的命运岌岌可危,便抑制不住满腔愤怒的感情,向腐朽反动的势力进行了猛烈的抨击。他痛斥贵族群小“众皆竞进以贪婪(他们都贪婪的你排我挤争着往上爬)”“各兴心而嫉妒(他们钩心斗角又相互嫉妒)”“偭规矩而改错(背弃规矩而又改变政策)”“背绳墨以追曲(不看墨线,违背是非标准追随邪曲)”。他指出他们蝇营狗苟,把祖国引向危亡的绝境:“惟夫党人之偷乐兮(那些结党营私的小人都偷安贪乐),路幽昧以险隘(祖国的前途黑暗而险阻)。”他怨恨楚王的昏庸,不辨忠邪:“荃不查余之中情兮(你不深入了解我的忠心),反信谗而齌(jì)怒(反而听信谗言对我发怒)。”他还大胆地指责楚王反复无常:“初既与余成言兮(想当初你与我山盟海誓),后悔遁而有他(后来你变了心又追悔当初)。余既不难夫离别兮(我并不难于与你别离啊),伤灵修之数化(只伤心你的反反复复)。”对人才的变质,诗人也表示了深深的惋叹:“虽萎绝其亦何伤兮(花儿谢了草儿黄了倒不悲伤),哀众芳之芜秽(最痛心的是它们中途变质)”。但是诗人并没有被这种沉重的感情压倒,也绝不向反动势力屈服,他宁肯承担迫害,也不变志从俗:“宁溘死以流亡兮(我宁可马上死去魂魄离散),余不忍为此态也(媚俗取巧啊我坚决不干)!”他深信自己的态度正确,要永远坚持自己的道路,忠于理想:“民生各有所乐兮(每个人都各有自己的乐处),余独好修以为常(我独爱美,习惯于衣冠楚楚)。虽体解吾犹未变兮(就是把我肢解了,我也不会改变啊),岂余心之可惩(难道我的心可以压服)?”

《离骚》后一部分是描写诗人对未来道路的探索:“路漫漫其修远兮(我前面的道路啊又远又长),吾将上下而求索(我要上上下下追求理想,寻觅知音)”。诗人被腐朽的贵族集团排斥在现实的政治生活之外,他苦闷彷徨地面对着未来,究竟选择什么样的道路呢?首先,女媭劝他不要“博謇好修”,应该明哲保身。但诗人通过向重华陈词,分析了往古兴亡的历史,证明了自己的态度正确,否定了这种消极逃避的道路。于是,追求实现理想的强烈愿望,使他升腾到了天上。他去叩帝阍,阍者却闭门不理;他又下求佚女以通天帝,也终无所遇。到此,他再一次陷入更深的迷惘中。接着诗人去找灵氛占卜,巫咸降神,请他们指示出路。灵氛劝他去国远游,另寻施展抱负的处所;巫咸则劝他暂留楚国,等待时机。诗人感到时不待人,留在黑暗的楚国也不会有什么希望,于是决心出走。但是这一行动又与他的爱国情感产生了尖锐的矛盾,正当他升腾远逝的时候,却看见了祖国的大地。“陟(zhì)升皇之赫戏兮(我刚刚登上灿烂的天国啊),忽临睨(nì)夫旧乡(忽然看见我生长的故乡)。仆夫悲余马怀兮(仆人悲伤,马儿也怀念),蜷局顾而不行(它曲身回头,不肯走向前方)”,他还是留下来了。诗人通过这一系列虚构的境界,否定了与他爱国情感和实现理想背道而驰的各种道路,最后决心一死,以殉自己的理想:“既莫足与为美政兮(既然不能实现理想政治),吾将从彭咸之所居(我将要独自去追随彭咸,安排自己)”。这是诗人当时所可能选择的一条道路,以死来坚持理想、反抗黑暗的政治现实的道路。诗人在国内不能见容(宽容,接受),却又不忍心去国,左右为难,无可奈何,只有一死了之。最后，就在这去留的极端矛盾中充分显现了诗人眷恋祖国和决心殉国的高尚精神。这是全诗达到高潮之后的画龙点睛之笔，用以收束全诗，使诗的主题进一步深化。

诗人的个人修养和追求与他人的格格不入，理想与现实的巨大反差，自己的努力与实际的结果简直是南辕北辙。就是平常之人也会苦不堪言，更何况理想高远、美德藏身、才干横绝、三观异于常人、世人皆浊我独清的屈原呢？诗人的思绪常常处在一种痛苦、矛盾、徘徊，否定、肯定、否定的迂回曲折中。诗人是怀着疲惫不堪的心情走进了虚无缥缈的虚幻世界，在上下求索中找寻解决问题的答案。其复杂的思想情感，尤其是作为最高理想的爱国主义情感，也定会在诗人心中跌宕起伏，绕心不散。他一定是苦闷的，心中燃烧了数十年的火焰也即将覆灭。他最终做出了一个惊世骇俗的选择。这个过程，既似作者的独居匠心，又似自然天成，理所应当。愈是这样，愈让人揪心，也愈是这样，愈叫人心疼。司马迁在《报任安书》中说："人固有一死，或重于泰山，或轻于鸿毛"，屈原的死就重于泰山。臧克家在《有的人》中说："有的人活着他已经死了；有的人死了他还活着。"屈原显然属于后者，他是以死明志，以身殉国，灵魂难泯，精神不死，光照千秋。

第四，神奇大胆的想象美、创造美。

全诗贯穿了诗人的理想和顽强的斗争精神，现实的叙述与天马行空般的想象相互交织，人们从幻想中仍能看到现实的影子，使整个诗篇充满浪漫主义精神实质。但艺术虚构要有一定的生活基础，毫无根据和目的的虚构是没有艺术感染力的。

《离骚》是一篇积极浪漫主义作品。它吸收和发展了古代人民口头创作——古代神话的积极浪漫主义精神。浪漫主义作为一种创作方法，它不是按照现实的本来样子去描写现实，而是更多的表现作者由于社会现实的刺激而迸发出来的激情，表现作者对理想的强烈追求和反抗现实的叛逆精神。而《离骚》正具有这样一些显著特征。《离骚》的前半部分，着重于诗人对自己经历和遭遇的描写，但诗人在表现手法上并不是完全写实的，而是把自己生活上的经历和感情升华为一种善与恶、美与丑、光明与黑暗的不可调和的斗争。以新奇的比喻，夸张的描写，表现善与美的崇高，恶与丑的卑鄙龌龊，表现了光明与黑暗的势不两立，从而把一个时代的面貌整个呈现出来，启发人的认知，给人以正确的爱憎，激励人的心灵。在后半部分，诗人更是完全采用幻想的形式，虚构的意境，写出了他深刻的内心世界。诗中用上天下地的描写，深刻反映出希望和失望的回旋反复，尽情地吐露了诗人的郁闷，表现了诗人周围环境的黑暗和冰冷，也表现了诗人卓绝的苦斗精神。在这一部分，诗人特地从神话传说中汲取丰富的形象，通过奔放不羁、开阔宏伟的想象把它们巧妙和谐地组织在一起，构成了云谲波诡的生动情节和美丽缤纷的画面。诗人大量运用古代神话和传说，通过极其丰富的想象和联想，并采取铺张描述的写法，把现实人物、历史人物、神话人物交织在一起，把地上和天国、人间和幻境、过去和现在交织在一起，构成了瑰丽奇特、绚烂多彩的幻想世界，从而产生了强烈的艺术魅力。

《离骚》不是介绍原有的神话材料，而是创造了一个以"吾"为中心的新的神话故事，在创造过程中，往往改变原来的神话材料。在《离骚》的神话世界里，原有素材的时间、空间都被打破了。它常常根据自己的艺术需要来改变原来的神话传说，如"总余辔乎扶桑(把马缰绳拴在扶桑树上)，折若木以拂日兮(折下若木枝来挡住太阳)”。在原来的神话里,“扶桑”在极东,“若木”在极西,《离骚》却把它们拉在一起供“吾”使用。“麾蛟龙使梁津兮(指挥蛟龙在渡口上架桥),诏西皇使涉予(命令西皇将我渡到对岸)”。西皇,西方之神,即帝少皞。连蛟龙都为自己架桥,天帝都可以写成为“吾”“服役”的仆人。《离骚》不仅改变了原来的神话传说,而且改变了历史人物。与“吾”直接有关的人与名有九个:始祖“高阳”、皇考“伯庸”,“吾”的名曰“正则”、字曰“灵均”,“吾”的姊“女媭”,“吾”的“理”(使者,媒人)“蹇修”,为“吾”占卜的“灵氛”“巫咸”,“吾”的榜样“彭咸”。这九个人与名中,只“高阳”与“巫咸”见于经传。还如“前望舒使先驱兮(叫前面的望舒作为前驱),后飞廉使奔属(让后面的飞廉紧紧跟上)。鸾皇为余先戒兮(鸾鸟凤凰为我在前戒备),雷师告余以未具(雷师却说还没安排停当)。吾令凤鸟飞腾兮(我命令凤凰展翅飞腾啊),继之以日夜(要夜以继日地不停飞翔)。飘风屯其相离兮(旋风结聚起来互相靠拢),帅云霓而来御(它率领着云霓向我迎上)”。在诗人的笔端,曦和(日神)、望舒(月神)、飞廉(风伯)、丰隆(雷师)以及凤凰、飞龙都供他自由驱使,就连自然界也甘愿为他助力,苍梧、县圃、崦嵫、咸池、天津、西极、昆仑山、不周、阆风、高丘、赤水、白水、天宫、春宫、瑶台等地,都是他所到的地方,其想象之大胆、丰富,古今罕见。诗人在运用这些古代神话传说时并不受原故事的拘束,并通过一番自由想象,把原有的神话结撰成新的情节,并使它服从于一个新的主题,成为诗人表达思想感情的艺术构思的一部分。这种表现手法,无疑使幻想更自由,抒情更大胆,表现更自如。如诗歌的尾部,“驾八龙之婉婉兮(每辆车驾八条婉婉的神龙),载云旗之委蛇(yí)(车上的云旗飘曳在天空)。抑志而弭节兮（定下心来啊慢慢地前行），神高驰之邈邈（我的心如奔马腾高驰远）。奏《九歌》而舞《韶》兮（演奏着《九歌》，舞起《韶舞》吧），聊假日以偷乐（且借大好时光寻求欢娱啊，在广阔的云天）。陟（zhì）升皇之赫戏兮（我刚刚登上灿烂的天国啊），忽临睨（nì）夫旧乡（忽然又看见我生长的故乡）。仆夫悲余马怀兮（我的仆从悲伤马也怀念），蜷局顾而不行（退缩回头不肯走向前方）”。写他驾着鸾皇、凤鸟，一路车马喧闹，当转道昆仑，行经流沙，指向西海时，突然驻足在楚国上空不忍离去。这就把全诗的抒情推向高潮，也有力地表现了诗人伟大的爱国思想和纯粹情操。这样的艺术效果，如果不借助于神话并把神话素材加以重新改造和构思，是很难达到的。这里还有令人眼羡的饮食美。如“朝饮木兰之坠露兮（早晨我饮木兰上的露滴），夕餐秋菊之落英（傍晚我食用菊花即将散落的花瓣）。折琼枝以为羞兮（折下玉树枝叶作为肉脯），精琼爢以为粻（chang）（我舀碎美玉把干粮备下）”。

第五，无与伦比的意象美。

所谓诗之“意象”，乃是主体与客体相互渗透所形成的一种艺术审美契合，是已经完成的诗中的具体画面形象。在这首藏着无尽之美的伟大诗篇中，意象成了抒发情志的中介，也是理想与情感表达的载体。诗人创造确立了以“香草美人”为中心的意象体系，同时开创了以“香草美人”为寄托的象喻修辞手法。其艺术表现中的象征比兴手法实际包含着两种类型，即“香草美人”式的深层象征和“以物喻人”式的比兴手法，在文学领域中即表现为以象显意、以象表情，设定相关物象，表现情志理思。

屈原为何乐于在一切现实或超现实的写作中，这样称道“香草美人”呢？屈子爱“美人”，也自有情中情。屈原要求自己"纷吾既有此内美兮(我既有这么多内在的美善),又重之以修能(我不断加强自己的修养)"。他希望看到的是,一个与浑浊腐朽的现实社会相反的美丽芳华的世界。

当时的楚国,君昏臣奸,政治黑暗,思想腐朽。屈原遭嫉受压,只能通过香草来表达自己品行的高洁和美好的追求。"香草美人"作为诗歌象征手法,是屈原的创造,但也与楚地盛行的巫文化关系密切。值得注意的是,屈原不仅仅是在借楚地民间文化的情节、意象来描述现实,同时也是在以此为契机,进入古代神话或原始宗教的情境之中,通过对来自历史和心灵深处激情的体验,达到对现实的超越。而香草这一植物类的象征物,在屈原作品中又是与动物、人物和事物一起,共同构成了一个庞大的、整体性的象征体系,为塑造抒情主人公的皎洁形象而服务。诗人是这样构想的,也达到了超乎想象的艺术表达魅力。

"香草美人"是屈原提出来的,翻开屈原之《离骚》,奇香异草纠结成群、扑面而来。朝取山花,夕摘冬草:"朝搴阰(qiān pí)之木兰兮(早晨采摘山涧幽深处的江离与芷草裁成衣),夕揽洲之宿莽(傍晚在小洲中摘取宿莽)","扈江离与辟芷兮(把幽香的江离和白芷披在肩上),纫秋兰以为佩(以秋兰串作成佩挂身旁)"。司马迁在《史记》中赞屈原道:"其志洁,故其称物芳(他的志向高洁,所以作品中多用芳草香花做比喻。"《离骚》在写作上常常以"香草美人"代表美好的政治制度和高尚的人品。在诗人眼里,各种香草显得那么可爱,诗人爱香草几乎到了成癖的程度。"朝饮木兰之坠露兮(早晨我饮木兰花上的露滴),夕餐秋菊之落英(晚上我吃菊花即将散落的花瓣)。"王逸在《楚辞补注》中说:"行清洁者佩芳(作风端正的人自然会有不一样的风采)。"张德纯说:"兰芳秋而弥烈，君子佩之，所以像德，篇中香草，取譬甚繁，指各有属。”（均见游国恩《〈离骚〉纂义》）这充分说明了香草的喻义以及它与人格美的关系。“香草美人”意象的运用，使《离骚》不仅内涵丰富，而且极富浪漫色彩。“香草美人”意象是屈原的艺术创新，这些草木饰物抛弃了世俗化的绮丽香浓，而保有了香艳高洁、美轮美奂的性质，已不是实在单纯的物象，而喻指某种情境或品格。王逸《楚辞章句·离骚经序》：“《离骚》之文，依《诗》取义，引类譬喻。故善鸟香草，以配忠贞；恶禽臭物，以比谗佞；灵修美人，以媲于君；宓妃佚女，以譬贤臣；虬龙鸾凤，以托君子；飘风之霓，以为小人。”司马迁《史记·屈原贾生列传》所谓，“其称文小而其指极大，举类迩而见义远（他的文章看似平凡而主旨却十分重大，所用材料例贴近生活，而表达的意义却极其深远）”。

在《离骚》众多的意象中，最引人注目的是两类意象：香草、美人。

这样一来，我们对香草美人就可以做如下的理解：

先说香草。

（1）香草代指高洁的品德和人格。“扈江离与辟芷兮，纫秋兰以为佩。”在《离骚》中，抒情主人公以荷叶为衣，芙蓉为裳，披江离，佩秋兰，朝搴木兰，夕揽宿莽，饮兰之坠露，餐菊之落英，“行于兰皋，止于椒丘”，种蕙草，植留夷。惯用美好修饰以为常：“余独好修以为常（我独爱美，并且习以为常）”，就是男儿心伤泪流时，也用茹蕙拭泪。而且，屈原笔下的香草不是一般的罗列与堆砌，而是有具体的分工与层次的变化。有的是忧国：“恐鹈鴂（tí jué）之先鸣兮（只怕杜鹃它叫得太早），使夫百草为之不芳（使得百草从此芳尽香消）”；有的是虑己：“惟草木之零落兮（我想到草木由盛而衰），恐美人之迟暮（担心美人啊也会一天天衰老）”；有的是励志：“制芰荷以为衣兮（我要把菱叶裁剪成上衣），集芙蓉以为裳（并用荷叶把下裳制就）。不吾知其亦已兮（没有人了解我也就罢了），苟余情其信芳（只要内心真正馥郁芬芳）”；有的是“修能”：“朝搴阰之木兰兮（早晨我在山坡上采集木兰），夕揽洲之宿莽（黄昏在小洲中摘取宿莽）”……表明了一个有别于世俗的、不坠青云之志的“自我”：循礼义、知养生、好修洁、善明辨、守忠贞。

（2）香草代指忠贞贤良之士和培养人才。“杂申椒与菌桂兮（杂聚申椒与菌桂似的人物），岂惟纫夫蕙茝（chǎi）（岂止联系优秀的蕙和茝）”，是用香草（椒、桂、蕙、茝）隐喻贤臣；“余既滋兰之九畹兮（我已栽培了很多春兰），又树蕙之百亩（又种植香草秋蕙数百亩）”，是用种植香草（兰蕙、留夷等）象征培养人才。

（3）香草代指正义的一方。“香草”与“恶草”相对，象征政治斗争中立场正义的一方，香草变质、恶草当道的描写表现着世道的衰落，“椒专佞以慢慆兮（花椒专横谄媚十分傲慢），榝（shā）又欲充夫佩帏（茱萸想钻进荷包冒充香草）”。

（4）香草代指诗人对人类美好生活的向往，同时也表现了诗人的审美追求。诗人种植了大片香草。“余既滋兰之九畹兮（我已栽培了很多春兰），又树蕙之百亩（又种植香草秋蕙数百亩）”，其目的是“冀枝叶之峻茂兮（我希望它们都枝繁叶茂），愿竢（sì）时乎吾将刈（yì）（等待着我收获的那一天）”。可悲的是，这些经过诗人心血培植的香草，经不住淫风恶雨的侵袭而竞相变节变质。“兰芷变而不芳兮（兰草和芷草失掉了芬芳），荃蕙化而为茅（荃草和蕙草也变成了茅莠）。何昔日之芳草兮（为什么从前的这些香草），今直为此萧艾也

(今天全都变成了野艾臭蒿)”。但是,诗人并不随波逐流,而是立志不变。“惟兹佩之可贵兮(只有我的佩饰最可贵啊),委厥美而历兹(保持它的美直到今天)。芳菲菲而难亏兮(浓郁的香气难以消散啊),芬至今犹未沬(至今还还在散发着芳馨)”。

再说美人。

《离骚》用大量文墨写了各类香草,并且还多次提到“美人”或“美女”。《离骚》中充满灵性的香草象征着诗人美好的品质及诗人对美好品质的追求,而“美人”意象,应有五种解释。

(1)圣君的象征。“惟草木之零落兮(我想到草木由盛而衰),恐美人之迟暮(担心美人啊也会一天天衰老)”。美人,一说指灵修,作品中塑造的以楚怀王为原型的另一个艺术形象)。

(2)贤臣的象征。“忽反顾以流涕兮(忽然回头眺望,涕泪淋漓),哀高丘之无女(哀叹高丘竟然也没有美女)。”

(3)诗人自喻。“众女嫉余之蛾眉兮(那些庸人嫉妒我的丰姿),谣诼谓余以善淫(造谣污蔑说我妖艳好淫)。”

(4)比喻君臣关系。在屈原的时代,男女之间的爱情婚姻与君臣、朋友的关系可以联系在一起。表面上写的是男女恋爱,实际说的是君臣遇合,这就叫有寄托。关于群臣关系,可以比喻成结婚、婚约、求婚。“美人”则是以男女之爱来象征君臣、朋友之谊。屈原用男女之间的爱情婚姻,来象征君臣际遇的状况。在封建时代,做臣下的得到君主的赏识,就像女子得到男人的喜爱一样,所以臣子思恋君主,又像是在思念美人。《离骚》中的美人描写一般具有夫妇伦理的内涵,而早在春秋时代的阴阳五行观念里,就有把君臣和夫妇关系进行对应的传统，所以夫妇伦理也常称为政治关系的喻体。如“曰黄昏以为期兮（分明约好了在黄昏结婚），羌中道而改路（为什么又中途改变了主意）”。“望瑶台之偃蹇兮（遥望华丽巍峨的玉台啊），见有娀之佚女（见有娀氏美女住在台上）。吾令鸩（zhèn）为媒兮（我请鸩鸟前去给我做媒），鸩告余以不好（鸩鸟却说那个美女不好）。雄鸠之鸣逝兮（雄鸩叫唤着飞去说媒啊），余犹恶其佻巧（我又嫌它过分诡诈轻佻）”。可以说，屈原在很大程度上，是通过自拟弃妇而抒情的，所以全诗在情感上哀婉缠绵，如泣如诉。以夫妇喻君臣不仅形象生动，深契当时的情境，而且也符合中国传统的思维习惯，这一观念可能影响了屈原的创作。“如诗人自比为女子，由此出发，他以男女关系比君臣关系；以众女妒美比群小嫉贤；以求媒比通楚王的人；以婚约比君臣遇合。其他方面亦多用比喻，如以驾车马比治理国家，以规矩绳墨比国家法度等。比兴手法的运用，使全诗显得生动形象，丰富多彩。”（游国恩《中国文学史》）

（5）婉转地寄托了作者对人生理想的追求和追求失败后的痛苦。他人生的最高理想就是“美政”，这个不可有疑。他力述自己的前世今生，修能追求，不幸遭遇。地界楚王昏庸，恶人当道，自己远离朝政，又被放逐他乡。踏入天界，天帝不见，连守门都不理他，三求“佚女”而不得。这样奇特的经历，只有伟大的屈原才有。不要说实现理想，内心的苦闷，精神的摧残，生活的艰辛可想而知。残酷的现实告诉我们，实现理想是需要条件的。也许，当时的诗人连起码的生存都存在问题，焉能为成功？焉能不痛苦？所以，婉转地寄托了作者对人生理想的追求和追求失败后的痛苦这个观点是可信的。之所以婉转，是当时的历史环境决定的，也是诗歌本身的特点所影响的。虽然婉转，但表达的感情很强烈，主旨也很明确。

以上五种解释，已基本成为定论。在我看来，美人还有第六种喻义。在我的理解中，在《离骚》里，美人都是“吾”思念追求的对象，并非只限女人。屈原当时所处的环境对他极为不利，政治上不得志，才干出众，志向高远，感情纯洁。但君王昏庸无能，奸佞小人当道，并听信小人谗言，自己屡遭排挤，甚至被流放。没有人与他志同道合，同甘共苦，风雨同舟，不仅报国无门，就连个说话的地方都没有。他矢志不渝，上天下地，做出了惊人的努力，但都事与愿违，无功而返。就连他最亲近的姐姐也不理解他，劝说并抱怨他。可见当时他内心是极度苦闷的。在这样的情况下，他不仅需要一个理解自己，支持自己，热爱自己的政治助手；而且也非常需要一个温柔贤淑，美丽大方，有才情、有感情、有温情的情感伴侣。在苦闷无助时有人能倾听他的诉说，能够慰藉他的灵魂，在成功时有人能够分享他的快乐，在出行时，有人能相伴左右，料理生活。所以我觉得这里的美人还应该包括作者自己理想中的帮手，性情相投的朋友。这是任何人的一种最朴素的愿望。《离骚》是屈原的代表之作，是震古烁今的一首长篇抒情诗，诗人在宏大的诗篇里呈现出来的世界可谓气象万千。按诗人的情感发展变化和诗篇叙事的推进，得出《离骚》的内美体现在诗人志向之纯粹与心灵之清透、灵动的诗心赋予景物以丰沛生命力、内美与修能两相辉映三个方面。《离骚》所倾泻的都是诗人对“美”的追求。可以说，诗人一生都在寻找知心者、对话者，以期诉说自我美好的心灵和对美政的执着理想。

香草美人的内涵是忠君爱国的思想。屈原的人格美并非抽象的，而是具体渗透并表现在诗人的各种生活方式上。通过对香草美人的追求，诗人的人格立体化了。屈原的人格之所以是美的，首先是其心灵的伟大，然后我们才倍觉其美，他的追求、爱好无不打上美的烙印。《离骚》篇末说："既莫足与美政兮(没有人同我一起推行美政)，吾将从彭咸之所居(我将要独自追随彭咸安排自己)！"可见"美政"是屈原的向往，也是他的政治原则，"美政"与香草美人是分不开的。《离骚》前面大量叙述的香草美人，都是为最后"美政"的提出做铺垫的。从这个意义上说，香草美人也带上了政治色彩，是屈原政治理想的化身，已不再是纯粹意义上的香草美人了。屈原的美学思想是追求纯美的，他总是以最高的标准要求自己。所以"美政"便是一种理想的政治，而最能寄托"美政"的外在形式非香草美人莫属。如果只从表面意思上看屈原诗歌中所描绘出来的图画，那么，屈原作品的艺术价值明显要低一级，我们的理解也是肤浅的、错误的。诗歌总要表现一个时代，评价一个诗人隐藏在诗歌中的思想价值才是最重要的。香草也好，美人也罢，最终都要剥下它们华丽的外衣，向我们展示诗人所赋予它们的精神灵魂。这带给我们的不仅仅是美的享受，更是灵魂深处的思索、启迪、共鸣！《离骚》中充满了种类繁多的香草，这些香草作为装饰，支持并丰富了美人意象。"屈原式的深情美丽"在"香草美人"的意象中表现得淋漓尽致。"香草"以外在的形式，内化为一种信仰的力量，情感的自觉使理想化成了一种内在的信念，"香草"的价值和诗人的情感，水到渠成，合而为一，熠熠生辉。《离骚》中写到草木的地方甚多。自从《离骚》歌颂香草嘉木、贬责臭草恶木以后，这些自然物也都被人格化了，被赋予了善与恶、崇高与卑劣的不同品质。"香草美人"意象的运用，使《离骚》不仅内涵丰富，而且也极富浪漫色彩。

从社会现实中看，美人不一定都是好人，美人和好人是有本质区别的，但好人一定是美的。诗词文章，就更不同于人了，好诗好文一定是美的。《离骚》就属于这一种，就如颗颗珍珠串联起来的项链，无论戴在谁的颈项上都是美的，字字珠玑，句句灿妍。这是一首折射出无限美的交响曲，因为他的理想、信念、追求、愤懑、不满都涵盖在这些美的意象当中。

第六，是气象万千的地理美。

屈原手握如椽巨笔，轻轻动一下手指，都能点铁成金，妙笔生花。在他的笔下，无其不美，无其不凄美。山、川、河、湖、海、沙漠、建筑都美，连地方、地名也美，风景就更不用说了。昆仑山、凤凰山、阆风山、不周山、椒丘、赤水、白水，也很美，细读起来，与其他美极为协调。“步余马于兰皋兮（赶着我的马车缓缓在兰草水边行走），驰椒丘且焉止息（跑上椒木小山暂且停留）”。“朝发轫于天津兮（清晨从天河的渡口出发），夕余至乎西极（最远的西边我傍晚到达）”。“麾蛟龙使梁津兮（指挥蛟龙在渡口上为我架桥），诏西皇使涉予（命令西皇将我渡到对岸）”。“忽吾行此流沙兮（忽然我来到这无边的流沙地段），遵赤水而容与（只得沿着赤水行进缓慢）”。“路不周以左转兮（经过不周山向左转去啊），指西海以为期（我的目的地已指向西海）”。“朝发轫于苍梧兮（早晨从南方的苍梧出发），夕余至乎县圃（傍晚就到达了昆仑山上）”。“欲少留此灵琐兮（本想在灵琐稍事逗留）”。“望崦嵫（yān zī）而勿迫（莫叫太阳迫近崦嵫山旁）”。“饮余马于咸池兮（让我的马在咸池里饮水），总余辔（pèi）乎扶桑（把马缰绳拴在扶桑树上）”。“夕归次于穷石兮（晚上宓妃回到穷石住宿），朝濯发乎洧(wěi)盘(清晨到洧盘把头发洗濯)”。“吾令帝阍开关兮(我叫天门守卫把门打开)”。“溘吾游此春宫兮(我飘忽地来到春宫一游)”。“望瑶台之偃蹇兮(遥望华丽巍峨的玉台啊)”。“朝搴阰之木兰兮(早晨我在山坡采集木兰),夕揽洲之宿莽(莽宿)(傍晚在小洲中摘取宿莽)”。“余既滋兰之九畹兮(我已经栽培了很多春兰),又树蕙之百亩(又种植香草秋蕙一大片)”。“日忽忽其将暮(夕阳西下已经暮色苍茫)”。“纷总总其离合兮(云霓越聚越多忽离忽合),斑陆离其上下(五光十色上下飘浮荡漾)”。“扬云霓之晻蔼兮(云霞虹霓飞扬遮住阳光)”。虽然天宫、春宫没有具体的描述,但可想其美得让人窒息,那可是“三界”最美的豪宅。绝对是层层守卫,重重把关,琼楼玉宇,锦衣玉食,仙气飘飘,浩风荡荡。这里还有阳光、沙滩、海水、美人,这样的世界能不美吗?

第七,气吞山河的仪仗美。

“驷玉虬以椉鹥(yī)兮(驾四条白龙,乘五彩凤凰),溘埃风余上征(尘飞风卷,飞到天上)”。“前望舒使先驱兮(叫前面的望舒作为前驱),后飞廉使奔属(让后面的飞廉紧紧跟上)。鸾皇为余先戒兮(鸾鸟凤凰为我在前戒备),雷师告余以未具(雷师却说还没安排停当)。吾令凤鸟飞腾兮(我命令凤凰展翅飞腾啊),继之以日夜(要夜以继日地不停飞翔)。飘风屯其相离兮(旋风结聚起来互相靠拢),帅云霓而来御(它率领着云霓向我迎上)。纷总总其离合兮(云霓越聚越多忽离忽合),斑陆离其上下(五光十色上下飘浮荡漾)”。“百神翳其备降兮(天上诸神遮天蔽日齐降),九嶷缤其并迎(九嶷山的众仙子纷纷相迎)”。“扬云霓之晻蔼兮(云霞虹霓飞扬遮住阳光),鸣玉鸾之啾啾(jiū)(车上玉铃叮当响声错杂)”。“凤皇翼其承旗兮(凤凰展翅承托这旌旗啊),高翱翔之翼翼(长空翱翔有节奏地上下)”。“屯余车其千乘兮(我再把成千辆车子聚集),齐玉轪而并驰(把玉轮对齐了并驾齐驱)。驾八龙之婉婉兮(驾车的八龙蜿蜒地前进),载云旗之委蛇(载着云霓旗帜随风卷曲)”。“为余驾飞龙兮(给我驾车啊用飞龙为马),杂瑶象以为车(车上装饰着美玉和象牙)”。“奏《九歌》而舞《韶》兮(演奏起《九歌》,舞起《韶》吧)”。

仪仗之壮美,阵容之庞大,气势之磅礴,车驾之考究,动力之强劲,行速之快捷,行动之自由,行程之遥远,旅途之悠然,各方之聚力,这是他人之文辞少有或没有的。在这里,我有一种感慨,或者说想法和见解。在这个梦幻的世界里,诗人本是“吾将上下而求索”的。求索之路没有不艰辛的,吃苦受罪那是自然,即使生命受到威胁,以至于走到生命的尽头,都不足为奇。在这个世界里,我窥见了诗人的一丝丝微笑。尽管天帝连门都不曾开,三求佚女也不得,但各路神仙为其感动,他所调遣的或能调遣的,哪个没有听从指挥?哪个没有完成任务?哪个表现不出色?所以,“凝心聚力”是这段文字的另一个核心,只有凝心聚力才能实现远大的理想。它不仅能攻克前进道路上的碉堡,也能攻破心中那道过不去的坎。在这里,“吾”的高洁德行得到了接受,超强能力得到了充分的发挥,终于有了用武之地,政治理想和抱负也得到了认可。他曾说:“皇天无私阿兮(上天对一切都公正无私),览民德焉错辅(见有德的人就给予扶持)。夫维圣哲以茂行兮(只有古代圣王德行高尚),苟得用此下土(才能够拥有天下)”。他的“理论”也在这里得到了验证。他在这里找到了些许的理解和慰藉,所以露出了会心的微笑。同时,也深刻反映了人间的浑浊和朝廷政治的落后及腐朽,他们“众皆竞进以贪婪兮(大家都拼命争着向上爬),凭不厌乎求索(利欲熏心而又贪得无厌)。羌内恕己以量人兮(他们猜疑别人宽恕自己),各兴心而嫉妒(他们勾心斗角相互妒忌)”。“固时俗之工巧兮(庸人本来善于投机取巧),偭规矩而改错(背弃规矩而又改变政策)。背绳墨以追曲兮(违背是非标准追求邪曲),竞周容以为度(争着苟合取悦作为法则)”。他才高盖主,义薄云天,这些蝇营小人怎么容得了你,德不两立,政也不能两立。这他比谁都清楚明白,无须他人提醒和暗示。他在另一个世界看到了希望,也证实了他正确的一面。因此,这是他最快乐的一个瞬间,他微笑了,他做出了一个惊人的决定:“国无人莫我知兮(国内既然没有人了解我),又何怀乎故都(我又何必怀念故国旧居)!既莫足与为美政兮(既然不能实现理想政治),吾将从彭咸之所居(我将追随彭咸安排自己)!”他情愿而又安心地闭上了那双充满睿智,灵光闪闪的眼睛。这一微笑也成了历史长河中最灿烂、最真实的微笑,这一微笑也成为永恒!

关于《离骚》的内容层次,历来有各种不同的分法。大致说来,比较流行的有三分法、四分法、五分法、七分法、九分法。我趋向于五分法。

《离骚》作为鸿篇巨制,所表现的思想内容极其丰富,主要可概括为两个方面。一是描述了诗人和当朝统治者的矛盾,即理想与现实的对立;二是描述了诗人心灵的痛苦和纠结,进取和退隐的矛盾。

从内容构思上说,诗中写了两个世界:现实世界以及由天界、神灵、往古人物和人格化了的日、月、风、雷、鸾凤、鸟雀所组成的超现实世界。这超现实的虚幻世界是对现实世界表现上的一个补充。在人间见不到君王,到了天界也同样见不到天帝;在人间是“众皆竞进以贪婪兮”(大家都拼命争着向上爬），找不到同志，到天上“求女”也同样一事无成。《离骚》把抒情主人公做了巧妙的安排，让他自由来往于天地之间。这种构思更适宜于表现抒情诗瞬息变化的激情。诗人设想的天界是在高空和传说中的神山昆仑之上，这是与从原始社会开始形成的一般意识和原型神话相一致的，所以显得十分自然，比起后世文学作品中通过死、梦、成仙到另一个世界的处理办法更具有神话色彩，而没有宗教迷信的味道。诗人所展现的背景是广阔的、雄伟的、瑰丽的。其意境之美、壮、悲，是前无古人的，尤其是诗人用了龙马的形象，作为由人间到天界，由天界到人间的工具。（《尚书中候》佚文中说，帝尧继位，“龙马衔甲”。中国古代传说中的动物龙的原型之一即是神化的骏马。《周礼》中说“马八尺以上为龙”，《吕氏春秋》说“马之美者，青龙之匹，遗风之乘”。在人间为马，一升空即为龙。）本来只是地面与高空之分，而由于神骏变化所起的暗示作用，则高空便成了天界。诗人借助自己由人间到天上，由天上到人间的情节变化，形成了这首长诗内部结构上的大开大阖。诗中所写片段的情节只是作为情感的载体，用以外化思想斗争与情绪变化。然而这些情节却十分有效地避免了长篇抒情诗易流于空泛的弊病。另外，神游天上一系列的幻境，便使这首抒情诗具有了故事情节的成分。看来似乎山穷水尽，眨眼又是一番新的景象，波澜起伏，百转千回，从而把叙事诗和抒情诗融为一体，巧妙地表现了诗人崇高人格和远大抱负的长久魅力。再说，这里的情节，颇似今天小说的特点。

从外部结构言之，《离骚》作为鸿篇巨制，所表现的思想内容极其丰富。为了便于理解和掌握，我把它分为两部分，五章，十四个完整意段。前部分，前两章，七个完整意段；后部分，后三章，七个完整意段。

《离骚》的形式来自民间，但在诗人手中有了很大发展。他一面采用民歌的形式，一面又汲取了散文的笔法，把诗句加长，构成巨篇，既有利于包纳丰富的内容，又有力地表现了奔腾澎湃的感情。《离骚》基本上是四句为一节，字数不等，亦多偶句，形成了错落中见整齐，整齐中又富有变化的特点。（游国恩《中国文学史》）

八是华丽典雅的语言美。《离骚》的语言是相当美的。“彧彧其文，馥馥其芳”（文采美盛，芳香四溢）。（出自——《诗经·小雅·信南山》）

首先，诗中大量运用了比喻象征的手法。如以采摘香草喻加强自身修养，佩戴香草喻保持修洁等。但诗人的表现手段却比一般的比喻要高明得多。如“制芰荷以为衣兮（我要把菱叶裁成上衣），集芙蓉以为裳（并用荷叶把下衣制就）。不吾知其亦已兮（没有人知道我也就罢了），苟余情其信芳（只要内心真正馥郁芳香）”四句，第四句中的“芳”自然由“芰荷”“芙蓉”而来，是照应前两句的，但它又是用来形容“情”的。所以，虽然没有用“如”“似”“若”之类字眼，也未加说明，却喻义自明。

其次，诗人运用了不少香花、香草的名称（有 23 种之多）来象征性地表现政治、思想意识方面的比较抽象的概念，不仅使作品含蓄，长于韵味，而且从直觉上增加了作品的色彩美。自屈原以来，“香草美人”就已经成为高洁人格的象征。

最后，全诗以四句为一节，每节中又由两个用“兮”字连接的若连若断的上下句组成。《离骚》的形式吸收和借鉴了南方楚地的民歌，但它又吸收了当时蓬勃发展的新体散文的笔法，打破了《诗经》的四言格式，把诗句加长，结构扩大，既增加了内容含量，又增强了表现力。《离骚》在语言形式上，突破了《诗经》以四字句为主的格局，每句五、六、七、八、九字不等，也有三字句（已矣哉：算了吧）和十字句（苟余情其信姱以练要兮：只要我的情感坚贞不移），句法参差错落，灵活多变。通篇隔句句尾用“兮”字，句中则往往配以“之”“于”“乎”“夫”“而”等虚字，用来协调音节，也有全句不用虚字的。虚字运用得十分灵活，又常以状词冠于句首，造句也颇有特点。它采用了大量的口语、方言入诗，用得最普遍的“兮”，便是在当时民间诗歌，特别是楚地民歌中经常出现的口语，这一词语增强了诗中咏叹的抒情气氛。加上固定的偶句韵和叠词的运用，“余固知謇謇（jiǎn）之为患兮（我早知道忠言直谏有祸）”，“老冉冉其将至兮（只觉得老年在渐渐来临）”，“索胡绳之纚纚（xǐ）（胡绳搓成绳索又长又好）”，“沾余襟之浪浪（热泪滚滚沾湿我的衣裳）”，“日忽忽其将暮（夕阳西下已经暮色苍茫）”。使全诗一直在回环往复的旋律中进行，具有很强的节奏感，又极大地增强了诗句的节奏性和音乐美。

《离骚》中又多用对偶，全篇对句在百句以上。如：“畦留夷与揭车兮（分垄培植了留夷和揭车），杂杜衡与芳芷（还把杜衡和芳芷套种其间）。朝饮木兰之坠露兮（早晨我饮木兰上的露滴），夕餐秋菊之落英（傍晚我食用菊花即将散落的花瓣）。饮余马于咸池兮（让我的马在咸池里饮水），总余辔（pèi）乎扶桑（把马缰绳拴在扶桑树上）”。如将“兮”字去掉，对偶之工与唐宋律诗对仗无异。并已出现了错综对，如“固时俗之工巧兮（庸人本来善于投机取巧），偭规矩而改错（背弃规矩而又改变政策）。背绳墨以追曲兮（违背是非标准追求邪曲），竞周容以为度（争着苟合取悦作为法则）”。在一句中还往往以双声配双声，叠韵配叠韵，前者如“忳（tún）郁邑余侘傺（chà chì）兮（忧愁烦恼啊我失意不安）”，后者如“聊逍遥以相羊（我可以暂时从容地徜徉），乘骐骥以驰骋兮（乘上千里马纵横驰骋吧）”等。这就形成了《离骚》的诗句在错落中见整齐，在整齐中又富于变化的特点，读来节奏谐和，音律节奏美。

《离骚》的语言之美，及其艺术成就，得到过许多名家的称赞。东汉王逸《楚辞章句·离骚经序》：“《离骚》之文，依《诗》取兴，引类譬喻。故善鸟香草，以配忠贞；恶禽臭物，以比谗佞；灵修美人，以媲于君；宓妃佚女，以譬贤臣；虬龙鸾凤，以托君子；飘风云霓，以为小人。”其辞温而雅，其义皎而朗，凡百君子，莫不慕其清高，嘉其文采，哀其不遇，而愍（mǐn，爱抚，推崇）其志焉。（《离骚》的行文，依照《诗》来起兴，援引不同的物类做比喻，比喻贤臣，用虬龙鸾凤来托喻君子，用飘风云霓比喻小人。文章的词语温厚而典雅，文章的意旨纯洁而明朗。大凡所有的君子用好鸟香草来比喻忠贞之士，用恶禽臭物比喻谗佞之人，用灵修美人来比拟君王，用宓妃佚女来譬贤臣，没有不仰慕他的清高，赞赏他的文才，哀伤他的怀才不遇而同情他的志向的。）

唐代大诗人李白宣称：“屈平辞赋悬日月，楚王台榭空山丘。”[屈原的词赋长盛不衰，而楚王的楼台（有出典的，当然典故本身并不是很重要）却早已不见，唯有空空如也的山丘。李白在汉水泛舟之时写下的句子，意在于唯有华美的辞藻能够长留于世，而财富、物质却不会长远。]

鲁讯《汉文学史纲要》，战国之世……在韵言则有屈原起于楚，被谗放逐，乃作《离骚》。逸响伟辞，卓绝一世。后人惊其文采，相率仿效，以原楚产，故称“楚辞”。较之于《诗》，则其言甚长，其思甚幻，其文甚丽，其旨甚明，凭心而言，不遵矩度。故后儒之服膺诗教者，或訾（zī，考虑）而绌（chù，革除）之，然其影响后来之文章，乃甚或在三百篇以上。（《楚辞》与《诗经》比较，那么它的篇幅语言很长，它的思想十分富有幻想色彩，它的言辞很华丽，它的主旨十分明晰，从良知上讲，它不遵循诗歌创作的规矩与要求，因此，后世忠心信服诗经教育的读书人，有人诋毁它甚至废除它，然而它对后世写文章的影响甚至在《诗经》之上。）

九是无与伦比的诗题美。《离骚》的题名就像诗歌本身，如天女散花般美丽，五彩缤纷；又如一位雍容华贵、风情万种的少夫人，国色天香，顾盼生辉；还像一位智者仙人，道骨嶙峋，美冉索索，在一个很遥远的地方，把三界尽收眼底，静静地托着腮帮子，观察并思考着他所思考的问题。对于《离骚》题目的意思之所在，众说纷纭，各有其由。

关于《离骚》的创作年代，司马迁在《史记·太史公自序》里说："屈原放逐，著《离骚》。"据此，则当作于屈原被放逐后。今人对此说法不一，有说作于楚怀王时屈原被疏远后，有说作于楚顷襄王时屈原被流放后，有说作于怀王末顷襄王初，还有说始作于怀王时而成于顷襄王初，迄无定论。但学术界认可的写作时间，当在某一年的秋天。

楚国曾经有辉煌的历史，既是春秋五霸，也是战国七雄。自公元前 1040 年，熊绎被周成王封在楚地开始，到公元前 223 年，王翦灭楚，前后历经 817 年。八百多年中，产生了 43 位君王，其中楚怀王是第 37 位（公元前 328—公元前 299 年）国君，在位 30 年。楚襄王是第 38 位（公元前 299—公元前 263 年）国君，在位 36 年。屈原（公元前 340—公元前 278 年），在世 62 年。他出生时，怀王已在位 12 年；他去世时，襄王已在位 21 年。他的第一次流放（公元前 304—公元前 299

年)，被流放汉北 6 年，流放时怀王在位已 24 年，屈原时年 36 岁。八年后再次流放(公元前 296 年—公元前 278 年)到南方的荒蛮之地，时年屈原 44 岁，这次流放 17 年之久，实际上从公元前 304 年至死一直处于流放，前后流放 24 年之久。如果不死，肯定依然流放。公元前 223 年，楚国在淮南与秦战斗中，宗室昌平君和项燕双双战死，楚国彻底宣告灭亡。

有故事是这样讲的，楚顷襄王二十一年(公元前 278 年)夏历五月初五上午，汨罗，晴空丽日，万里无云。屈原到江堤上散步，披头散发，脸色憔悴，脚步紊乱。他被靳尚和子兰在楚王面前进谗言，罢免流放，先是在溆浦待了十六年，两年前来到汨罗。他喜欢在长堤上踽踽独行，一面走，一面自言自语：道路漫长而遥远啊，可是我有决心探索出救国良策。有一个渔夫很佩服屈原的才华和抱负，但是看不得他那郁闷的样子，就拴好渔船上岸，慢慢走过来说：您不是三闾大夫吗？怎么这般颓废呢？屈原说：我痛心君王惑于小人之言，不能明辨是非，端方正直的君子却不为朝廷所容，所以忧愁苦闷。屈原摇摇头，想起自己的遭遇，又吟唱了两句诗：举世皆浊啊我独清，众人皆醉啊我独醒。之后就有了那千古悲壮的一幕。

据史料反映，那不是屈原最后说的一句话。

屈原被楚怀王流放期间，楚国的国势一天天衰落下去。公元前 278 年，秦将白起带兵南下，最后攻占楚国的国都"郢都"，烧毁了楚国历代国君的陵墓，楚顷襄王被迫迁都陈县。屈原从汉北南逃回郢都，亲眼看到郢都的残破，伤心地写下充满了国破家亡之痛的《哀郢》，他痛苦不堪，看到祖国濒于危亡，不由得放声哀吟："心婵媛而伤怀兮，眇不知其所蹠。"(对祖国无限的牵挂和伤感盘旋在我心中，可眼前彷徨迷茫，不知何处是我可以立足的地方啊。)

屈原看到此情此景,默默地回顾了自己报国无门、与腐朽势力斗争的一生,怀着满腔悲愤的心情,写下了人生最后一首诗作《怀沙》。在这一年的农历五月初五,屈原徘徊在长沙附近的汨罗江畔。他面容憔悴、身体瘦弱,拖着沉重的步子走在江边;他为自己政治理想的幻灭,无法挽救祖国的灭亡而感到绝望,面对着滚滚的江水,心潮汹涌、起伏不平;他仰望长空,悲壮地吟诵《怀沙》中的诗句:“知死不可让,愿勿爱兮。明告君子,吾将以为类兮。”(他绝望又悲壮地说:我面前只有死路一条,我为了真理绝不吝惜自己的生命。那些光明磊落的君子们,我将以你们为榜样。)

这就是屈原在投江自尽前说的最后一句话。当诗声尚在空中回荡之时,屈原抱起一块石头,纵身跃入了江中。屈原以死来殉自己的祖国和一生为之奋斗的理想。这一年,他62岁。他投江汨罗,也就是要归死先王故居之地。有史料反映,屈原当时的心理是“宁赴湘流,葬于江鱼之腹中。安能以皓皓之白,而蒙世俗之尘埃乎”(我宁愿投身湘水,葬身在江中鱼鳖的肚子里,哪里能让玉一般的东西去蒙受世俗尘埃的沾染呢)。这倒也符合诗人的个性特征。

从以上的资料和《离骚》本身的特点分析和推测,这首光耀千古的杰作,应该作于楚襄王时期。从他的才华看,怀王时期,写出文字优美的《离骚》是完全有可能的,如王勃作《滕王阁序》时也很年轻。但思想高度和深度似乎是难以达到的。也只有小人越龌龊,君王越昏庸,朝廷越腐朽,国家越衰败,人民越遭难;也只有他见闻越广博,经历越苦难,迫害越残酷,认识越深刻,思想越深邃,头脑越清醒,心情越悲愤,感情越高昂,才能写出今天我们看到的《离骚》。再说,凭着屈原的一腔热血和执着追求，他肯定抱有一种结束流放，重新被启用的强烈希望。“楚人既咎子兰以劝怀王入秦而不反也。屈平既嫉之，虽放流，眷顾楚国，系心怀王，不忘欲反。冀幸君之一悟，俗之一改也。其存君兴国，而欲反覆之，一篇之中，三致志焉。然终无可奈何，故不可以反。卒以此见怀王之终不悟也！”——《史记·屈原贾生列传》(楚国人抱怨子兰劝怀王入秦，以致不能回来。屈原也痛恨子兰，虽然被放逐，却还眷恋楚国，挂念怀王，不能忘却，心想回来。他希望君王有一天会醒悟，世俗有一天会更改。他那思念君王，振兴国家，力挽狂澜，扭转危局的心意，一篇诗里多次表达出来。但终于毫无办法，仍旧不能回来。由此可见，怀王到底不曾醒悟！)怀王被作为人质，后客死他乡，他把希望又寄托在了新王的身上，这种心理非常正常，也合乎情理。况且，从《离骚》反映的内容看，他做过许多非凡的努力。但二十多年过去了，他经历了太多常人难以接受的感受、磨难，最让他感到不平的就是巨大的心理落差之后所产生的难堪，经历了一次次的希望到绝望的过程。当他彻底绝望的时候，也就死了那条心，也就有了《怀沙》中“知死不可让，愿勿爱兮。明告君子，吾将以为类兮”和《离骚》中“乱曰：‘已矣哉(算了吧)！国无人莫我知兮(国内既然没有人了解我)，又何怀乎故都(我又何必怀念故国旧居)！既莫足与为美政兮(既然不能实现理想政治)，吾将从彭咸之所居(我将追随彭咸安排自己)”这样的呐喊和感慨。《离骚》是他的希望彻底绝望后的写照，是对自己心愿的一个了结，是留给后人的一曲泣泪滴血的挽歌，也是给后人的一个交代。我们细读《离骚》，能够体会到巨大的自豪荣光之后，隐藏着极大的无穷的痛苦和屈辱，极美的内因外面，包裹着极其不幸的外因，看似波涛汹涌的背后也有稍事的安静，正是这稍事的安静酿造了巨大的轰鸣，让人感到意外，让人感到惋惜，又觉得在情理之中。

《离骚》的创作缘由，司马迁在《史记·屈原列传》中引刘安《离骚传》说："屈平疾王听之不聪也，谗谄之蔽明也，邪曲之害公也，方正之不容也，故忧愁幽思而作《离骚》。"（屈平痛心君王偏听偏信，谗谄遮蔽了光明，邪气妨害了公正，正直者无处容身，所以愁思隐忧，写下了《离骚》。）又说："屈原正道直行，竭忠尽智以事其君，谗人间之，可谓穷矣。信而见疑，忠而被谤，能无怨乎？屈平之作《离骚》，盖自怨生也。"（屈平公正刚直，把自己的忠心才智全部贡献出来为君王服务，却被谗人离间，可以说到了穷途绝境了。他信实而被怀疑，忠诚而遭诽谤，怎能没有怨愤呢？屈平写作《离骚》，就是由怨愤引起的。）屈原的"忧愁幽思"和怨愤，是和楚国的政治现实紧密联系在一起的。《离骚》就是他根据楚国的政治现实和自己的不平遭遇，"发愤以抒情"而创作的一首政治抒情诗。说起来，自然界也好，历史也好，现实也好，凡事都有个缘由。不管个人还是组织也都一样。诗人不仅有才华，还有至高的追求，但最美的年华却在颠沛流离中，在苦难煎熬中。心中的痛苦和愤懑自然不言而喻，时时都会有火山式的爆发，这个爆发，就是血和泪熔铸的诗篇。

关于《离骚》的得名及意义，也有众多的说辞。

我能搜集和知道的，综合起来有六种解释。

（1）遭遇忧患。《史记·屈原贾生列传》："离骚者，犹离忧也……屈平之作《离骚》，盖自怨生也。"

（2）离别的愁思。语本《楚辞·离骚》汉王逸注："离，别也；骚，愁也；经，径也。言已放逐离别，中心愁思，犹陈直径，以风谏君也。"班固解为"遭忧"。

(3)牢骚。(宋)苏辙《次韵子瞻见寄》:“贾生作传无封事,屈平忧世多离骚。”

(4)文体之一种。(宋)魏庆之《诗人玉屑·诗体上》:“风雅颂既亡,一变而为离骚,再变而为西汉五言,三变而为歌行杂体,四变而为沈宋(沈佺期、宋之问)律诗。”

(5)泛指辞赋、诗文。(清)杭世骏《〈东城杂记〉序》:“斯诚离骚之博徒,艺苑之别子矣。”

(6)曲名。游国恩《楚辞概论》:“[《离骚》]这个名词的解释,也不是楚言,也不是离忧,也不是遭忧和别愁,更不是明扰,乃是楚国当时一种曲名。”

以上说法各有理由。在这里我想说以下“文体之一种”。若从这个角度讲,非常类似于后来的“无题”诗,为了表达的需要,或其他某种目的,有些作者就将自己所写索性定为无题,多为不愿意标出能够表达主题的题目时,就这样做。最著名的当属晚唐的李商隐,写过多首。如《无题·相见时难别亦难》,它从不同的方面反复表现着融贯全诗的复杂感情。还如《锦瑟》,它并非咏物,不过是按古诗的惯例以篇首二字为题,实是借瑟以隐题的无题诗。作者在诗中追忆了自己的青春年华,伤感自己的不幸遭遇,寄托了悲怆、愤懑的心情。篇幅虽小,但容量极大,借用庄生梦蝶、杜鹃啼血、沧海珠泪、良田生烟等典故,采用比兴的手法,运用联想和想象,把听觉感受化为视觉形象,以片段意象的组合,创造朦胧的境界,从而借助可视可感的诗歌形象来传达其真挚而又幽约的深思,充分反映出作者对美好年华的深深眷恋。

所以,我以为,《离骚》通过一种特定而恰当的方式、手法,倾诉自己的不幸遭遇,凸显自己品格的高洁,抒发自己的远大理想和理想不能实现的复杂情感。

这里的“平台”即本诗，书面文字；“手法”即现实主义与浪漫主义相结合的表现手法；“方式”即他所创造的意象和幻境。因此，“骚”可以理解为本身的文字和具体的表现形式及手法。“离”即所要表达的情感。

我们还是来剖析一下吧。因为屈原当时所处的历史环境，其生活的艰难自不必说。从政治的角度讲，其痛苦更大。当时前途未卜，自身难保，估计说话的机会都很难得，更不要说大发雷霆了。而且这从诗中也能体会得到，他非常希望再度取得君王的信任而被启用，和君王修好关系，并能感化朝廷的臣子转变观念，一心为国。因为他的理想未泯，这本身也是他奋斗的目标，只有这样，他才有可能实现理想。如果把“骚”理解成“牢骚”和“不满”，也不符合本诗的整体特色，因为作者表达复杂而痛苦的感情，都是通过塑造的形象“吾”来诉说，即使是“不满”，也是通过“憎”的感情来表达，对于赞美和斥责也多是通过比喻和象征的手法来表现。他诉说自己的苦衷也不直接，他塑造的人、神、王、后、帝，都是他的倾诉对象，都采取映射、隐含、委婉的手法。即使是以身殉国，也是说“愿依彭咸之遗则”，“吾将从彭咸之所居”来表明其归宿。再说了，从《离骚》的美学维度来讲，对这样一个有崇高追求和高洁品德的人而言，发一通牢骚能解决问题吗？发牢骚美吗？后人的杜撰猜测也好，史料考证也罢，对诗人的崇高美、纯粹美的顶礼膜拜是毋庸置疑的，实际上就是奔着他的“美”而去。他把这种美高度夸张和艺术化了，就连他生命的最后一个决定，人们都不愿意用“死”去道出，叫投江自尽，以身殉国。即使是擦拭最后一滴泪水，也是“揽茹蕙以掩涕兮（拿着柔软惠草揩抹眼泪），沾余襟之浪浪（热泪滚滚沾湿我的衣裳）”。“离”即所要表达的情感。诗人所表达的感情，从个人感受讲，那是极其痛苦和痛心的；从内容上说，的确是极其复杂的，远一个“五味杂陈”所能了得。因此，“离”至少表达了以下感情无疑：为有高尚纯洁的品德和修养，在偌大的朝廷却无自己的容身之地，与他人也不和而烦闷；为君王昏庸不醒悟而忧愁；为小人当道，佞人专权，颠倒黑白，并且原有的贤臣都变得贪婪自私而愤懑；为有坚定的信念，出色的才干，进步的执政理念而无人理解并接受而痛心；为国家蒙受亡国危险却无力回天而痛苦；为战乱使人民生活苦不堪言而忧郁；为理想不能实现，大好年华在颠沛流离中度过而无助；为反复努力而无果感到惆怅；为报国无门，寻不到志同道合者而悲哀；为自己的归宿而无奈。“离”的含义还是沉痛的，那就是既离非离。所有的情感都是因“离”而起，因“离”而生，因“离”而悲，因“离”而止，因“离”而叹。以身殉国就是离别，离别是和君王及其曾经相处的贤臣好友离别，与自己的亲人离别，但不离是不离开自己心念心爱的祖国。所以，这个“离”别具匠心，正如书画艺术中的“留白”，绘画需要留白。艺术大师往往都是留白的大师，方寸之地亦显天地之宽。南宋马远的《寒江独钓图》，只见一幅画中，一只小舟，一个渔翁在垂钓，整幅画中没有一丝水，却能让人感到烟波浩渺，满幅皆水。予人以想象之余地，如此以无胜有的留白艺术，具有很高的审美价值。这里也正所谓“此处无题胜有题”。用这样的手法表白自己的内心世界和崇高追求，与诗人的外修内美也是相符的。况且“风骚”一词很早就产生了，其来源就是两种代表性的诗体而言。

这里还要回过头来说说屈原。有资料说，公元前 278 年夏历五月初五上午，屈原到江堤上散步，披头散发，脸色憔悴，脚步紊乱。我觉得不是那样。诗人是过着长期流放而生不如死的日子，但他无一日苟且，即使心中有无限的痛楚，也不会是撕心裂肺的、歇斯底里的、胡说八道的、犯上作乱的不顾一切，那一刻他肯定是斯斯文文的、有情有礼的、有根有据的、义正词严的、视死如归的、镇静自若的、大义凛然的为自己的悲壮人生画上一个让后人们叹为观止的句号，他绝不会给自己的人生留下任何污点。否则，他是绝对不会投江的，因为那样毫无意义，反而影响了他苦心修炼的结果。几千年过去了，诗人还像他一生钟爱的“纫秋兰以为佩”，依旧散发着温馨诱人的芬芳。

屈原投江的时间还是较为可靠的。贾谊的《吊屈原赋》、庄忌的《哀时命》、东方朔的《七谏》等早于《史记》的著作，都写到此事。投江的日子，据梁人吴均《续齐谐记》记载，是“五月五日”。屈原的绝命词《怀沙》写于“滔滔孟夏”，孟夏是夏历四月，四月到长沙，五月初投汨罗自杀，是可能的。至于投江的具体年份，那就众说纷纭，很难考定了（董楚平《楚辞译注》）。

关于《离骚》并非常人而道也，但又所有人又可道也，我缘于对诗人的爱戴和仰慕。这里只是本人研究思考的简陋浅说，有待于与学养深厚的专家学者切磋商榷。

再说曹孟德

为什么再说曹孟德呢？因为，在2014年我出版的散文集《小溪》中，从政治、军事、文学三个方面展现了曹操戎马倥偬，波澜壮阔的一生。这里再从另外多个角度展示曹操，让我们认识一个立体的曹操，更真实的曹操。

他是一个颇具争议的重要历史人物，但其积极的一面是主流，他对中国社会发展是有重大贡献的。今天的人们，认识和了解历史及其人物，都是通过正史记载，有些出自稗官野史，还有些是今人的推理和主观臆断。其实对有些历史的认识，还真不是那么回事儿。因为我们有时连当今的事情都说不清楚，千年前的事情，哪里能说得那么准确呢？

曹操与人才。

曹操爱才如命，却又嫉贤妒能，他的个性特征是典型的矛盾结合体，两相都达到了极致。杨修之死，上过学的，听过书的，都并不陌生。因为杨修屡次猜透和揭穿曹操的心机，最终惹火烧身。但换个方位思考，曹操和杨修也是双方性格冲突的必然结果。杨修恃才放旷，喜耍小聪明。曹操嫉贤妒能，老谋深算。这两种性格互相冲突，必然导致一个由量变到质变的结局。曹操终于借惑乱军心之罪杀了杨修。

三国历史上的曹操是一个雄才大略的君主，能够在东汉末年的乱世中脱颖而出，逐渐统一了中国的北方地区，这与曹操的能力是分不开的。曹操能够成功,其中一个很重要的原因,就是他的用人之道。曹操用人的政策是“唯才是举”,而不是当时流行的标准“德才兼备”。这说明曹操用人是不拘一格的。比如,他给太史慈寄过一封只有“当归”的空白信,还给诸葛亮寄过鸡舌香,暗示太史慈和诸葛亮投靠自己。

曹操十分喜欢关羽,最主要的因素是关羽的忠义。乱世之中,勇士、力士易得,但既英勇无敌又忠义无二的人才就十分难得了。关羽其实就是这样的人。关羽对作为主人和兄长的刘备既忠且义,财物不能动其心,生死不能阻其行,爵禄不能改其志。对作为敌人的曹操也是有恩必报,不计生死。世人多见利忘义,不忠不义的人太多了。曹操希望他的文武百官以关羽为楷模,永远忠于他。所以,曹操说,关羽之忠义堪称众将之楷模,我宁肯关羽与我为敌,也不忍心杀他。对于关羽,曹操也是极力拉拢。官渡之战期间,曹操东征打败刘备之后,在下邳城俘虏了关羽,然后封为偏将军。要知道关羽当时是一个降将,曹操就给了将军的管职。《三国志》对此的记载是:“曹公擒羽而归,拜为偏将军,礼之甚厚。”封汉寿亭侯是因为关羽在白马之战中表现英勇,于千军万马之中斩杀袁绍大将颜良,为曹操解了白马之围。以关羽当时的能力,比曹操手下的所有将领都强,曹操手下的谋士程昱和郭嘉评价关羽是“万人敌”。这样一个超级军事人才,曹操怎能不想为自己所用呢?

公元 129 年,关羽兵败麦城,被吴将马忠擒获,后被孙权处死,并将首级献给了曹操。当时曹操心里五味杂陈,但随即对关羽首级下跪,并命令司马懿等人以王公之礼厚葬关羽,亲率洛阳文武百官前往祭奠。这里不难看出曹操对关羽的敬意和钦佩。事实上,曹操一直对关羽爱惜不已,当年在关羽归曹营后，曹操为了笼络和留住关羽，不惜把心爱的女人貂蝉送给关羽，这正是不舍不得。不仅送美女，送金银，还将关羽封为汉寿亭侯。可关羽身在曹营心在汉，最终毅然决然离开了曹操，曹操为错失这员爱将而心里怅然所失。今天，人们把关羽称为“关公”或“关老爷”，看作武圣人，和孔子平起平坐供奉起来。关公身披红纱，前面放着水果等供品，上香祀俸，又燃上红烛，火苗闪闪，无非就是对关老爷忠义的崇拜，也是祈求护佑，镇宅驱邪。

根据曹操的性格特点，像三国第一猛将吕布，肯定也是想为其所用。尽管爱才如命，但也是有他心底里的“原则”的，杀死吕布，也不单是为了女人的原因。关于吕布，在本文后面再谈。再者，曹操从匈奴人手中赎回蔡文姬也算是爱才吧，其“胡笳十八拍”青史留名。

关于爱惜搜揽人才，在他的诗歌中也有典型的反映。《短歌行》是其中的代表作，主题非常明确，全诗通过宴会的歌唱，以沉稳顿挫的笔调抒写诗人求贤如渴的思想感情和统一天下的雄心壮志。全诗共八解（诗歌的乐段，“八解”即八个“乐段”，本诗四句为一个“乐段”）。开头两解说：“对酒当歌，人生几何（面对着美酒高声放歌，人生短促日月如梭）！譬如朝露，去日苦多（好比晨露转瞬即逝，失去的时日实在太多）。慨当以慷，忧思难忘（席上歌声激昂慷慨，忧郁长久填满心窝）。何以解忧？唯有杜康（靠什么来排解忧闷？唯有狂饮方可解脱）”。抒发了诗人对时光流逝，功业未成的深沉感慨。“青青子衿，悠悠我心（穿青色衣领的学子，你们令我朝夕思慕）”。（这两句出自《诗经·郑风·子衿》，意思是青青的是我的衣领，悠悠的是我的思念。本是写姑娘思念情人，作者在这里用来比喻渴望得到有才学的人。）末解写道：

“山不厌高，海不厌深（高山不辞土石才见巍峨，大海不弃涓流才见壮阔）。周公吐哺，天下归心（我愿如周公一般礼贤下士，愿天下的英杰都真心归顺于我）”。表现出作者搜揽人才，以完成统一大业的宏伟怀抱。“周公”两句画龙点睛，明明白白，披肝沥胆，希望人才都来归顺我，点明了全诗的主旨。

关于“周公吐哺”的典故，据说周公自言：“吾文王之子，武王之弟，成王之叔父也；又相天下，吾于天下亦不轻矣。然一沐三握发，一饭三吐哺，犹恐失天下之士。”这也表达了诗人当时的心情。用今天的话说就是，周公为了招揽天下贤才，接待求见之人，一次沐浴要多次握着头发，一餐饭要多次吐出口中食物，后遂用“周公吐哺、一沐三握、一饭三吐”等表示求贤若渴、礼贤下士，为招纳人才而操心忙碌。（周公，姓姬，名旦，是西周著名的军事家、思想家，是周文王的儿子，周武王的弟弟。周公帮助周武王伐纣，辅佐侄子周成王，被后人奉为天下第一元圣。）

今天发生的事情，明天就成了历史。错失了今天的机遇，也就增大了明天成功的难度。历史又是今天的一面镜子，学习和研究历史，对我们个人和社会的发展都大有裨益。从古至今，人才都是决定民族兴亡、国家发展的重要资源。尤其是当今世界，以经济为基础、科技为先导的竞争正变得越来越激烈。这种竞争归根结底是人才资源的竞争，谁能把人才优势转化为知识优势、科技优势、产业优势，谁就能够赢得竞争的主动权。

曹操与皇位。

皇位至高无上，“普天之下，莫非王土，率土之滨，莫非王臣”（出自《诗经·小雅·北山之什·北山》）（天下的土地，都是君主的土地，而在这片土地上生活的人，也都是君主的子民）。有多少人觊觎那个位子，就连秦始皇时代，嫪毐都在做着这样的黄粱美梦。要说曹操不想当皇帝，那是一个天大的谎言，要是别人说曹操当不了皇帝，那也并非真实。谁不想登峰造极，无出其右，功成名就。曹操一生文韬武略，横刀立马，出生入死，走向人生巅峰的条件特别充分，空间也格外广阔。他没有走上皇位，是有原因的。事实上，一个人要匡扶正义，安平天下，惠及黎民百姓，必须有位子，有平台，当一个人施展抱负的内在条件都具备了，那外在因素就是关键，就是决定成败的瓶颈。

首先，不得不说他的阴险狡诈，老谋深算。

说到阴险狡诈，老谋深算，最具有代表性的当数“挟天子以令诸侯”。曹操不自立为天子，是因为他未成事之前，已经有教训可遵。董卓因为废少帝而立陈留王刘协，被各地军阀忌恨。纷纷以护“汉”为由兴兵讨伐董卓，就连曹操本人也不例外。这里说的天子是汉献帝刘协，东汉最后一任皇帝。刘协因被董太后抚养，故称“董”侯，初封渤海王，后封陈留王。中兴六年(189 年)，董卓废汉少帝刘辩，立刘协为皇帝。东汉末，都天子成了西北军阀的人质，几经磨难，落魄成流亡政府，曹操将其逼至许昌，以此功封自己为丞相，天子至此由流亡变成傀儡。从此曹操的政令均以天子颁诏形式发出，各地诸侯陷入两难的境地。服从则于己不利，尤其是对讨伐其他诸侯，让曹操坐收渔翁之利，不服则违天命，大逆不道。曹操以此政治优势，加以军事实力，统一了北方。曹操下世后，刘协被曹丕控制，随后被迫禅让于曹丕。公元 234 年，刘协寿终正寝，享年五十四岁。曹操的老谋深算还有更绝的，就在临终前，还和曹丕上演了一场相互试探的心理博弈。这完全是可以理解的，毕竟关乎天下苍生。

其次，他非常在乎声望。

曹操在三国中的地位可谓举足轻重，称霸中原，统一北方，确实靠的是自己的能力和实力，就连汉朝的正统皇帝行事都得看他的脸色。但是曹操终究还是太在意自己的名声，他想做个“周公”式的人物，不想做那个篡汉的国贼。所以终其一生都没有踏上离自己一步之遥的皇位。建安二十五年(220年)曹操带着自己未竟的梦想离开了他为之奋斗和开创的那个世界，享年六十五岁。真是天妒英才，被早早收编了。

最后，他是在等待。

这纯属我的观点，做个“周公”式的人物也是我的观点。对历史人物的评价要用历史唯物主义和辩证唯物主义的认识来论断。只要有证据、有理由，谁都可以发表自己的观点。有人说，当就当呗，为什么还来个“犹抱琵琶半遮面”呢？因为他是曹操，不是别人。历史上，想当个皇帝，杀父弑君、兄弟相残的事多了去了。那么曹操在等什么呢？他在等待一个顺理成章、瓜熟蒂落的大好时机；在等一个有胆有识、敢冒天下之大险的那么一个人，从背后用力推他一把。这样不就是双赢吗？其实这并不是没有理由。隋文帝杨坚就是被迫走上那个宝座的。杨坚有深厚的背景和出色的个人才干，还有当时无人可比的功勋。但他也认识到风险和危险指日可待，就想到地方就职。为了离开朝廷，杨坚联系到了朝中友人郑泽，此人是皇帝的宠臣，和杨坚关系也很好。在他的运作下，皇帝想着干脆把丈人送出去，也好彼此安心，不过，在任职到达前，皇帝却遭遇了不幸。皇帝因为重病而死，而杨坚的友人郑泽却隐瞒了此事，假借皇帝命令请来了杨坚辅佐朝廷。到了朝中，杨坚得知真相后极力拒绝，这时候他依旧是以臣子自居，在他看来，这样的事情就是在谋反。在郑泽一番劝说下，再加上另一位参与此事的重臣刘昉拿着皇冠威胁他说：倘若杨坚不做这件事，自己就去做，然后定不会放过杨坚，为了自保，杨坚只能同意。就这样，本不想做皇帝的杨坚，被两位朋友逼着走上了皇位！杨坚自己本不想戴皇冠，奈何有人强行给自己戴在了头上！无独有偶，后周大将赵匡胤也是被下属“黄袍加身”给“造”出来的一个皇帝。好在这两个“捡来”的皇帝都很争气，开创了中国历史上少有的辉煌。

曹操与酒。

曹操嗜酒，一生都没有离开过酒，但他的饮酒绝非山吃海饮或胡喝乱饮。他喝出了名堂，饮出了高度。最著名的当数“煮酒论英雄”了。其目的就是暗示刘备，你即便有才能，你即便有志向，你即便是英雄，但你现在在我的手下，那么，你的一切远大志向，只能是虚妄的望梅止渴而已，是不可实现的。曹操想以此瓦解刘备的雄心壮志，但令他想不到的是，他的一切都只是徒劳罢了。刘备最终还是被他放松了警惕，并且很快抓住机会“龙归大海，虎入深山”，从而彻底摆脱了曹操的控制。

他自己一方面提出禁酒，不许别人喝，而他又颂扬酒。如“对酒当歌，人生几何（面对着美酒高声放歌，人生短促日月如梭）”，“何以解忧？唯有杜康（靠什么来排解忧闷？唯有狂饮方可解脱）”。他不仅以酒酣饮，还借酒杀人，事例极多。如孔融、祢衡、杨修等人皆名士，都死于非命。

曹操与子女们。

有史记载，曹操共有二十五个儿子，七个女儿。在众多的儿子当中，最出名的当数曹昂、曹丕、曹植、曹冲。曹操最喜欢最看重的也是这几个。

曹昂，曹操的长子，最为曹操喜爱，也最为孝顺，曹操也有意培养他。刘氏所生，但生母早亡，是由正室丁氏抚养长大。丁氏视若己出，疼爱有加。二十岁时被举为孝廉。建安二年(197 年)随曹操出征张绣，张绣降而复叛，曹昂为救曹操被杀。为此，丁氏与曹操翻脸，遂离开曹操。

曹丕，卞夫人所生，曹昂战死，曹冲早逝，随即成为长子。曹操建立魏国之后，到底选择谁当太子，令他十分犹豫难决。曹丕长于曹植，按惯例该曹丕，但曹植才华横溢，颇受曹操的欣赏。但是，命运有时候还是掌握在自己手里，曹丕最终如愿。

从某种意义上说，曹丕能成为曹操的继承人也有一定的运气成分存在。在曹操的二十五个儿子中，能被曹操看好重视的至少有四五位，曹丕也绝非第一人选，甚至排不进第二，因为在他之前还有曹昂、曹冲两位。建安二年(197 年)曹昂战死，这一年，曹丕才十岁。曹冲无论在正史还是野史中，甚至文学作品中，都反映出他是一名神童，曹操对这个儿子的宠爱远远超过其他。曹昂死了，曹操便有心将世子之位传给曹冲。但历史跟他开了一个不大不小的玩笑，年仅十三岁的曹冲英年早逝，死于疾病。据说曹冲死后，曹操亲口对曹丕说，冲儿的死是我的不幸，却是你的大幸。当然，曹丕也曾在不同的场合不止一次地说过，若是曹冲不出意外，将没有他的世子之位。

父亲和长子的过早归西，也理所应当地给了他嫡长子的机遇。但曹丕的野心、狠心、色心丝毫不亚于父亲曹操，曹操只是来了个“挟天子以令诸侯”，其实曹操想称帝易如反掌。但曹丕却不同，建安二十五年(220 年)，曹操归西，曹丕先是继承了丞相魏王，然后就是迫不及待地选择了称帝。先是逼迫汉献帝禅让，没有落个篡位的骂名，轻而易举就捞了个皇帝位。也就是在这一年，建立魏国，是为魏文帝，三国鼎立的局面正式拉开帷幕。

为了感其父亲打造的基础和创造的条件，追封曹操为魏武帝。我国皇帝的谥号大致分为三类，有些谥号含有褒义的意思，比如“文”“武”“景”等；有些谥号则带有贬义，比如“厉”“幽”等；第三种谥号带有怜悯的意思，比如“哀”“悯”等。“文”和“武”的谥号虽然都是褒义的，但还是有区别的，尤其在早期的中国，“武”字带有“穷兵黩武”的贬义的一面，其谥号也就往往不如“文”字。汉朝第一个有谥号的皇帝，就是“汉文帝”，之后才有“汉武帝”。再上溯到周朝，周朝两位皇帝分别为“周文王”和“周武王”，而真正“篡夺”王位的是“周武王”。据史料显示，曹操在世时曾经说过，若天命在吾，吾必为文王矣。可见曹操内心是极其希望“文”这个谥号的。曹丕却将“武”字戴在了自己父亲的头上，这已经是违背了父亲的意思。曹操因病而逝，可以说是走得过急过早了，真正的“篡位者”是曹丕，曹丕却狡猾地将“篡权”的“武王”谥号“武帝”安在了父亲的头上，将“黑锅”甩到了曹操身上。身为人子，却让自己的父亲背黑锅，他认为自己羽翼已丰，不受父亲控制了，这是非常叛逆的表现。

三国时期是一个人才辈出的时代，不但出了许多枭雄、虎将、明谋，而且在其他方面也出了不少人才，“建安七子”就被后世所称赞。建安时期，其文学成就最高的应首推曹植，曹植文采斐然，和曹丕相比，无论从智商和才情上看，曹操还是更偏爱曹植一点。这从曹操率军征孙权，留曹植守邺城，可以看出要让曹植承担更大的责任，也有利于培养他的威望。但曹丕善玩权术，还亲近笼络内宫及曹操身边的人。当年曹操征讨张绣，长子曹昂和侄子曹安民为掩护曹操撤离，不仅把马给了曹操，还亲自率兵殿后，而当时十岁的曹丕却偷偷骑马溜走了，对此，曹操内心极为不悦。曹丕的超级谋士都显得很是老练，相比之下，曹植也有恃才傲物之嫌，其门僚也多少表现出傲慢和轻浮。

曹昂和曹冲去世后，世子之位的争夺就剩下曹植一人了，二人也是明里暗里围绕世子之位争了不短的时间，并且，双方都有自己的支持者。在杨修的帮助下，曹植一度占了上风。但曹植人性的弱点太过暴露，多次惹曹操不悦。他犯过一个巨大的政治错误，那就是闯司马门事件，亲手葬送了自己的政治前程，这给了曹丕翻盘的机会。此事过后，曹植在曹操心目中的形象也急转直下。

那么，这个司马门事件究竟是怎么一回事呢？

司马门在邺城的魏王宫内，按汉朝的国法，除皇帝本人，任何人包括曹操在内，都不得乘车穿过司马门，必须步行通过。可公元 216 年的某一天，曹植竟然在大庭广众之下驾着马车疾驰而过。此举大失人心，舆论一片哗然。人们背地里怀疑是曹植得到了父亲的默许，曹操的政治野心瞬间就被暴露无遗，其苦心经营的汉臣形象也遭到了抹黑。曹操闻讯后大怒，为了正纪朝纲，他命人将看守城门的公车令处死，又严明加重了限制诸侯王子的法令。

曹操为人简朴，厉行节约，还专门下令禁止贵族过分奢侈。在司马门事件不久的一次典礼上，曹操无意中发现曹植的妻子崔氏衣着十分华美，当时就连曹操的正妻卞夫人（曹丕、曹植的亲母）都不穿绫罗绸缎，他下的《内戒令》卞夫人都带头遵守，身体力行，为大家带了个好头，影响了后宫里的人，在后宫形成了一个节俭为荣的良好风气，进而影响了整个社会节俭之风的形成。由于卞氏做出了表率，曹操的诸多妻子都竞相效仿,节俭谦恭蔚然成风,这在历代王朝的后宫是不多见的。当然这与曹操的严格要求是分不开的。可现在自己的儿媳妇,竟然带头违令,曹操再次大怒,当即下令将崔氏赐死。崔氏为这点小事丢掉了性命,实在是冤枉,但关键是曹植无视法纪,任性骄纵的行为,令曹操彻底绝望。

曹植在中国历史上名望不小,在中国文学史上的声望更是响亮,是文化世界里一颗耀眼的明星,也是才华的代名词。他喜欢品茗,也爱好饮酒,酒酣之后喜欢舞剑,可谓文武双全。世界就是这样,有些时候叫人匪夷所思。就如前面我们谈到的大乔、小乔,就连苏东坡都是以饱满的感情、高昂的笔调、赞美的态度、羡慕的眼光看待,使后人也羡慕不已,惊叹不已。当我们了解了她们姊妹花孤独的生活,凄凉的人生,悲惨的结局的时候,即使给予无限的同情,也无法补救她们的缺失,也无法改变历史的真实和世界的残酷。曹植的人生也无不叫人感慨、感叹。再美丽的花朵,经历暴风雨的摧残,也要落几片花瓣。

曹丕称帝后,曹植的命运就跟曹丕紧密地联系了起来。他们之前就竞争过太子宝座,而且很是激烈,曹丕称帝后耿耿于怀,处处打压、防备、限制曹植。因此,曹植的后半生是比较凄凉的。曹丕对曹植的打击是早有预谋的,在登基之初,曹丕就处死了曹植的密友丁仪、丁廙,使曹植沦为孤家寡人。曹丕还授意大臣灌均举报曹植醉酒傲慢,劫持胁迫使者,准备治罪。因为母亲的干预,曹丕将曹植贬爵位为安乡侯、甄诚侯、甄诚王、雍丘王。为了防止卞太后继续替曹植说话,曹丕下诏让群臣不得奏事太后,太后家里的大臣也不得担任辅政大臣。

曹丕对曹植极尽打压、羞辱之能事,不断地换封他的封地，让他频繁搬家，经历颠沛流离的痛苦，这让曹丕感到非常不舒服。曹丕这样做的目的，无非就是担心曹植培植自己的势力。曹植虽然为王，手下却无兵可用，而且还有人监视他的行为行踪。《世说新语》载一则故事，曹丕曾命曹植七步中为诗，不成则行大法。他果然能七步为诗，而且非常有名。这个传说很能反映出他的文学才华，因此也很能表现出他当时愤懑的心情和郁郁不得志的处境。

还有故事说，曹丕将甄宓赐死后，把甄宓用过的一个枕头送给了曹植，曹植睹物思人，郁郁寡欢，精神恍惚，抱着枕头失声痛哭。这也是曹丕的恶作剧，以此来羞辱和刺激曹植，消磨意志，可以说是在伤口上撒盐。但从文学史上反映，这并没有消磨他的意志，而成了他文学上的分水岭。前期作品主要表现他的壮志和理想，后期遭遇挫折和磨难后，壮志不衰，转多愤激之情，所以诗歌内容充满追求与反抗，富有气势和力量。因此，《诗品》中评价曹植的诗“骨气奇高，词采华茂”。公元 226 年，在皇帝位上七年的曹丕病逝，时年三十九岁，此时的曹植也才三十五岁。之后，曹丕与甄宓所生的曹叡即位，即魏明帝，曹植曾多次书信，表明自己的志向，但这位侄子对他的叔叔依然阳奉阴违，不冷不热，至死都没有得到重用，甚至没有册封曹植什么官职，他的封地依然是迁移。公元 232 年，曹植来到陈郡，改封为陈王，当然也仅仅是个王侯的地位。同年十一月，曹植在郁郁中病逝，时年四十一岁。一代文豪就这样走完了极不平凡的一生，怀揣梦想，心间也充满了愤懑和无奈，这也可以说是英年早逝了。

曹植因为曹丕父子的打压和限制，在仕途上是郁郁不得志的，也没有能在曹魏朝廷施展出自己的政治才华。但他在文学上的天赋和造诣，显然远在曹操和曹丕之上。所以，南朝文学家谢灵运有“天下才有一石，曹子建独占八斗”的评价，这也是“才高八斗”渊源。他是建安时期最负盛名的文学大家，《诗品》称为“建安之杰”。当然这里也不得不提他最具代表性的千古名作《洛神赋》了。此赋形成的由来，历来有很多说法，因此也使这篇璀璨夺目的杰作蒙上了神秘的面纱。

曹丕对曹植的打压和迫害，生性善良的甄宓也流露出极度的不满，情绪也很是沮丧。母亲卞夫人也曾干预过曹丕，袒护曹植，据说“七步诗”就是在曹操的葬礼上作的，理由是曹植怠慢曹公，没有及时行跪拜之礼。甄宓被曹丕处死后，曹植怀念她，甚至在睡梦中梦到过她，从梦中醒来后，曹植心怀波澜，遂就《洛神赋》。

另一种说法是，在曹操、曹丕忙着逐鹿天下的时候，曹植因为年纪小，经常在家里，有更多的时间跟嫂嫂在一起，又天资聪颖，喜欢吟诗作赋，一来二去，渐渐对甄宓产生了一种不同寻常的感情。但后来因种种原因，甄宓被曹丕赐死，曹植得知后伤心不已。有一天，曹植在乘船经过洛水的时候，在船上做了个梦，梦中的甄宓凌波御风，飘然如仙，向他走来。曹植心中欢喜，却不想是一场梦境，之后念念不忘，遂写下《感甄赋》。但后来甄宓的儿子曹叡即位后，为了避嫌，也为了自己母亲的名声，就将原作品名改为《洛神赋》，毕竟人伦问题是那个时代很看重的事情。

我倒是倾向于以下这一种说法。先说说“洛水”和“洛神”。

《洛神赋》中的洛水，是在今洛阳市的洛河。洛河，古称雒(luò)水，黄河右岸重要支流。因河南境内的伊河为重要支流，亦称伊洛河，即上古时期河洛地区的洛水。南洛河为洛河在水文上的名称。源出陕西省渭南市华州区西南与蓝田县、临渭区交界的箭峪岭侧木岔沟，流经陕西省东南部及河南省西北部洛阳市境内，在河南省巩义市注入黄河。

洛神，中国古代神话中洛水的女神洛嫔。传说她本来是宓(fú)羲氏(伏羲氏)的女儿，其因为于渡洛水溺死，而成为洛水之神，即洛神。在中古时期洛神形象得以丰富和发展，逐渐变身为世俗的美人，成为男性文人寄托情感的对象。她象征着美好的却又不能够拥有的事物。曹植的《洛神赋》奠定了传统东方美学的基础。

《洛神赋》为曹植于魏文帝黄初四年(223 年)所著。最早见于萧统《昭明文选》，其序称曹植由京城返回封地时，途经洛水，忽然有感而发，并作此赋。这本和《洛神赋》原文也是相符的。“黄初三年，余朝京师，还济洛川。古人有言，斯水之神，名曰宓妃。感宋玉对楚王神女之事，遂作斯赋”(黄初三年，我来到京都朝觐，归渡洛水。古人曾说，此水之神，名字叫宓妃。因有感于宋玉对楚王所说的神女之事，于是作了这篇赋)。黄初三年(公元 223 年，曹丕在位的第四年)，曹植从京师洛阳返回封地甄城[甄城，先秦古甄邑，在今山东省菏泽市鄄(juàn)城县北十二公里旧城镇，秦置甄城县，属东郡，之后约在南宋与唐之间改甄城县为鄄城县]，途径洛水，想起自己的人生际遇，不禁思绪万千，有感而发，写下此赋。

无论有多少种说法，但有一点是不可否认的，它出自曹操之子建安豪杰曹植之手。此赋想象丰富，描写细腻，词采流丽，语言华美，抒情意味和神话色彩很浓，艺术价值很高，其魅力也很大。它熔铸神话题材，通过梦幻境界，描写一个人神恋爱的悲剧。赋中先用大量篇幅描写洛神宓妃的容貌、姿态和装束，然后写到诗人的爱慕之情和洛神的感动：“于是洛灵感焉(这时洛神深受感动)，徙(xǐ)倚彷徨(低回徘徊)，神光离合(神光时离时合),乍阴乍阳(忽明忽暗)。竦(sǒng,抬起脚跟,拉长身体站立)轻躯以鹤立(她像鹤立般地耸起轻盈的躯体),若将飞而未翔(如将飞而未翔)。践椒涂之郁烈(又踏着充满花椒浓香的小道),步蘅薄而流芳(走过杜衡草丛而使芳气流动)。超长吟以永慕兮(忽又怅然长吟以表示深沉的思慕),声哀厉而弥长(声音哀婉而悠长)”。通过这些动作的描绘把洛神多情的性格也刻画得十分突出。最后写到由于“人神之道殊(只怨恨人神有别)”,洛神含恨赠珰(dāng,古代妇女的一种耳饰)而去,和诗人失意追恋的心情,有浓厚的悲剧气氛。“其形也(她的形影),翩若惊鸿(翩然若惊飞的鸿雁),婉若游龙(婉约若游动的蛟龙)。荣曜秋菊(容光焕发如秋日下的菊花),华茂春松(体态丰茂如春风中的青松)。髣髴兮若轻云之蔽月(她时隐时现像轻云笼月),飘飖兮若流风之回雪(浮动飘忽似回风旋雪)。远而望之(远远望去),皎若太阳升朝霞(明洁如朝霞中升起的旭日);迫而察之(近而视之),灼若芙蕖出渌波(鲜丽如渌波间绽开的新荷)”。“肩若削成(肩窄如削),腰如约素(腰细如束)。延颈秀项(秀美的颈项),皓质呈露(露出白皙的皮肤)。芳泽无加(既不施脂),铅华弗御(也不敷粉)”。“丹唇外朗(红唇鲜润),皓齿内鲜(牙齿洁白),明眸善睐(一双善于顾盼的闪亮的眼睛),靥辅承权(承权,在颧骨之下,权,颧骨,两个面颧下甜甜的酒窝)”。这些都把洛神描写为天人,足见曹植对甄宓的爱慕。

在千古名篇《洛神赋》中,“洛神”被作为理想美神的化身。“洛神”是曹植的精神寄托,也只能存在于想象之中,现实中难以找到。作者通过华美的词藻,绻缱的情思,超常而浪漫的文笔,描绘了人神相恋的爱情故事,继而又因为“人神殊道”最终惆怅分离,抒发了心中难以言及的苦闷和无限失落的复杂情怀。在我看来,《洛神赋》还有另一层意思,曹植以冠于天地、横绝于世的《洛神赋》来发泄自己的愤慨,表达对自己处境的不满,也是对其兄曹丕的一种挑战,也算是挽回了自己作为一代文人的一丝尊严。

在古代的爱情闺怨诗中,我们不能排除有政治抱负的诗人,借此抒发自己的怨愤之情。诗人表面上写美人迟暮,可遇而不可得,实际上表示壮志未酬;表面上写空闺孤寂,实际上写怀才不遇。其实这种手法从屈原开始就有了。如果把《洛神赋》单纯看作是男女爱情的故事,那只能说明我们知识的匮乏和认识的肤浅,还是太小看了一代文豪曹植。曹植曾在建安二十一年(公元216年,时任临淄侯)在《与杨德祖书》书中写到,希望"戮力上国,流惠下民,建永世之业,流金石之功",不甘心为文人。这表明曹植在政治上很有抱负。那年他二十四岁。

后来,曹丕称帝,他常在颠沛流离中,在前往不停变化的封地路途中,曹植给曹丕不断上书展现自己"杀身靖乱,以功报主"的政治理想。曹丕病逝后,曹植又继续向魏明帝曹叡上书请求任用,但曹叡对这位叔叔的态度一如其父,也只是口头上给予嘉许。辞赋里的主人公最后失去了心心念念的圣女,曹植最终也没有等来施展才华能力的时机。没有实现的政治抱负藉由才情化为传世名篇,成了千古佳话,让人无限追思。

关于一个著名的、历史上的大人物,我们要通过深入学习历史去了解他,从当时的历史背景中去认识他,要学他所长,从历史丰厚肥沃的土壤中去汲取营养,不断壮大自己。一个人成长不容易,对社会做出巨大贡献、影响和推动历史的发展就更难。在这里,我就用电视剧《三国演义》片尾曲中的几句歌词为本文作结：暗淡了刀光剑影，远去了鼓角铮鸣，眼前飞扬着一个个鲜活的面容。岁月啊，你带不走那一串串熟悉的姓名。兴亡谁人定啊，盛衰岂无凭啊。担当生前事啊，何计身后评。长江有意化作泪，长江有情起歌声。历史的天空闪烁几颗星，人间一股英雄气在驰骋纵横！

关于读书

说起读书，还真不是什么新鲜事，甚至有人还会嘲笑。

读书的重要和意义，每个人都会有不同的答案。关键是人们目前对读书的观念和认识十分淡化，家里没有书柜，没有书桌，没有藏书，也不爱书。一般都把读书看成是学校、学生的事情。历史上有“门第”之说，我觉得最恒远、最光彩的是“书香门第”。要说到谁家是书香门第或出生书香门第那是对先祖的褒扬。所以，我觉得，今天的读书还应该涵盖一个重要的方面，就是珍惜当下的大好时光和条件，生命就是一条单行道，没有来路。

因为时代的推进，互联网的运用和手机的普及，读纸质版书籍的人也越来越少。现在很多人心情浮躁，觉得读书无趣，也无法安下心来读书。国家提倡多读书，读好书，县以上区域都建有大型图书馆，免费向公众开放，乡村一级也建有农家书屋，图书都是政府投资的。其目的就是捡回读书的优良传统，通过读书提高人们的知识素养，丰富人们的精神生活。学校也敦促我们读书。学校作为育人的圣地，没有比读书再重要的事了，即使不提倡，也要读，就如一块田地里的禾苗，要一起成长才茂盛，要不断地汲取营养才强壮，不然就会过早枯萎。读书就如同给自己充电，电量越足，信号就会越强，待机时间也就越长。书的确是我这辈子的最爱，只是我的记忆力向来就很差，读得多，记住的少，好些东西要查阅资料，新华字典、成语词典常常放在案前枕边。再加上有一个头痛的毛病，记住的东西就更少。尽管如此，我还是喜欢，如红梅傲雪，像蝴蝶恋花。我与书籍打交道，与文字交朋友，把读书写文章当饭吃，真的是有诸多的感悟、感慨和乐趣。

多年前，看过一部电视剧，却记不清是哪一年哪部电视剧，但里面的一个情节和一段对话我没有忘记。背景是五六十年代的陕北、山西一代的黄土高坡，一群山里娃在山沟沟里放羊，他们一起与羊翻山越岭，穿沟溜渠，蹦蹦跳跳，偶尔站在高坡顶，手搭在嘴角边，向远处吼几句信天游，好不快活。这时，来了一个去山间采风的文化人，身上背着个黄绿色帆布挎包，走近孩子，好奇地问道：

“你们怎么不去上学？”

“我们不去，我们要放羊。”

“你们放羊为了什么？”

“我们要娶媳妇。”

“娶媳妇为了什么？”

“生娃。”

“生娃了要让他们干什么？”

“放羊……”

这是时代和地域的限制，影响了人们的思想。再说了，当时的生活条件也是极其有限的，这不奇怪。后来条件稍有改善，能入学的孩子都入学了，城市办起了夜校，乡村办起了扫盲班，都是利用业余时间学习。乡村的田间地头都立着大牌子，上面写着最基础的汉字，让劳动群众在休息时认字。许多人，买不起书，买不到书，就抄书读，借书读，小人书都被翻烂了。书少是一个不争的事实，但识字的本身也少，你就像是在听书。但读书学习的精神是肯定的。最令人感慨的，还是在战争年代，为了让战士们识字，开会和行军时，战士们的背后都贴着一个大纸条，上面写着字，方便后面的战士随时认字。这可能是中国历史上读书学习最美的镜头。

我们都知道“五子登科”“金榜题名”的故事。

“五子登科”是有着真实故事的典故，在《三字经》中有这样的讲述：“窦燕山，有义方；教五子，名俱扬”。这个故事发生在五代时期，燕山人窦禹钧教育儿子很有方法，他教育的五个儿子都很有成就，同时科举成名，真可谓光耀门楣。后来人们逐渐把这段佳话浓缩成了“五子登科”，寓意事业有成、人生美满。进而又将“五子登科”延伸为人生五个方面的成功美满，涵盖了学业、事业、婚姻、家庭、财运、健康等范畴。

“金榜题名”出自宋代汪洙的《神童诗》。“久旱逢甘雨，他乡遇故知；洞房花烛夜，金榜题名时。土脉阳和动，韶华满眼新；一支梅破腊，万象渐回春。”意思是长久干旱的大地有了雨水的浇灌，在外地遇到了故乡的人，成亲入洞房的美好夜晚，科举考试榜单上有自己的名字。土地慢慢地化开了冰冻，春天的景象一点点到来，梅花初放，冲破了寒冬腊月，万物都渐渐地苏醒了过来。

书中常常提到古人有人生四大喜，一曰“久旱逢甘霖”，二曰“他乡遇故知”，三曰“金榜题名时”，四曰“洞房花烛夜”。这些都是古人对美好生活的向往，将一生中最美好的时日以精练的句子总结，细细品来真如有其妙。

“金榜题名”在古代的确是一件大喜事，更是一件难事。古代科举三年一次，乡试，会试，殿试。三年之后又三年，考官之路给了莘莘学子求富为官的出路，可其中的难处和辛酸只有赶考生知道，“十年寒窗”是最为典型的真实写照。现今高考每年一次，无论是佼佼者可入北大清华之类的名校，差点的也有各类学校收录，最差混个专科技校，总有学校可以上。“金榜题名”在现在已不稀罕，但大学生的生活也不好过，毕业即失业，满地的高才生更是让“金榜题名”的喜悦冲淡了不少。

说到“金榜题名”，我还不得不说几个历史名人。先说苏轼。他和父亲、兄弟三人一同考进了同期的进士，被称为“一门三进士”，一时京师震动，天下闻名。同时他们的文章也很快闻名于世，当时所有的士大夫都争相传颂，一时间满朝的文人墨客也竞相效仿。不要说他们光宗耀祖，自家有多高兴了，就是他的家乡也门楣生色，全国都为之雀跃，这一年是公元1057年（宋仁宗嘉祐二年），被人们称为“苏轼年”。这是一个地地道道的读书人，他已经成为中国文化的一张绚丽标签。可见当时的读书人还是很风光的，地方上也是很重视的。从汉代起，进京应试的考生都是有衙门的公车接送，所以才有了后来康有为的“公车上书”的说辞。

再说蒲松龄。蒲松龄的人生是十分矛盾的。一方面，他在文学上成绩巨大，被誉为世界短篇小说之王，他的《聊斋志异》被称作中国最伟大的短篇小说集。另一方面，他在科举道路上却屡战屡败，落魄一生。他除十九岁那年考中秀才外，其后数十年间又参加了十几次相当于高考的乡试，皆名落孙山，无缘仕途。他七十二岁高龄还在参加考试。作为一个科举考生，蒲松龄无疑是不合格的，但是他却写出了《聊斋志异》这样的不朽巨著，为中国戏曲提供了一个强大的题材库，很多地方戏曲都有来源于《聊斋志异》的曲目。他如果不读书，少读书，也就没有《聊斋志异》。他已经不是简单的读书了，而是著书立说的大家，层次和难度系数是和读书不可同日而语的。这说明，读书要吃苦，要有毅力，这正如老百姓说的读书耕田一样苦。至于古人“头悬梁，锥刺股”、杨时“程门立雪”、匡衡“凿壁借光”等，都说明了他们的刻苦和对知识的渴求。

宋代汪洙的《神童诗》中有“少小须勤学，文章可立身；满朝朱紫贵，尽是读书人。朝为田舍郎，暮登天子堂；将相本无种，男儿当自强”。讲的也是要刻苦学习才有出路。《神童诗》文辞通俗易懂，非常适合儿童记诵，它与《三字经》等同誉为“古今奇书”，成为训蒙儿童的主要教材，流传极广，影响至为深远。

陶渊明在《饮酒·其五》中写道：“结庐在人境，而无车马喧。问君何能尔？心远地自偏。”意思是说，我家虽然建在众人聚居的繁华道路，然而没有烦神去应酬车马的喧闹。要问我怎能如此超凡洒脱，心灵避离尘俗自然幽静远邈。大隐隐于市，真正宁静的心境，不是自然造就的，而是自己的心境的外化。陶渊明也是一个地道的读书人，他读书到了即使在闹市中也不曾受到外界的干扰这样的境界。这说明他是用心在读书，高度沉浸在了书的海洋中。古人讲，“两耳不闻窗外事，一心只读圣贤书”。如果把这两者结合起来，就是要专心读书，而且要读好书。两者都没有错，只是我们的思想和认识要与时俱进。今天，是一个全方位开放的时代，一个闭塞的心灵无论如何也不能适应这样的时代。这自然让我想起明东林党领袖顾宪成为无锡东林书院所撰的一副经典对联：“风声雨声读书声声声入耳，家事国事天下事事事关心”。顾宪成在无锡创办东林书院，讲学之余，往往评议朝政。后来人们用以提倡“读书不忘救国”，至今仍有积极意义。这让人不得不感叹于他的大气与魄力。常常看到有识之士把这副对联当作自己的座右铭来勉励自己刻苦学习，报效祖国，如果作者可以看到今天人们依然这样认同他的思想，一定会含笑九泉了。

所以，真正的读书，应该是透过书本，面向整个社会、自然和人生。书本不过是社会、自然、人生的缩影，是别人对社会、自然和人生所做的介绍、阐释。这里既有客观的事物，又有作者主观的感受，显示着他们的心灵。他们的心也是社会、自然和人生的一部分，我们用自己的眼睛，更要用自己的心灵去观察它、理解它、体味它、评价它。同时，我还赞成通过行万里路来读大社会和大自然这本“大书”。司马迁、李白、杜甫、徐霞客等都是这方面的佼佼者。

任何优秀的文学作品，非但主题好、选材佳、立意高、情感优美、道理深刻，而且表现手法独特、语言优美、表现力强，你只要一接触到它的语言，就会不知不觉地被它吸引住了。一般而言，我们都这样理解作品的优劣，一部十分优秀的作品，它具有神奇的魔力和高尚的思想，你的灵魂就好像被它清洗过一般。这在文学理论上叫作“灵魂的净化”。但如果这是一部低级下流的小说，它的内容诲淫诲盗，当然也会刺激影响读者，灵魂就会受到不良影响和污染。所以梁启超说：“可爱哉小说！可畏哉小说！”好的书籍都自带能量，自带气场，阅读的过程就是自身能量与之同频共振、和谐相融的过程。好书是需要反复翻阅的，也许你现在觉得它没意思，但等你经历过一些事情后，就会理解书中意思了。经典名著之所以能够流传至今，肯定是有其值得阅读之处的。正如鲁迅的作品，小学学，中学学，大学学，今天还想学，越学越觉得其思想的深邃，情不自禁地就想起。

高尔基说：“书籍是人类进步的阶梯。”人类进步了，才能推动社会的进步。书是人类孜孜不倦的动力源泉，书是人类得以生存和发展的助推器，书是一个记录时代命运的灵魂工具，更是决定无数人命运走向的磁盘。书是人类变得聪慧的导师，书是人类变得更加灵活的榜样，好好读书，才能成为自己想要的模样。物质的充裕可以满足一时的愉悦，但永远代替不了精神长久的寂寞。只有读书，才会提升人的思维境界，提高人的觉悟，提升我们对万事万物明朗通透的能力。生活很艰难，社会很复杂，如果通过读书寻找心灵的安慰，让自己坚强起来，这本身就是一个了不起的作用。

歌德也说:"读一本好书，就是和许多高尚的人谈话。"这也许是他最切身的体会，当然也最有资格说，也最有说服力。读书是一种"对话"，穿越历史的时空，与先贤圣者对话，与古今中外有学问、有知识、明道理的人对话。不断地读书就是不断地对话，自由地与作者们对话。你的知识在对话中增长，你的修养在对话中提高，你的思想在对话中充实，你的情感在对话中丰富。这时，你的思想在书中四处腾跳飞跃。这时，你的思想连同感情，在书页里与作者的思想情感遇合、包容、渗透，乃至交锋。与此同时，你会有积极的思考、深刻的反思，还会向别的书籍求援，寻找支持和依据。你陶醉于他们伟大的观念之中，任由你的想象在时空里驰骋，你禁锢在疆界内的重压感到释怀，忽然停止了冥想，忽然又进行哲学的推理，你能够洞悉大自然的奥秘、人类的美好和丑陋，你的心灵会处在一种甜美的状态里。你还会与他们进行心与心的切磋琢磨和讨论。读书人就是对一切问题都愿意讨论的人，一个好学深思，能坦率陈述自己意见又能虚心听取别人意见的人，一个不断进取，能随时修正自己的观点，但又不随波逐流盲目听从别人意见的人，唯有这样的人才称得上是一个读书人，一个知识分子。由于不断地对话，一个人成长了，也成熟了，最终长成一个知书明理的人。这应该是读书最大的收获和功劳。

宋真宗赵恒写过一首《劝学诗》，其中流传甚广的是“书中自有黄金屋，书中自有颜如玉，书中自有千钟粟”。我说书中自有真理在，书中自有道理在，书中自有正能量在。原本黄金屋指代荣华富贵的生活，颜如玉指代美貌的女子，千钟粟指粮食口粮。但他的一个前提条件是通过读书获取，当然还必须是努力读书，读好书才行。如果用现代理念去理解和解释，黄金屋、颜如玉、千钟粟就是对一切美好事物和美好理想的不懈追求。读书就是很好地接受教育，刻苦地学习知识，树立远大的理想。教育是社会的一个功能，让学生掌握知识，提高能力，以投身社会，服务人民，报效国家。读书，影响的不仅仅是我们的思想、我们的三观，更会影响我们的人生。读书，让我们变得更坦然，更通透，更睿智；读书，让我们在体会到人生众多选择之后，懂得生命的意义，更加热爱生命，珍惜生命，敬畏生命。所以我说，读书改变命运，学习成就未来。

对读书的意义，我倒也非常赞成网络上一个叫辛东方的作者提出的观点：普通人“读书”，高手“读人”，智者“读能量”。一个人只有站在一定的高度，才会对事情有着更加清晰的看法。当你身处的环境不一样，看到事物的形态不一样，反映出来的心情是不一样的，做出的判断和选择也不一样。人只有站在宇宙的高处，俯瞰万物，才会真正看到事物的全貌。“会当凌绝顶，一览众山小”，人只有登高望远，才能看到更加美妙的风景。人生很多事情的看法不一样，那是因为所处的维度不一样，所谓普通人“读书”，高手“读人”，智者往往“读能量”。普通人一般从书籍上或者听到的获取知识，而高手通过读书更多地去研究和发现人性，智者则是带着思想的，远超于普通人和高手，他们放眼的是整个宇宙。因为人拥有能量的高低不同，决定了不同的视觉范围。高维空间可以很轻松地看到低维空间，而低维空间的物种只能活在自己的视线里。一个人只有处在极高的位置，才能俯瞰整个世界，高度决定了你能看多远，思想决定了你能走多远。“物以类聚，人以群分”，“惺惺相惜”，“志同道合”，“步调一致”，“气味相投”，“心心相印”，什么样的生物吸收什么样的物种。普通人找普通人，高手找高手，智者找智者，人就是这样，像武林中的第一高手，不可能找一个不懂武术的人。聪明的人都不会浪费时间，他们往往精于规划，更会权衡自己的得失。读书本身就是一种进步，尤其是与智者相伴，往往从中会获得力量，不会被平庸之生活淹没了本来的自己。人生在世，读书就像在搭建梯子，一步一个脚印，攀爬到山高之处，无限风光自然会出现在眼前。

对读书意义概括最好的，知名度最高的，也为大家非常乐于接受的，莫过于苏轼的“粗缯（zēng，丝绸）大布裹生涯，腹有诗书气自华”（虽然生活当中身上包裹着粗衣劣布，但胸中有学问气质自然光彩夺人）了。这是宋嘉祐六年（1061 年）苏轼由凤翔府回到长安时所作的一首七律。苏轼在凤翔府任职时，董传曾与他相从，当时董传生活贫困，衣衫朴素，但饱读诗书，满腹经纶，平凡的衣着掩盖不住他乐观向上的精神风骨。苏轼在诗中一面称许了董传的志向，同时预祝他黄榜得中。苏轼的这首《和董传留别》可能不为普通读者所熟知，而其中的“腹有诗书气自华”一句却广为传诵，原因就在于它经典地阐述了读书与人的修养的关系。中国的读书人向来把读书视为积累知识、增长学问的有效途径。读书的作用不仅在于占有知识，还在于提升人的精神境界。尤其是常读书，日积月累就会使人脱离低级趣味，养成高雅、脱俗的气质。清代学者梁章钜说："人无书气，即为粗俗气，市井气，而不可列于士大夫之林。"事实证明，读书与不读书，读书多与读书少的人，所表现出的内在气质与素质是绝不相同的。"腹有诗书"指饱读诗书，满腹经纶，"气"可以理解为"气质"或"精神风貌"。全句的重心在"自"上面，它强调了华美的气质是饱读诗书的必然结果。

就苏轼送别的这位朋友董传而言，"气"不应简单地指读书所带给人的儒雅之气，更指古代读书人所推崇的在面对人生失意和困窘时的乐观豁达的态度。董传身处贫穷，却始终保持着乐观向上的精神风貌，追求着自己的人生目标，这可以从"囊空不办寻春马"（虽不能像孟郊那样骑马看花）一句看出。显然，苏轼对董传的人生态度还是非常欣赏的。在临别时送给朋友这一句，既是赞美，也是安慰。

"腹有诗书气自华"一句，阐明了读书与高雅气质的必然联系，凝练概括，深得读者喜爱。历史上关于曹操的一则故事很能形象通俗地说明这个道理。《世说新语·容止》载，曹操统一北方后，声威大震，各游牧民族部落纷纷依附。匈奴派使者送来了大批奇珍异宝，使者请求面见曹操。"魏武将见匈奴使，自以形陋，不足雄远国"，曹操将声姿高扬、眉目疏朗的崔琰召来，要他代替自己接见使者。接见时，崔琰正中端坐，接受了匈奴使者的拜贺，曹操却扮作侍卫模样，手握钢刀，挺立在坐榻旁边。接见完毕后，曹操派间谍去问匈奴使者印象如何。使者不假思索地说："魏王俊美，丰采高雅，而榻侧捉（握、提之意）刀的那个人气度威严，非常人可及，是为真英雄也!”今天人们引用它来说明读书求知可以培养人高尚的品格和高雅的气质,也用来赞美别人学问渊博、气度不凡。一个人的才情是有迹可循的,屈原从“老冉冉其将至兮,恐修名之不立”到“路漫漫其修远兮,吾将上下而求索”,苏轼从“拣尽寒枝不肯栖”到“一蓑烟雨任平生”,他们美了千百年,他们也会永远美下去。读书和不读书,少读书和多读书,读好书和读劣书,说到底是有根本区别的。

一个人最重要的不是拥有多少财富,而是拥有深厚的学识和崇高的思想。而学识和思想,都是要通过读书才能得到的。

借十九世纪德国伟大的哲学家、文化评论家、诗人尼采的一句话为引子,阐述我的观点。尼采说:“读书,就是沿着作者的脚印去看沿途的风景。”它会荡涤你的灵魂,洗涤你的心灵,坚定你的意志,调整你的方向,指明你的选择,消除你的烦恼。让板结的心灵舒朗,使郁闷的心情舒畅,叫断路的思维畅通,叫干瘪的心田肥沃,叫萎靡的精神振作,叫冲动的情绪平静,叫死寂的希望复活,叫沉重的生活变得悠然,叫艰辛的岁月变得幸福,叫短浅的目光变得远大,将浅陋的知识变得丰富,将脆弱的自己变得强大,将空虚的内心变得充实,把过早衰老的心态变得年轻,把自己的人生装扮得多姿多彩。

生命与灵魂

关于生命与灵魂，人们并不陌生，这是两个相互联系、不可分割的概念。一般而言，生命是可以终结的，灵魂却既伴随着生也伴随着死。“有的人活着，他已经死了；有的人死了，他还活着”是对两者辩证关系的最好诠释。生命是灵魂的载体，灵魂却是生命的延伸。灵魂的能见度取决于生命的质量。从某种层面上讲，生命实际就是活着，只有活着，才能见证生命的奇迹和美好。就个人而言，生命就是自身的生活过程和经历。灵魂则是身躯消亡了，影响力、感召力依然，思想的火花熠熠生辉，光照千秋。在这里，我要从哲学的层面上谈这两个问题。

世间万物都是有生命的，有些是可感的，有些是可见的，有些是需要领悟的；有些是自然成就的，有些是研磨创造的；有些带有普遍性，有些带有特殊性。

我们先说生命，也只说人的生命。我不是搞科研的，对生命的外延无法阐释清楚，就从自己的感悟来谈人们普遍认知的生命。

就生命本身而言，它指生物生存，生物所具有的活动能力；指事物借以生存的根本条件；指命运；指活命；指有生命之物，特指动物；指生活；指生物学上认为生命是蛋白质存在的一种形式。

生命的哲学定义则是，生命是生物的组成部分，是生物具有的生存发展性质和能力，是生物的生长、繁殖、代谢、进化、运动、行为表现出来的生存发展意识，是人类通过认识实践活动，从生物中发现、界定、彰显、抽取出来的具体事物和抽象事物。

从哲学意义上讲，有时候有的生命是虚无的，它以你的意念而存在。你的思想充实、精神坚毅，你才有生命。周国平说，人是唯一能追问自身存在意义的动物。这是人的伟大之处，也是人的悲壮之处。

对生命意义的理解，因个体的立场、所处的环境和追求不同而有区别。

对于一个做了母亲的女人来说，生命的意义是看到自己的孩子健康快乐地成长，然后事业有成。对于患了重病的人来说，生命的意义在于自己还活着，活着便是一种幸福。对于助人为乐的人来说，能帮助更多有困难的人才能感受到生命是有意义的。生命的意义到底是什么？每个人都有自己的看法和独特的见解。

一个人的生命只有一次，人生不仅是一个自然的生物过程。为什么人的意义不同于一根木棍、水管子的意义，就在于人生有特别的意义和价值追求，我们赋予它意义，世界赋予它责任。也是因为这样，我们把那些醉生梦死，没有人生追求、理想，或者说除了挣钱、追求物质利益而不知道还有生命这一说的人，叫做酒囊饭袋或是行尸走肉，即使他腰缠万贯。鲁迅曾说："凡是愚弱的国民，即使体格如何健全，如何茁壮，也只能做毫无意义的示众的材料和看客。"读鲁迅的小说，常常看到"看客"这类形象，贯穿于鲁迅的各类文体之中，他们的特点是冷漠、势利、麻木、愚昧。为什么？这是因为他们没有灵魂，或灵魂深处只有污浊。我们每个人活着，除了社会这杆秤、这个标准，我们还有内心的一杆秤。一位哲人说过，人的思想是苇草。虽然有时生命像苇草一样脆弱，但思想使我们强大。每天扪心自问，我们活着过的是怎样的生活，在这样想的时候我们就需要其他的东西。这里其他的东西就是我要谈的另一个话题——灵魂。

这里的灵魂是对人生的一份执念，对高洁的一份追求，对困难的一种顽强，对屈辱的一种承受，对污秽的一种抵抗，对社会的一份回报和社会对你的肯定认可，是光荣和梦想，是一份心灵的淡定和沉稳，是喝一杯白开水都能尝到甘甜的滋味，是一份无与伦比的美丽和尊严。这里的灵魂不是与生俱来的，而是依赖于你加工、创造、努力、奋斗、追寻，带有个性特征的内心光亮的集中外显或自然显现。灵魂是油，生命是灯。纯洁、厚重、强劲的灵魂，会把你的生命映照得通透、阳光、上进、韧性。法国作家罗曼·罗兰曾说："每一个人的心灵都可以是一个光源，所以绝不能听任自己的心灵熄灭。"

这里的灵魂是一个抽象的哲学概念，要把它形象化或通俗化，那就是文明和思想、精神，用隐性的丰富来支撑显性的悦目。这里就自然出现一个焦点问题：生命不仅是为了活着，高尚的生命必然渗透包裹着高尚的灵魂，高尚的灵魂不是天生的，它是一个人修炼的结果，其过程是复杂的，经历是艰难的，毅力是顽强的，目标是明确的，其感染力和影响力也绝非寻常。那些先贤圣哲为什么历经千百年仍然光彩照人，是因为他们崇高的精神，洁净的灵魂点燃了他们的生命，使他们的生命之火生生不息，薪火相传。绝不是所有的人生命中都闪耀着灵魂的光辉和文明的火花。"伟大的文明就像是一面镜子，慢慢提起你的精神，提炼你的灵魂，洁净你的灵魂。”“我们这个伟大的文明，这个延续了几千年没有中断的文明，它实际上有一种刚健雄浑的灵魂存在。

人为什么要活着？活着的意义又是什么？当物质得到满足，越来越多的人开始思考人生深层次的问题。精神世界的匮乏，精神之钙的缺失，信仰理想的迷茫，以及对人生生死问题的迷惑，使人开始执着于追求灵魂上的超然与解脱。生命本无贵贱，在生死面前没有不同。每个生命最终都有消亡的那一刻，我们要去勇敢接纳这个现实，既然逃不过，那就在这短暂的生命时光里，活得通透、豁达，真实、自尊，努力、进取，力争把生命的潜能发挥到极致，让信仰和现实撞击出火花。思者无涯，梦者无疆，梦想，就是头顶的星空，也是心灯，梦想成真时，人就无往而不胜。“掐灭心灯，是自甘堕落；保持心灯不灭，那么人生就不会有真正的遗憾。”当你在思想和精神上超越了生死，不再畏惧，不再患得患失，那人生其他一切事都是小事。人这一生，说实话，不容易，很累很苦，超越痛苦的方法，就是让自己内心强大，让自己有智慧。“我们总是一个人静静地崩溃，然后又一个人默默地自愈。”成长的过程总是伴随着阵痛，但当你熬过去，会发现，那种顿悟的感觉让人着迷和惊讶。其实，在那一刻，内心深处有种深埋已久的力量被唤醒。在一个人的所有创造中，内在的质地永远是高位的。人生的价值在于奉献。“星星没有月亮耀眼，却无私地献出了它的一切，将那万里夜空点缀得美丽诱人；绿叶没有红花夺目，却为鲜花吐馨献出了自己的芳华，将花朵衬托得艳丽多彩。”展现人生的价值，必须用高尚的品格造就光彩的人生。力图使自己活泼而不轻浮，严肃而不冷淡，自信而不骄傲，虚心而不盲从。成功时学会深思，受挫折时保持镇定。在追求人生价值中奉献，在奉献中实现人生价值。只有这样，才能行进在人生的旅途上，经风不折，遇霜不败，逢雨更娇，历雪更艳。

所有伟大的灵魂，并不都是平平顺顺的，他们会遭遇挫折，会遭遇苦难，会遭遇牺牲。既然如此，为什么不把苦难当作我们必须演好的人生剧本呢？生命不平凡的人，不但是看风景的人，也是创造风景的人，更是留下风景的人。活着就是经历，经历人生的不同阶段，不断成长，接受磨难和打击，最终变成一个有韧性、百毒不侵的人。只要有意志，有毅力，让灵魂引路，什么困苦都会熬过去的，人生定会苦尽甘来，大放异彩。走过千山万水，踏过千难万险，生命会有裂痕，那是光照进来的地方。那束亮光就是人类智慧的结晶，就是我们向往的灵魂之光。不论一个组织、个体，还是一个民族和群体，都需要这束智慧之光，来荡涤世界沟壑中的污垢，洗礼蒙尘甚厚的心灵。正是这一束亮光照亮了人类进步的道路，也正是这束永恒的光亮，使世界精彩纷呈。

一般而言，人生最大的财富，就是童心未泯，善心不灭，有一颗进取、努力的心；人生最幸福的就是心灵的安静，身心的健康，做事的正确，情趣的高雅，思想的进步，生活的甜美；人生最愉快的就是天经地义吃喝，心安理得睡觉，光光彩彩上班，高高兴兴回家；人生最大的成功，就是对得起生你养你的父母，有良知和荣辱感、使命感，对得起自己的良心；人生最宝贵的就是你平凡的生命也曾闪亮过，哪怕如流星划过天际；人生最大的退步就是不学习；人生最大的成本就是无知；人生最沉重的莫过于拽着不属于自己的东西不放；人生最痛苦的是对父母没有尽到孝心，该做的事情没有做；人生最无知的就是不懂装懂，不认识自己的轻重、优劣和短板；人生最尴尬的就是高估了自己在别人心目中的地位；人生最无耻的就是欺负弱者，小看不如自己的人，做一些既损人又不利己的事；人生最失败的就是没有教育好子女，使他们具备起码的素养、素质、知识和能力；人生最无助的就是离成功和目标还有一步之遥，却失之交臂；人生最遗憾的就是对自己失去信心，等靠要思想作祟，放弃了学习和进取，错过了属于自己的机遇；人生最愚蠢的就是想吃免费的午餐，却把自己搭进去；人生最悲惨的是身体的残缺，什么都得依赖他人。

生命没有所谓的圆满，处处都有遗憾。灵魂之光也不会照耀到所有的角落。即便再成功的人生，也必然有缺憾。一个人不可能想要的都有，什么都占全，总有遗漏的地方。上帝为你打开一扇窗户，也必然关闭另一扇窗户。当然也不可能一无所有，总有一扇窗户属于你。天下万事万物最忌满，人心最忌贪，月满则亏，水满则溢，心贪则毒，心婪则厌。活得知足一些，简单真实一点，欢喜圆满就会多一点，灵魂就会安稳一些。一日三餐，踏实过日子，明天还能看日出日落，笑看人世沧桑，淡定从容朝前去。看淡名利，放下身心，浸润在清风明月之间，因为那才是灵魂的归宿。

幸福与成功

幸福，多么温馨的词汇和字眼，不论它出现在什么地方、什么时候，都像美玉被阳光照耀一样灿烂，就像经历寒冷的孩子投入妈妈的怀抱一样温暖，就像百灵鸟歌唱一样美妙动听。人人都有追求幸福的权利，人人都有获取幸福的机遇。但每个人的幸福观却不尽相同，所需要的幸福也就自然不同。有的人的幸福是在用自己的立场衡量，有的人的幸福是在用民族的利益权衡。有的人的幸福是物质的堆砌，有的人的幸福却是闪光的精神。真正的幸福是充满着满满的正能量，是你前进的动能，是你自新的力量，也会唤醒他人的激情。

成功的光环确实是十分诱人的事情。大到九天揽月、五洋捉鳖，小到美容美甲、修鞋补袜，他们都会品尝到成功的喜悦和幸福的滋味。最近在电视上看冬残奥会，感慨颇深，如果条件允许，真想到现场一睹风采，并把鲜花和掌声亲自送给那些创造命运奇迹的人。虽然残缺的身体使他们失去了常人的能力，但他们的意志却是常人难以想象的。他们的血性和激情到底来源于什么？就是对幸福和成功的渴望，就是对理想和信仰的追求。还有比这更为恰当和合理、高尚的解释吗？登上领奖台，五星红旗冉冉升起，嘹亮的国歌声响彻九霄，人们送上鲜花和经久不息的掌声，我的眼圈有些湿润。

我想，争得第一固然重要，人们更多地敬佩于他们坚强的毅力、钢铁般的意志和超越自我的豪迈。他们把幸福和成功的含义诠释得流光溢彩，淋漓尽致，撼人心魄，这是世界上和人世间幸福和成功最完美的融合，像一朵盛开的牡丹有绿叶的陪衬更加光彩夺目。在他们的心目中，对幸福和成功也许比我们感受的会更深刻更丰富，他们的人生如河汉般灿烂，像故事一样精彩。

有人希冀成功，有人渴望幸福，幸福是奋斗出来的，成功也是奋斗出来的，那就不要去计较你受的伤害有多大。无所谓有多苦、有多痛，成功就在人生的夹缝中，是从悬崖峭壁中流出的清泉，是从高山之巅跌落深谷的飞瀑，浪花驱走了山涧的黑暗，成功还是站在高山之巅遥望喷薄而出的朝阳。人的潜能是压出来的，能力是逼出来的。有时候无路可走了，不要惊慌，不要失望，往往预示着新的机遇，不要怕失败，不要怕摔倒，不要怕吃苦，也不要怕吃亏，心胸豁达，内心敞亮。越是想不开的人，运气就敬而远之绕你而行。越是放不下的人，烦恼就时时尾随着你甩也甩不掉。越是斤斤计较的人，越容易损命折财。越是想一夜暴富的人，财富就有意躲着你。

人们总是把幸福解读为“有”，有房，有车，有钱，有权。但真正的幸福其实是“无”，无忧，无虑，无病，无灾。“有”多半是给别人看的，“无”才是你自己的。人生百味，人生无常。人生最大的幸福是心灵的纯洁和宁静，人生最大的成功是创造出了生命的价值。“春蚕吐出自己最后一缕蚕丝，为人类提供优质的蚕茧，这是春蚕的价值；为使昏暗变得光明，献出自己最后的光和热，蜡炬成灰泪始干，这是蜡烛的价值；找准自己的最佳位置，不同的地方发挥不同的作用，甘愿做一个默默的螺丝钉，这是螺丝钉的价值；普通的凡夫俗子为各自的命运奔波，主观为自己客观为别人，他们在平凡的岗位上释放出耀眼的光芒，这是平凡人的人生价值。”人生天地间，过好自己的生活，就是对生命的热爱。平淡是真爱，快乐是幸福。但人不是为活着而活着，还有诗和远方，要有勇气向往人生更美好的境界。“至人无己，神人无功，圣人无名。”这是庄子就人生境界的至理名言。“至人无己”是说道德修养最高的人容易忘记自己；“神人无功”是说人到了最高的境界就淡泊名利了；“圣人无名”是说修养臻于完美的“圣人”从不去追求名誉和地位。

忘我的境界，才是人生的最高境界。淡泊宁静，荣辱不惊，去留无意，闲看花开花谢，云卷云舒。忘我地活着，忘我地笑着，笑看人生百态，笑看风云激荡，笑声中获得更多的精彩。忘我的境界，纯粹而干净，描绘着心里的江山如画。这一抹清新脱俗的心灵深处，婉约着一片宁静祥和的温暖。“如果把人生比作一本书的话，那么只有用美好的心灵去读懂，你才能读出内在的价值，才会读懂爱憎分明，读懂痛苦与欢乐的情景，读懂追求完美的人生。”你就会懂得奉献才是人生的神圣，是镌刻在人们心中的一座永恒的丰碑，其重如泰山，其珍如瑰宝，也是人生的巅峰，才真正是生命中最宝贵的财富。生命是父母给的，运气是上苍给的，但上天垂青于有品有德、吃苦耐劳的人，看好不断赶路的人。

一颗善良的心在现实的世界里驰骋了一年又一年，看到过美丽的风景，也看到了死亡。这颗伤过的心被苦水长期浸泡和淹没，起初是非常苦涩的，但时日久了，也就逐渐适应并融合了。慢慢地也就不觉得十分苦了，被时光腌制和熏染成别样的风采，便认为苦是一种正常和平常，是一颗善良之心必修的一门功课。就如爱臭豆腐的人觉得恶臭才过瘾，倘若是一枝鲜花插在牛粪上就截然不同了，鲜花在牛粪上的时间愈长花愈是鲜丽溢香，绝不因为久了含有牛粪味，鲜花有一种汲取、转化、摒弃、净化的功能。尽管两件事各有利弊，人们可以自觉克服弊而接受利，而利又抽象为一种方法和智慧。

人们往往看重一个人的成就和成功，其实，在成果的背后和成就的路途中有谁是特别容易的，不是坎坎坷坷，就是百孔千疮，这条路本来就荆棘丛生。苦和甜、成功和幸福有时往往是不可分离的，它们互为条件，是一个人生命天平上两个互为作用的砝码，哪个多一点就偏向哪个，缺少了一个，另一个也就翻了，这就意味着两者的消失或不存在。不要以为自己最苦，不苦你就什么也没有，当然也就不能尝到甜蜜之后的甘美。不要认为自己太累，不累你的生命就无法打磨成你想要的模样，你连尝到苦味的资格都没有了。再美的原玉不雕琢就是废石一块，人不劳累也就仅仅是个活着，永远看不到远方的迷人风景。

宁可选择自在的日子，也不享受安逸的生活。孟子说："生于忧患，死于安乐。"自由的日子多是属于自己的，自在的日子多是快乐的。穿旧一些，吃淡一些，远离了喧嚣热闹，远离了灯红酒绿，远离了高朋满座，在日出日落间独自在田间荒郊转悠，偶尔向大自然高呼几声，发出最为天籁的声音，坐在田埂上被凉风吹拂，想着昨日的艰辛，感受眼下的殷实，向往明天的收获。细雨沥沥，在野外的小径上朝着与家相反的方向慢慢行走，也不打伞，就让雨淋个透，偶然停住脚步，倾听雨的诉说，没有怨言，没有凉意，像是享受了一场天浴。安逸的生活是有条件的，而且是由物质条件决定的，时间久了，你会腻的，无聊、乏味、单调会左右你的心绪，有时连伸个懒腰都抽筋。你吃着精致而讲究的早点，穿着高档而考究的名牌，开着豪华而霸气的大奔，远不及骑着自行车带着自己心爱的伴侣，走走停停，说说笑笑，相拥相抱那样愉悦，虽然腰缠万贯，远不比吃一盘花生米，抿一口关东烧滋润。

不要因为苦而止步不前，不要因为累就放弃追求，不要因为暂时不如人就自惭形秽，不要因为他人的冷嘲热讽而改变初心，不要因为他人不理解而得过且过，这些都不能成为阻挡你前进步伐的理由，也不能成为影响你心情的原因。一个追求幸福和成功的人，精神的坝堤应该是固若金汤，不要让那些负能量侵蚀了你的灵魂，消磨了你的意志，不要让那些冷面孔影响了你的情绪，你前进没有商量，你退缩没有条件。乌云遮蔽的只是你的眼睛，但遮蔽不了你的目光，你的目光背后依旧阳光灿烂。暴雨淋湿的只是你脚下的土地，但它泥泞不了你走向远方的路。

心简单了，日子就会简单，但眼光不能简单，眼光还应该是阳光的、善良的。眼光简单了，有时你难辨真伪，因为世界是复杂的，人是良莠不齐的。眼里充满了阳光和善良，你看到的便是阳光的世界，人性的善良。日子久了，不知是心苦了水，还是水苦了心。或许幸福就是这样，简简单单，平平淡淡；成功就是这样，与人无争，与世无争，默默无闻。古往今来，但凡大成者，必为淡泊之人。因为比起眼前的名利，他们更看重的东西，就是获得内心的充实，心灵的宁静致远，生活的平安喜乐。

寻求心中的天平

有人说，生死是人生当中的第一等大事，除了生死以外，其他都是小事。但是，在现实当中，所谓“生死”，其实每一个人都需要经历，没有例外。因此，相对于生死而言，“人生不如意之事十有八九”这句话，更能道出人生的苦难与困惑。言外之意，人的一生中总有许多的不如意，如何解决这些“不如意”之事，才是关键。

任何人活一辈子，肯定都是不容易的。别经常叫苦，别经常喊累。你比那些在烈日下、寒风中的百米高空中的农民工怎样？我猜想，当他们在高空中俯瞰大地，放眼远望，所有的一切尽收眼底，仰首遥望蓝天，呼吸着高空的凉风，也一定有自己的幸福。不要认为你最苦，也不要认为你最累，这个世界上的事情无不与苦和累联系在一起。

别有太多的牢骚和抱怨，想想你的父辈，他们起早睡晚为了什么？尤其是二十世纪五六十年代，在那缺吃少穿的艰苦年代，他们是怎么熬过来的，不要说缝制新衣了，就是缝补、洗刷、做鞋就够受的，今天的我们想都不敢想。再看看自己的兄弟姐妹，望望前后左右，哪个不是风里来，雨里去，为了生计，为了孩子，他们那已经不叫吃苦，那叫谋生。那些农民兄弟把一分钱当两分钱用，一毛钱攥在手里都流水了，还是舍不得为自己花，他们要在城里给孩子买楼房。把坐车的钱都省下来，背着自己土地上种的蔬菜和粮食来给城里的孩子送。为了省个浇水钱，好几个通宵都睡在渠口等水。眼看要成熟的庄稼，被冰雹给打了，被洪水给淹了，他们向谁抱怨。“一个人心灵世界如果处处都是抱怨，那么生命的质量，生活的遭遇都是无法提升和改变的，只有提升自己的心灵境界层次，我们的生命才会发生改变。”

不要有太多的奢望，天上下的都是雨雪、冰雹和黄土，绝不会下金条、元宝，也不会空投肉夹馍，出自己力，流自己汗，挣自己钱，吃自己饭。也别妄自菲薄，也别自高自大，也别得意忘形，也别自惭形秽，别人有长处学习，自己有短处补救，任何人之间，任何方面都是有差别的。有的人贪财，有的人贪权，有的人贪色，有的人追名逐利，有的人默默无闻，有的人看重权势，有的人看重德行，别看到什么都眼红，自己得不到就诋毁，运气很重要，但不要过于迷信，永远不要放弃努力，机会只青睐有准备的人。正确的学着点，错误的不能效仿，更不能沆瀣一气，狼狈为奸，助纣为虐。多欣赏和思考自我，不要总拿自己和别人盲目比较，尤其是当我们拿自己的短处和别人的长处比较的时候，我们会更加的沮丧和对自己不满。

不要认为事事处处你都做得对，别人都是错的、没用的，什么地方别人都不如你，这是一种愚蠢的表现。这个世界不是非黑即白的，事情永远没有绝对的对错之分，只看你站在谁的角度思考问题。你看事情的格局的大小高低就决定了你的趋向和观点，以及态度。和人相处，多一些包容和谦让，少一些抱怨和谴责，多一些理解和接纳，少一些仇恨和敌意，凡事不要非争个高低对错，有些事情根本就不在一个频道，风马牛不相及。有些事情就是争个对错根本就没有什么意义，你对了又能怎样，反而降低了你的素质。跟别人争对错太浪费时间、精力，太累，太无价值，错了就改进，对了就坚持，让时间检验。本身有些事情的结果是在不同条件下的，或是有一定的原因，何必一直揪住不放。有些事情，对的自然对，错的自然错，无须争辩，有些事的对和错压根和你没有关系，何必去趟那些浑水。有时候对有些事情沉默、回避、忘却、任其自然，是对自己最好的呵护，也是对他人最大的宽容和尊重。别人不这么理解，无关紧要，只要你这样做了就问心无愧。人一辈子本来就不容易，就很累，如果再纠缠在这个圈子里，那真是太不明智，相当于慢性自杀。再说，即使你是对的，也许是因为人家的宽大和包容，是人家计较的少，你又能多个什么，过了还不是错误不断，只不过自己不想承认罢了。再就是找理由、找借口，最反感的就是把事情的不利因素都强加于人，不是怨天尤人，就是指桑骂槐，就连吃饭都喘着粗气。试想，这样的人他自身痛快吗？他能带给别人快乐吗？你指责抱怨别人那样，你不也是那样吗？人与人之间，总有个大小、男女、能力、水平、机遇、人脉、心态等之间的差别，为什么总是同样的事情，你是对的，别人总是错的；为什么你总是认为别人是混沌的，你是清醒的；为什么一点小小的事，你就大发雷霆指责他人；为什么你就从来不从自己的身上找点原因呢？你把所有的不痛快都撒在别人身上。同样的事情，你做了就是功劳，就是付出，就是很累，别人做了就是应该、活该，不做就是别人的不对。

一个不懂得尊重他人，自高自大，以自己为中心，对别人指手画脚，评头论足，口口声声叫苦喊累，说烦话恼，怨天尤人，唉声叹气的人；一个不懂得尊重他人劳动，连起码的卫生习惯都不保持，衣服鞋袜乱丢乱放，物品随拿随扔，烟灰烟蒂乱丢乱弃，使满地的瓜子皮、头发丝、馒头屑、指甲残物的人；一个随便乱翻别人的办公用品、物件之后，不整理整齐，从不做卫生，还嫌卫生差，妆饰打扮了自己，却污染和搞脏了盥洗用具的人；一个认为自己很美，别人也就那样，归根是自己最好的人；一个连自己的父母都斤斤计较，谈高论低，说长道短，指责训斥，得理不饶不让的人；一个得意时趾高气扬，失意时垂头丧气，摔碟子掼碗，指桑骂槐的人；一个惯于记仇记恨，抓小辫子，以偏概全，认为他人就是一无是处，你再怎么努力都是没用的，不顾及他人感受和尊严的人；一个表里不一，惯于以自己为标准衡量他人，不分事情的内外、大小、轻重缓急的人；一个做错了事无所谓，你能把我怎么样的人。确切地说，这些人不是小人、庸人、蠢人、俗人，就是缺德的坏人，至少算不到好人里面，他们传递给你的都是负能量，与他们为伍其实就是一种耻辱。

别老想着攀高枝，靠别人。无数事实证明，别人是可以依靠的，但那是有条件的。比如说，团队协作，分工合作，有困难确实自己解决不了的，非找人不行就得靠别人，一些棘手的或者说重要重大的事情要靠别人。但你也不能什么都靠别人，别人不是为你尽义务的。也不要别人不帮忙、靠不上就不满意，满嘴气话，胡言乱语，人家也不是你的专用。再说了，人家为什么要帮你、非帮你，你能为人家带来什么？要想得到别人的帮衬，你也要学会帮助别人，只有你在雨天不断向别人递伞，别人才会在你淋雨的日子递给你伞。要知道所有的获取都是经过努力的，要辩证对待取舍之间的利弊和关系。对于那些财富和地位比自己高的人，总有他们的过人之处，不要因为没给你帮忙，不要因为周围的闲言碎语，道听途说，就瞧不起人家，诋毁人家。其实道理也很简单，请来能帮上忙的人，大都是富人、能人，想来他们能混出个名堂，也不是睡着大觉等来的，更不是守株待兔得到的，他们是经过了努力、奋斗的，甚至竞争拼搏的。他们也有自己的难言之隐，这让我想起了明代文坛“后七子”宗臣的散文名篇《报刘一丈书》中的描述，不妨摘录如下，与读者共赏之，看有什么感悟。

原文片段摘录如下：且今之所谓孚者，何哉？日夕策马，候权者之门。门者故不入，则甘言媚词，作妇人状，袖金以私之。即门者持刺入，而主者又不即出见；立厩中仆马之间，恶气袭衣袖，即饥寒毒热不可忍，不去也。抵暮，则前所受赠金者，出报客曰：“相公倦，谢客矣！客请明日来！”即明日，又不敢不来。夜披衣坐，闻鸡鸣，即起盥栉，走马抵门；门者怒曰：“为谁？”则曰：“昨日之客来。”则又怒曰：“何客之勤也？岂有相公此时出见客乎？”客心耻之，强忍而与言曰：“亡奈何矣，姑容我入！”门者又得所赠金，则起而入之；又立向所立厩中。幸主者出，南面召见，则惊走匍匐阶下。主者曰：“进！”则再拜，故迟不起；起则上所上寿金。主者故不受，则固请。主者故固不受，则又固请，然后命吏纳之。则又再拜，又故迟不起；起则五六揖始出。出揖门者曰：“官人幸顾我，他日来，幸无阻我也！”门者答揖。大喜奔出，马上遇所交识，即扬鞭语曰：“适自相公家来，相公厚我，厚我！”且虚言状。即所交识，亦心畏相公厚之矣。相公又稍稍语人曰：“某也贤！某也贤！”闻者亦心计交赞之。此世所谓上下相孚也，长者谓仆能之乎？

译文：且看当今社会上所说的上下信任是怎么一回事呢？当他从早到晚骑马去权贵人家的门口恭候的时候，守门的人故意为难不肯让他进去，他就用甜言媚语装作妇人的姿态，把袖里藏着的金钱偷偷地塞给守门人。守门人拿着名帖进去之后，而主人又不立即出来接见，他就站在马棚里，与仆人和马匹相处，臭气熏着衣服，即使是饥饿寒冷或闷热得无法忍受，也不肯离去。一直到傍晚，那个先前曾经接受金钱的守门人出来对他说："相公疲劳了，谢绝会客，客人请明天再来吧。"到了第二天，他又不敢不来。晚上他披衣坐等，一听到鸡叫就起来洗脸梳头，骑着马跑到相府门口，守门人发怒地说："是谁？"他便回答说："昨天的客人又来了。"守门人又怒气冲冲地说："你这个客人倒来得这样勤！难道相公能在这个时候出来会客吗？"客人心里感到受耻辱，只有勉强忍耐着对守门人说："没有办法啦！姑且让我进去吧！"守门人再次得到他送的一笔钱，才起身放他进去。他又站在原来站过的马棚里。幸好主人出来了，在客厅上朝南坐着，召他进去见面，他就慌慌张张地跑上去，拜伏在台阶下。主人说："进来！"他便拜了又拜，故意迟迟不起来，起来后就献上进见的金银。主人故意不接受，他就一再请求收下；主人故意坚决不接受，他就再三请求。然后主人叫手下人把东西收起来，他便拜了又拜，故意迟迟不起，起来后又作了五六个揖才出来。出来他就对守门人作揖说："多亏老爷关照我！下次再来，希望不要阻拦我。"守门人向他回礼，他就十分高兴地跑出来。他骑在马上碰到相识的朋友，就扬起马鞭得意扬扬地对人说："我刚从相府出来，相公待我很好，很好！"并且虚假地叙述受到接待的情况。因此与他相识的朋友，也从心里敬畏他能得到相公的优待。相公又偶尔对别人说："某人好，某人好。"听到这些话的人也都在心里盘算着并且一齐称赞他。这就是所说的上下信任，您老人家说我能这样做吗？

为了方便阅读，我把译文加入。整个摘录的文段有些长，但不摘录到位，我们还是不能理解文章本身的含义。作者的选材和笔法既是特别的，又是高超的。他选择了一次巴结权势的典型活动事件，又抓住主人、客人、仆人这些典型人物的对话，以漫画的笔法，刻画了他们因权力而扭曲的丑态。人心都是肉长的，我们又生活在这样一种土壤里，有些东西铲出殆尽是不可能的。有好友在微信圈里转发过一段话，我觉得很有道理，就记下了一些，不是全部。那我们就一同感受一下，看你有什么感悟。话是这么说的：

人生短短数十载，最要紧的是满足自己，不是讨好他人；真坏人并不可怕，可怕的是假好人；被恨的人，是没有痛苦的，去恨的人，却是伤痕累累；人之所以活得累，是因为放不下架子，拿不开面子，解不开情结；小时候，幸福是很简单的事，长大了，简单是很幸福的事；面对生活，要有最好的准备和最坏的打算；所谓门槛，过去了就是门，没过去就成了槛；这世上有三样东西是别人抢不走的：一是吃进胃里的食物，二是藏在心中的梦想，三是读进大脑的书；人要有三平心态：平和、平稳、平衡。对自己要从容，对朋友要宽容，对很多事情要包容，这样才能活得开心；人生的第一个青春是上帝给的，第二个的青春是靠自己努力的；一个人的快乐，不是因为他拥有的多，而是因为他计较的少；昨天是一张废弃了的支票，明天是一笔尚未到期的存款，只有今天是你可以支配的现金；挥不去的是记忆，留不住的是年华，拎不起的是失落，放不下的是情感，输不起的是尊严；父母想念子女就像流水一样，一直在流，而子女想念父母就像风吹树叶，风吹一下，就动一下，风不吹，就不动；世上有两件事不能等：一、孝顺，二、行善；人生不能事事尽如人意，但求无愧我心；想挣钱的人不少，能挣到钱的人不多，有本事的人挣钱都难，一般的人挣钱更难；用最少的悔恨面对过往，用最少的浪费面对现在，用最多的希望面对未来；超过别人一点点，别人就会嫉妒你，超过别人一大截，别人就会羡慕你；是非天天有，不听自然无；在成长中成熟，在成熟中衰老。顺应自然，笑待人生。不要早熟，也不要早衰；平安是幸，知足是福，清心是禄，寡欲是寿；超越死亡三原则：不要寻死、不要怕死、不要等死；超越生老病苦三原则：活得自如、病得快乐、老得自然。势不可使尽，福不可享尽，便宜不可占尽，聪明不可用尽；权力是暂时的，财产是后人的，健康是自己的；身安不如心安，屋宽不如心宽。

知足吧。只要第二天你还能听到闹钟的声音按时起床，说明你还活着；你还能驾着车去上班，说明你还健康；还能看见朝阳，说明幸福就在等你！

你已不再年轻

东方天地相隔的晨曦逐渐浓厚，在为新的一天的到来酝酿着氛围，天空中稀疏的星星还在眨巴着眼睛，东南方空中的第一亮星还是那么耀眼，年轻人的美梦刚刚进入尾声，道路上几乎没有来往的车辆，两旁的路灯经过一夜煎熬也疲惫不堪，散发着昏黄的光亮。两旁的人行道上或单个的，或一对的，距离不远不近，向着一个方向蹒跚前行，有的拄着拐杖，有的相互搀扶，在微弱的灯光下显得有些弱不禁风，也有些孤单冷清，像秋风里飘动的黄叶，又像寒风中摆动的枯草。勤于锻炼的中青年人超越了一个又一个，一对又一对晨练者。当他们气喘吁吁地返回时，这些一个的、一对的晨练者还在向原来的方向走动。中青年人跑过去再回头望望，情不自禁、自言自语地说，他们已不再年轻。

上午七点半到八点半是公交车和出租车一天中最为繁忙和热闹的时刻。公交站点上站满了人，老人们有的拄着拐杖，提着面点和蔬菜，有的还提着马扎，手持老年卡在挤公交车；年轻人手提公文包或肩上挂着时尚的小挎包，有的还拿着遮阳伞，等上车的时候收缩了再挤上公交车；孩子们背着沉重的书包，拿着学生卡也挤上了公交车。车上拥挤不堪，水泄不通，随着公交车的晃悠和摆动，人也在上下左右的动，一站停下了，下去一拨人又上来一拨人，公交车司机不停地在喊向后走向后靠，就是走不动，挤不上的只好等下一班了。若是在炎热的夏天，浑身冒汗，衣服都长在了身上。孩子们叽叽喳喳吵个不停，也听不清说的什么，把老年人聒噪得直皱眉头，又翻着眼睛，眼睛直勾勾地盯着孩子们的座位。年轻人也皱着眉头翻着眼睛，既瞪孩子也瞪老人。等下车了，只有孩子们欢声笑语地奔向四面八方，老年人和年轻人就开始七嘴八舌地谈论心中的不快。我有一个要好的朋友很同情当今的年轻人说他们太辛苦了，还说老年人可以克服一下，晚点再出门。我说老年人也有他们的作息时间，他们一辈子吃了不少苦，好不容易赶上这个好时代，就看作是他们自找乐子，享受生活。他说你这样认为，说明你已经不再年轻。

夏天的树荫下，冬天的暖阳里，总有一拨一拨的老人坐着马扎集聚在一起，太阳移动他们移动。有的在打扑克牌，有的在下象棋，有的要么你看着他他望着你，半晌不说一句话。有的晒得恹恹欲睡，不断地打哈欠、伸懒腰，有的在听小匣子里的秦腔，有的在说听到的国际新闻，有的再说街谈巷议。我对朋友说，这些老人家，没事早点回去帮儿媳妇做做家务，饭做不成了把东西给准备好，瞌睡了家里去睡。朋友说你已不再年轻。

最令我难忘和难过的，还是夕阳下的一个“背影”。清晨太阳还没有照到二十七楼的楼顶，就有几个大爷大妈提着纤维袋子，手握铁质夹剪，在小区的角落、垃圾桶中、商店门前捡拾废纸箱、饮料瓶等“垃圾商品”，开始了他们一天紧张的“工作”。傍晚时分，他们身后背着两个、身前挂着一个、一手提着一个装满“商品”的袋子，夕阳下佝偻的身子愈发弯曲，艰难地向目的地行走。我多少次都仔细地瞧，长久地看，直到他们的身影消失在楼群后，消失在夜幕中。我很同情和理解他们，咱们兄弟姐妹，各个自立之辈，人人老实之徒，我们的骨子里就有同情弱者、尊重老人的善良本性。再加之我们的父母奋斗了最后一刻，能自理的事都不扰累子女，我们给予他们的太少了，至今想起愧疚不已，所以同情之心油然而生。后来，几个人在一起聊天，又看见了那个可怜的“背影”，我就说人老了真是艰难啊，其他几个人说，他的孩子都很有出息，但没有时间管他。有病了去医院还要打车或步行，老两口都七八十岁了，只是相互照顾，时间久了，也没见子女来过。后来我又看见她拎着个小袋子，里面装着几个鸡蛋，看来是去了超市。我跟一个要好的朋友谈起此事，朋友说，你这就多虑了，人家有人家的活法。你真是的，这是你已不再年轻。

在我来说，我只能理解为他们是为了有点事做，借此活动活动筋骨，有利于身体的健康。天下父母不同的是他们的经历和待遇、付出和回报，相同的是他们的艰辛和不容易。实际上我所看到的那个“背影”既陌生又熟悉，既清晰又模糊，在自己的意识中潜藏，在自己的意念里闪现，你说这是为什么，这是因为那个忙碌佝偻的身影，其实也就是我们自己不远的将来，是未来的缩影。对普通人而言，睡着等来生可能是最大的痛苦。

在一次和同事闲谈中，说七八年前，一家集体企业把春节不回家的职工都树立为先进典型，号召全体职工学习，还有一个父亲去世了，唯一的儿子为了参加单位的植树也没有回去，是乡亲们把他的父亲安葬的。此事一出，单位领导立即召开职工大会，号召大力弘扬集体主义精神，将该职工树立为楷模，要求全体职工学习。我跟同事说了此事，同事说你已不再年轻。

公交车上有年轻人为我让座，我感激地说声谢谢。大街上碰见了多年不见的老相识，问你退休几年了。去理发店理发，理发师说，大伯，你的头发三分之二都白了，染一下就显得年轻了。有时在人行道上走得慢，遛狗的年轻情侣大声喊，前面的老人家请让一下，让我们先过去。我想了想，是我已不再年轻。

我还想，经常转街，挤公交省车费，买东西、买菜使劲搞价，嫌东西贵，看不惯年轻人的打扮吃喝，尤其是晚上的吃喝，晚辈请你吃饭，节假日看你，常往医院里跑，羡慕年轻人，吃饭希望简单，嫌油大味重，作息时间不规则，早晨别人还在睡梦中，你已经在地上走动或夜幕中锻炼了，整天看棋摊，唱街歌，跟着别人混饭吃，说话唠叨，闲聊中常提过去你有多能耐，有吹嘘之嫌，有钱也不想花钱，该花的钱也不想花，宁肯坐着，懒得讲卫生，也不爱护公共卫生，不遵守交通规则，满腹牢骚。等等，都告诉你，你已不再年轻！

一个人逐渐褪去青春的容颜，衰老悄无声息爬上你的脸庞，是岁月留给你最好的纪念，谁也无法阻挡。一个人离开了这个五彩缤纷的世界，是上苍对你灵魂的安顿，你也绝对拒绝不了，但心态、心绪和精神却受到一个人主观意志的影响。好心态是快乐的源泉，好身体是人生的本钱，愿我们每天都阳光灿烂。

仅仅超越自己是不够的

经常听到这样的话，超越自己追求卓越，还有自己的最大敌人是自己。前者是说，使自己更为优秀，能力得到更好的发挥；后者是说放纵了自己，不严格要求自己，不努力进取，大好时光流逝，错失良机，也就落后于他人，甚至堕落。总之，有一个核心点，那就是自己的发展和强大、得失和成败根本取决于自己的努力和奋斗。《尚书》中说“功崇惟志，业广惟勤”，讲的也是这个道理。追求卓越，也不是说使所有的人都达到一流，都争创第一，这个愿望是好的，却是不现实的。人的能力和精力总是有限的，差异也是的确存在的，我们一定要对自己有一个清醒而真实的认识，在生活和工作中做最好的自己。这样，超越自己也许就不是一句空话。对我们普通人而言，战胜自己可能更为合适。从哲学和生理学的角度来讲，人的贪欲仍是这个世界上最无法满足的东西，贪婪和嫉妒心是人性中最本质的生物属性，只有自我战胜了这些最本质的生物属性，才能实现真实的自我。战胜自己实际上就是不要自己被自己打倒，不甘于落后，克服人性的惰性和弱点，不怕失败，不怕困难，尽自己最大的努力做好应该做好的事情，在个人修养上做到“慎独”，做一个受人欢迎的人，做一个有益于人民的人。

我们既不能妄自菲薄，被困难吓退，也不能妄自尊大，目空一切，思考人思考事，看待人和看待事要有实事求是的精神，要有辩证唯物主义和历史唯物主义的眼光。我们在某些方面的认识中，往往被古人的意识和一小部分今人的思维所囿于，总是觉得横在我们面前的是一道道万仞高山，无法超越。试想，不超越前人，我们的社会如何发展。古人造出过飞船吗？造出过电脑吗？不是他们没有想过，中国古代神话中就有这方面的反映，现当代的科幻片就是今天的神话传说。

在这里我围绕王安石说几件事。

王安石是宋代著名的文学家，他有两句著名的咏菊诗——西风昨夜过园林，吹落黄花满地金。因为这句诗，曾引来苏东坡的“严厉批评”。原来，有一天，苏轼去拜访王安石，王安石恰好不在。苏轼瞥见王安石桌上有一首咏菊诗，诗只写了两句：西风昨夜过园林，吹落黄花满地金。苏轼看了，不以为然地说：这个王安石，怕不是傻了吧？“西风”就是“秋风”，“黄花”就是“菊花”，菊花惯是耐寒的，说西风吹落黄花满地，岂不是大错特错。想苏东坡何等人物，他随即拿起笔来，提了两句诗：秋花不比春花落，说与诗人仔细吟。王安石回来后，看到这句诗，马上就明白苏轼是在嘲讽自己的这两句诗。对于苏轼的自以为是，王安石也十分恼火。为了让事实“教训”一下苏东坡，他把苏东坡贬为黄州团练副使，苏东坡在黄州住了将近一年，到了重九天气，连日大风。一天，风息后，苏东坡邀请好友陈季常到后院赏菊。只见菊花纷纷落叶，满地铺金。这时他想起给王安石续诗的事来，不禁目瞪口呆，半晌无语，恍然大悟当时王安石诗中的意思，不觉十分惭愧。这只是个故事，苏轼被贬黄州团练副使的真实原因是因为“乌台诗案”，不是因为王安石的“报复”。事实上，苏轼因为“乌台诗案”身陷政治旋涡，险遭杀身之祸时，已经罢相的王安石还上书皇帝说：哪有盛世杀有才之人的呢。多年以后，王安石和苏轼，两个曾经政见不合的人相聚在一起，把酒言欢，此时，没有政见不同，只是两个朋友，此时的感情显得纯粹了许多、温柔了许多。

这何尝不是一种超越，超越了历史，超越了现实，超越了政见，超越多少恩恩怨怨。

李白写过一首《登金陵凤凰台》的诗，这首诗启发了后世的王安石，令他写了一首更为大气磅礴的诗作《登飞来峰》。

李白和王安石尽管不属于一个时代，也不属于同一类人，一位是放荡不羁，犹如世外仙人一般的“诗仙”，另一位则是伟大的政治家和诗人。两个人在性格上，可以说是完全不一样。同时他们在文学创作方面也是大相径庭，李白的诗洒脱豪放，非常抒情，同时里面也充满了哲理；然而王安石的诗作，尽管也很抒情，但更多的是表达出了一汪内心的愿望。这也正是两位伟大诗人所不同的地方。

《登飞来峰》是王安石年轻时的一首佳作，当时诗人正值壮年，内心充满了理想主义，而且即将要进行改革，所以诗人描写得极为生动，也非常的深刻。《登飞来峰》和《登金陵凤凰台》这两首诗中，虽然有着相似的句子，但是意思却又大相径庭，这也正是两个人有着不同志向的原因。

我们先来看一看李白的这首《登金陵凤凰台》：“凤凰台上凤凰游，凤去台空江自流。吴宫花草埋幽径，晋代衣冠成古丘。三山半落青天外，二水中分白鹭洲。总为浮云能蔽日，长安不见使人愁。”李白的这首诗应当说是写得很忧愁，并且有些晦涩难懂。

再看王安石的《登飞来峰》：“飞来山上千寻塔，闻说鸡鸣见日升。不畏浮云遮望眼，只缘身在最高层。”这也正是如前面所说的那样，两个人在心境上有所不同，王安石在写《登飞来峰》时，正是春风得意之时。其实如果仔细来看，这两首诗并没有相同之处，只是最后的两句，两个人所写的有些相似，不过只是形式上相似，但是形容却又是大不同。李白所写的是“总为浮云能蔽日，长安不见使人愁”，他是以一种非常忧愁的口吻来描写，难得一见李白那种深沉的忧愁。但是王安石却不一样，“不畏浮云遮望眼，只缘身在最高层”，他认为只有站得更高，才能够望得更远，而且他不畏惧任何事情，不怕浮云会遮住视线，只是因为自己身处在最高层。王安石与李白可谓是两种截然不同的心境，也正是这种不同的心境，所以这两首诗形式上有些接近，但是内容却是大不一样。李白是害怕浮云总是遮蔽太阳的光辉，可是对于王安石来说，他并不害怕这些，一个人身处在最高层，难免会遇到很多不同的事情，这也正是两位诗人所表达出来不一样的意境，一个是愿意站得更高，一个是害怕站得高了会被浮云给遮蔽。

王安石在创作《登飞来峰》时，应当也读到过李白的这首诗，但是他别出心裁，写出了新意。这两首诗同样都是不可多得的佳作，而且两位伟大的诗人，在同一个问题上给出了不一样的观点。

这里同样存在着超越，心境的超越，感悟的超越，理想的超越，表达的超越。

我读过酒泉名师马少军老师的一篇文章，是从手机微信中看到的。我不认识他，但我早闻其名，他学养深厚，博览群书。他文章中的一个观点我也很赞同：我们不是说你的思维方式有多超前，方法有多高明，你所做的对了好了才叫高明，你所做的成功了那才叫科学。这样说来，超越是有一个前提的，那就是正确和成功。

这让我想起了有人对田英章的批评，说他的楷书呆板无趣，写得像美术字。那我很想知道，批评者能写出田英章那样漂亮规整的楷书吗？我们的学生，我们所有的国人，把汉字都写得如田英章的楷书一样规范、工整、漂亮，难道有错吗？问题是你能不能写上，即使没有那么高的水准，照葫芦画瓢，三分成，五分像也行。田英章的楷书，是以欧楷为蓝本的，在此基础上，大胆改进和创新，的确有新的内涵存在，这就是一种挑战和超越。他并没有摆脱欧楷的衣钵，时人称之为“田楷”。

就写字而言，它有两个层面，一个就是写字，是一般层面、普通层面；另一个则上升到艺术的高度，那就是艺术层面。艺术的核心是美，熏陶人心，感染人心，震撼人心。艺术和时尚，神韵和潮流本来就是有质的区别的。

我们要有站在古人的肩膀上摘苹果的勇气，也要有拽着巨人的衣襟前行的胆识和魄力。对于田英章，我们不承认他是个书法家这也无可厚非，毕竟智者见智，仁者见仁。我们就把他看成一个写字匠，还有意见吗？

一朵花，一根草，让你选择，正常情况下你选择什么？口渴了，一瓶浑浊的水和一瓶可乐，正常情况下你选择什么？我们的选择肯定是有标准的，一是需要，一是漂亮美丽。其实做人何尝没有标准呢？偌大的商场，衣服塞满了柜架，五光十色，琳琅满目，转了几圈也没有买到一件衣服。那是为什么？是因为没有你中意的。仪仗队的着装整齐划一，不是奇装异服，不是花里胡哨，但没有人说不美。美的就是美的，好的就是好的，不是你从自己的好恶来乱评一顿，甚至谩骂一通就能定论的，有些事情一时澄清不了，总有澄清的时候。

汉字是中华文化最美的标签，是中华文化最鲜明的标志性元素。我常想，它应该是中华文明最高级的发明创造之一，发明创造汉字的这个人是非常了不起的，它的结构美简直是无法挑剔的。当你对一个字不熟悉或有些疑惑，你写出来自己就觉得怪怪的，第六感告诉你没有写对。这正如人身的完美，你安错了他的某一器官，就是一个怪物。中国书法几千年，涌现出了大批优秀人物，他们有一条主线贯穿：规范、工整、美观、神韵，也正是他们在汲取前人营养的基础上，敢于创新，敢于超越，才出现风格迥异、形体不同的大家，也才使得书法艺苑翰墨飘香，姹紫嫣红。那些千古扬名的大家名流也很少有以丑书在书坛立足的。也曾看到当代著名作家贾平凹的一句名言，丑到极致便是美到极致，其实这是一个哲学概念。凡人、凡事、凡物，丑到再不能丑的程度，自然要转变，那是一个临界点。

这个社会的发展是多元的，每一个时代在某一个领域都各有它的巅峰之作。的确要想超越是有巨大困难的，甚至不可能，那就要守正创新，独辟蹊径，不然中华文明如何积淀，如何千姿百态。“江山代有才人出，各领风骚数百年。”一个民族的文化说它深厚，源远流长，如果没有先进的值得学习的东西，文化怎么延续，文明怎么传承。灿烂辉煌的文化文明正是一辈又一辈，一代又一代各个领域的优秀代表，有勇气接过历史的接力棒，有魄力向时代的巅峰迈进并克服重重困难跨越巅峰，才在中华大地的沃土上培植了更大的文明。人们学习他，甚至被美化神化，加以“圣”“至圣”“仙”“鼻祖”“祖师”等美轮美奂的名称，当然这也实至名归。有些还在公共场所显要的地方或家里合适的位置立塑像、挂画像顶礼膜拜，这是人们自然而然的行为。我们仔细想想，这是非常美好的事情，这充分说明了人心向善崇美，人心良好是根，美善是脉，这是社会进步的表现。人本身要进化，思想意识也要进化，进化的源泉在哪里，进化的能量由谁供给，我用朱熹的“问渠那得清如许，为有源头活水来”回答自己提出的这个问题。超越自我，不仅要超越自身的局限，还要有思想意识的超越；不仅要有物质世界的超越，还要有精神世界的超越。仅仅超越自我，格局太小，路径太窄，机遇太少，只不过为成功创造了一个最基本的条件。

虽然超越自我是远远不够的，但也至少说明一个问题，人类追求进步、向往美好的脚步一刻也没有停下来，历史的车轮永远是向前的，人类一定会有新的超越，必将创造出更大、更好、更高的文明。

小 草

一棵小草在一个不起眼的草树园子里的一角等待着它发芽的时机。

严寒的冬天来了，它把枯黄的杂草连同自己枯萎的身体都覆盖在身上御寒，悄无声息，小心翼翼地长眠，积蓄力量，厚积薄发，因为它知道自己复活的时机在春天。

当春姑娘温柔地、悄悄地敲开春的大门时，小草睁开它惺忪美丽而闭了好久的眼睛，以惊异的目光仰望着碧蓝的天空，沐浴明媚的阳光，在温暖的春风的吹拂下探出了小小的脑袋，一个个小小的绿尖，在向人们传递春的信息，刚刚破土而出，看起来那么娇小，柔柔的，怯怯的，可又感到生命是那么的旺盛。

有人把洗过车的脏水，洗衣洗脸用过的污水都向它泼来，它就低低头，不言不语，忍受着污浊和臭气。有时把它折磨得半死不活，奄奄一息，它的生命受到了严重侵蚀。经过清风的吹拂和阳光的照耀，加之它自身的净化功能，身体上的秽物和霉气也渐渐地脱落和褪去，它又缓过气来。浇水的人，为了堵住被水冲坏的小田垄，在小草藏身立足的地方狠狠地挖了一铁锹土去堵水，小草也被挖去了，紧接着又是一铁锹土，小草被压了下去，留在了那个被水冲毁又让浇水人堵上的凹凸不平、粗糙不堪的小田垄的一个小凹里。

它没有泄气，因为它知道“气可鼓而不可泄”。看着草树园里的草儿、桃李杏松柳树，自由自在地、随意大口地呼吸着被雨水洗刷过的清新的空气，尽情地、大口大口地喝着浇灌草树园的水。各种树木舒枝展叶，你追着我，我赶着你，好像在赛跑，不几天就长了老长老高。被浇水人挖得移动在小凹里的小草，也渐渐地扎下了根系，也大胆地喝水和呼吸新鲜空气，时不时地向其他在平地上的草儿和桃李杏松柳树张望，欲交流成长的经验。阳光好的时候，小草就展开肢体，躺在小凹里，晒个舒服，补充钙量。有时还打个滚儿，伸个懒腰。逐渐地它也茂盛了起来，就这样，一棵小草，在春天的怀抱里看到了希望，满脸睿气，怀着激情，带着梦想，将蓬勃的生命，在春天的沃土里同其他的草儿一起成长。

桃树、杏树、梨树上挂满了果实，把枝条都压得弯了下来，孩子们和闲暇的大人们，从小草生长的小土垄上踩着小草走到树下，用小木棍和小石子敲击果实品尝，有的还摘满了自己的小包。小草园里轻佻的蒲公英、肥大的酸膜、高挑的阴辰从来就看不起小草。小草一点也不计较，一点也不感到奇怪，一点也不畏惧，既忍受了人们的踩踏，也忍受了同类的糟践，也并不羡慕它们的累累果实。它比不了它们，既没有肥壮的身躯，也没有特别的功能，也收获不了累累果实。因此也无法比，唯一能比的就是活着。

它知道自己就是一棵极其普通的小草，经历过太多波折和磨难，能活下去就已经很满足了。它很有自知之明，因为它就是土生土长的，要学会无所需求，要懂得从不索取。它只知道给予，只知道知恩图报，也明白自己永远开不出美丽而又芳香四溢的花朵，也永远长不成苍翠挺拔的参天大树。

因此，它也没有任何奢望。

及至仲夏，它与草树园里的草融成了一片，清晨，晶莹发亮的露珠像一颗颗珍珠在它身上滚动；傍晚，吹来一阵阵凉爽的风，它也会高兴地跳舞，又会像汹涌的波涛，此起彼伏。这是它难得的最为自由放纵的时候，在长长的蜿蜒的甬道旁汪洋恣肆，“用自己最为得意的方式将青春的萌动诠释，用自己最为喜欢的色彩把人们的意志涂抹。把‘野火烧不尽，春风吹又生’的标签，贴在田头、荒野”。下了一场蒙蒙的细雨，小草痛痛快快地洗了个澡，叶子更绿了，精神更饱满了，脸上挂着微笑，轻轻地在微风中翩翩起舞，雨滴顺着小草翠绿的茎枝向下滚落，晶莹透亮，像颗颗闪烁的星星！

它很坚强，看似柔弱的身躯竟可以从坚硬的土地里钻出来，可以抵御暴风雨的袭击。被暴风狂吹的时候，小草没有随风飘走，即使被吹得东摇西摆，根却仍牢牢地抓住大地，大地是它最可亲赖、信任、依附的好朋友。即使疲倦了，它也依然神采飞扬，任何的污蔑打击都掩盖不住它心中那份炽热的追求，它把自己矜持成一朵含羞的牡丹，俏立斜阳。它像一个思想家目送飞鸿千里，相思成殇。骨子里的傲气收敛得气定神闲，此刻它如三月桃花临水，鲜活而含蓄。

让水冲毁、被浇水人修复的那个小田垄再也没有被水冲坏，而是因为它的根系变得更为坚固。秋天来了，许多小花都已经开始凋零，小草虽然淡去了往日的欲滴翠色，开始发黄，在瑟瑟秋风中并不感到悲伤，它顺从大自然的安排，全身涂抹着世间最美的颜色，依旧欢快地手舞足蹈。挺拔的身躯依然如竹，暮色暗淡，残阳如血，小草和橙黄色的夕阳相互衬托，这时的小草胜过一切婀娜多姿的鲜花，它的美是那么平凡，却又是那么让人无法忘怀。

深秋，一场霜冻，一切失去了生机，小草被湮没在一片金黄中。它的种子就落在了它的那个小凹里，它用自己的身体覆盖在上面，呵护着来之不易的种子，生怕被禽鸟吞食，也怕被寒风吹走。一轮生命要结束，它毫不保留地化作肥料滋养它撒播的种子，丰厚和肥沃它立足的大地，开始回报大地。它懂得挺过了寒冬，原来的根就会在原地发芽，掉落的种子也会在春天里再发新芽，同它一起生根、发芽、开花、结果，它不再孤单，也不担心浇水人再来狠狠地一锹铲除。

这个小草树园，尽管不起眼，也并非想象的那样死寂，曾经，闻春的小鸟在枝头上欢快地歌唱，成群结队的蝴蝶飞来了，蜜蜂飞来了，有的停在含苞欲放的花朵上，津津有味地吮吸着春的甘露，有的在花丛中翩翩起舞，还有的相互追逐嬉戏。有小草的地方，就有清新的空气，也为单调的土地铺上了一层"绿毯"，使人赏心悦目。小草给人们带来快乐，给人们带来清凉，给人们带来美丽。小草就是这样默默无闻地奉献着。

小草树园是人们休闲时的一个乐园。有人说，为了美化环境和发展的需要，要将草地挖掉，树木砍伐掉，搞现代化建筑。小草、桃李杏松柳树非常惊愕，也十分伤感，因为它们长大不容易，长到能结果实更不容易。它们的美丽将失去一个展示的空间，果实也再没有人争相食用，昔日的绚丽和热闹将不复存在。而小草却不以为然，它认为只要地球存在，只要有土壤存在，哪里有太阳光辉的照耀，它就有生存的空间，生就是最大的美丽，就能绽放自己的笑容。它拒绝人们所有的怜悯，毫无节制地将自己铺天盖地的宽阔胸襟向世间张扬。

建筑物高大气派，前后左右都用最时髦的地砖铺成，前方的广场宽阔平整。一场大雨之后，我发现小草又从砖的隙缝中钻出了一个个小绿尖，那是一个个倔强的脸庞。小草并没有悲观消沉，它毅然决然地选择与命运做斗争！压着它的是比自身重千万倍的石头砖块，但它并没有听天由命，依然在悄悄发力，生命竟在地底下澎湃汹涌。它不屈不挠，在这艰苦卓绝的环境中生存了下来！

我惊叹于它生命力如此顽强！

因为它的根和种子没有消失殆尽。隙缝中的小草，经过雨水的清洗更加清新翠绿，使广场陡然有了生机，整个世界好像完全被它的热情所燃烧，仿佛在倾诉大自然芳香的语言。有人无视它的存在，走路过去的时候就踩上一脚，小草并不在乎，继续它的生长。后来我发现，建筑物前后左右的砖缝中都长出了小草，我不敢相信眼前看到的一切，但事实就是如此，它们个个都是挺身而立，没有丝毫的奴颜媚骨，把压制、压抑已久的愤懑写在了脸上，写在了那不堪回首的艰难的岁月里。小草不论生在何处，长在何方，都有一个惊人的相似之处，那就是永远向上，永远向着阳光。砖缝石隙中，荒郊野滩中都一样。再看园艺工人创造的大街上千奇百怪的由小草裹着的造型，小草从那纤维网空中刚刚探出头来的时候，它的身躯是与地面平行的，时间不久，它的茎枝叶全部向上，直到枯萎了还是向上站立的姿态，它向上站立成了永恒。

小草的再次生长，是因为风的原因把它的种子吹到了那里，还有承建建筑物地基的时候把带有小草的根和种子的沙土垫在了地基上，经过阳光的照射和雨水的淋润就从水泥和转的隙缝中钻了出来，它追求光明，追求希望。看得出它很不容易，生活得十分艰难。它没有选择，无论是在肥沃的土地，还是在贫瘠的荒野，没有水，没有土壤，它都得一直生长。

小草非常朴实，就是植物世界中最为普通的一员，没有人青睐它，也没有人慷慨地把赞誉送给它，它的一生就只是默默地生长，然后静静地枯萎，悄悄地死去。虽然它的一生只有短短的几个月，如流星划过天空。

在这个世界上根本就没有人会在乎它的生死，但它因为把生命的绿色奉献给了人间而毫不愧疚，也为自己平淡无奇的一生而欣慰。因为它从不索取，而是进取，而是给予……

小草，它的身躯并不壮硕，样貌并不俊俏，它的生活艰辛，它的苦难很多，也遭受了太多的屈辱，但它却始终向前，没有灰心，永远坚强，永远以上善若水的胸襟和厚德载物的气度，接纳和包容了这个世界上它所遇到的温暖的阳光，温馨的港湾，暴风雨的袭击，砖石的重压，杂草的歧视。它虽永远比不上荷花的亭亭玉立，梅花的御寒开放和青松的苍翠挺拔，可它却能在一次次风霜雨雪后，甚至地动山摇后，仍然挺直腰板，笑看人生，敬畏生命，这种精神比花更美而纯洁，比树更坚而挺拔，这也许是人世间最美丽的！

活 该

学生时代学习过鲁迅先生的《论雷峰塔的倒掉》，但理解终究不能和今天相比。

今天再读，影响深刻的是对嫉妒心很强的、不务正业的、颠倒是非的法海和“活该”一词的运用和安排，法海咎由自取，真是“活该”。那我就说说“活该”吧，先从先生的文章说起吧。

资料显示，1924 年 9 月，坐落在杭州西湖边上的雷峰塔倒塌了，当时还在北京工作的鲁迅听到这个消息，联系到当时的社会现实，有感而发，写成了《论雷峰塔的倒掉》这篇著名的杂文。先生采用象征、比喻、对比的手法，以“听说”一条社会新闻写起，以雷峰塔的倒掉引出群众喜闻乐道的《白蛇传》的故事和“蟹和尚”的传说，借着传说中的“镇压之塔”（雷峰塔）必倒，来表明古今一切镇压人民的反动统治也必倒的真理，从而触及现实、讽喻时事，表达了反封建的主题。同时，先生多处运用对比的方法来叙事、议论，让读者在对比中明白是非曲直，形成喜恶爱憎，自然而然地接受作者所要阐明的观点。

文章中作者的爱憎感情非常鲜明，无论从结构安排上还是从语言表述提炼上都能感受得到。文章开头，作者就用一个贬义重叠形容词“破破烂烂”，一个否定句“真景我也见过，并不见佳”，透露出自己对象征“镇压”的雷峰塔的厌恶之情。还有“那时我唯一的希望，就在这雷峰塔的倒掉”，一个反问句“则普天之下的人民，其欣喜为何如”，欢欣之情溢于言表。作者在叙述白蛇娘娘的故事时，无处不是同情、支持，文中运用“报恩”“寻夫”“为白娘娘抱不平”等词语，表达了作者对她的深切同情。在写法海时，作者谴责他是“横来招是搬非”，“荼毒生灵”，戳穿他是“怀着嫉妒”，嘲讽他下场可悲，“逃来逃去”，只得“逃在蟹壳里避祸”不敢出来，只有“到螃蟹断种的那一天为止”。和尚的本分是念经，但“他偏要放下经卷，横来招是搬非”，这的确是不务正业，因此作者认为法海咎由自取，玉帝拿办法海，“实在办得很不错的”。“脸上就有妖气的，但只有非凡的人才看得出”，这里的“非凡”是对法海极大的嘲笑和讽刺。“这是有事实可证的。试到吴越的山间海滨，探听民意去。凡有田夫野老，蚕妇村氓，除了几个脑髓里有点贵恙的之外，可有谁不为白娘娘抱不平，不怪法海太多事的？”体现了广大人民对封建卫道者终于逃不出历史惩罚的极度欣喜之情，谁不从心里喊出“活该”，愤慨之情跃然纸上。

结构上的独具匠心，最鲜明的是最后一段“活该”。这也许是天下文章最短的章节，但表达力非常的强劲。文章以“活该”两字独立成段，结束全文，言简意赅，意味无穷。雷峰塔的倒塌是先生希望的，也是意料之中的，这就有它的必然性。先生步步议来，指出雷峰塔的倒掉，不仅“该”，而且是“活该”，法海的受罚，也当然真是“活该”。用加重语气感情色彩的办法，鲜明地表达了作者的爱憎观点，对全文做了一个辛辣有力的总结。

“活该”一词的运用还是较为广泛的，不管是口头语还是书面语。"活该"一词是个感情色彩非常浓厚的贬义词。现代汉语词典解释为：表示应该这样，一点也不委屈，有不值得怜惜的意思；应该，应当，不可避免，含有命中注定的意思。我的理解再加几层意思：一是自作自受，明知不可为，也不听人劝而做；二是有些人很是得意，他做了于己不利的事情，引火烧身，或对他很是有看法的人对他做了不好的事情之后的一种态度倾向。

在我们当地的理解运用中是一个意义较为复杂的词。多表示自取其辱，自作自受，惹火烧身，聪明反被聪明误，搬起石头砸自己的脚的意思。总之，就是咎由自取。如刚愎自用，自高自大，不听人劝而吃亏或受损，人们就说"活该"。还如一个不懂尊重人的人，一个不学无术的人，一个吃老本不求上进的人，一个恶习难改的人，一个大多数人说不是个东西的人，一个令人讨厌的人，一个不上正道的人，一个傲慢无礼的人，一个虚伪透顶的人，一个善于玩两面派手段的人，一个自认为高人一等的人，一个自诩高明、大搞英雄主义、一手遮天的人，一个鸡毛蒜皮、针尖大点儿的事都经过自手的人，一个只许州官放火、不许百姓点灯的人，等等。一旦他们有了不好的事情，或不吉利的事情，或让上司批评、组织处分、歪人顶撞、众人诟病、群起攻之、聚众上诉、摊上官司，人们就很痛快和干脆地说"活该"。

有些事情本不想理会它，也没有时间和那个必要，但还是有些话不吐不快。此时居然想起了大文豪鲁迅先生的《论雷峰塔的倒掉》，以此来对这种种"人物"给予评论，也算是回敬了他们，抬举了他们。鲁迅的"骂人"是对事不对人，只要是腐朽的、落后的、封建的、庸俗的、下流的，尤其是背叛祖宗、民族、国家的，鲁迅先生是谁也不惯着的，是毫不留情的，也是绝不退缩的，所以他是一位正义的战士。

我打呼噜很严重，依照医生和医学材料反映，我时时有危险。我也认为自己“苟延残喘”地活到了今天，感谢上苍的眷顾。家里自不必说，出差、值班无法与他人同住一间房。有一次在火车上过夜，翌日早晨我去洗漱打开水，车厢里的人看见我都皱着眉头，投来很不友好的眼光，我轻拿轻放，小心翼翼，心里却想，我活该。《伊索寓言》里的“农夫与蛇的故事”大家并不陌生，可我思考的热点却不是故事所揭示的道理，而是这个遭遇者怎么偏偏就是个农夫而不是一个人见人厌的大坏蛋呢？一来农夫是弱者，憨厚朴实，同情心强，做事也不会狠；二来农夫与蛇遭遇的机会多，荒郊野外的地方，只有农夫涉足，所以只有农夫遭殃。面对此情此景，说什么都是多余的，只能说活该。

说说同学

有人说，同学关系是这个世界上最纯洁的关系；有人说，同学感情是感情王国里最高尚的感情；有人说，同学友谊是人世间最为珍贵真诚的友谊；有人说，同学相聚是天下最珍贵最快乐的瞬间；也还有人说，同学时代是人生中最幸福的时光和最美好的回忆。总之，同学关系如花一样漂亮，像阳光一样妩媚，若泉水一样甘甜，似泰山一样稳固，同时间一样久长。无论你堆砌多少溢美之词都不嫌累赘，不管你用多少比喻都不尽其义。

所谓同学，就是学校里的一段宝贵时光，走在同一条路上，坐在同一间教室，聆听同一个老师的教诲，遇着高兴的事情一起大笑，遇到伤心的事情一同流泪，肚子饿了，把一个玉米窝窝头掰成几份分给伙伴们吃，坏事成了事实，老师永远都不知道是谁干的。从小学到大学再到社会办学，这样说来同学就很多了。因为种种原因，有的上学时段要长一些，相应同学就多一些；有的上学时段要短一些，相应同学就少一些。走出校门，意味着学业的结束，也意味着身份的转换，你不再是学生，你成了社会的一员，家庭的一员，要开始自谋出路，自谋职业，到一定的年龄还要谈婚论嫁。因此，就成了不同层次、不同领域的不同的人。

有的成了文人、高人、强人、官人、商人、能人、法人、富人、牛人、狂人、红人、生意人、主持人、台上人、特殊人，大腕、大咖，大胆子人，运气好的人；有的成了农民、工人、弱人、穷人、佣人、庸人、台下人、牧羊人、一般人、普通人，小胆子人，没有出息的人，没有运气的人；等等，应运而生。

因为身份的变化和经历的不同，同学关系也开始发生微妙的变化。有的蜕变为夫妻，有的锐变为对手，有的嬗变为陌路，有的演变为闺蜜，有的七拐八拐拉成了亲戚，有的左邻右舍、楼上楼下成了邻居，有的成了成同事，有的成了搭档，有的趋于平淡，仅仅是认识而已。成家之后的局限使来往和相聚变少了，关系近的偶尔相聚，或者书信来往，或者电话沟通。关系疏远的，时间久了，见面了，似曾相识，却叫不出名字来。因为名利，使同学关系的远近疏密有了选择性。

莫言曾说过，一个人要知道自己的位置，就像一个人知道自己的脸面一样，这是最为清醒的自觉。他在获得诺贝尔文学奖后，声名鹊起，被人追捧，但他却冷静地说："要赶快忘记这个奖项，否则将在沾沾自喜中迷失自己。"读书就是学习，学习就会进步，这话适应所有的人，除非你是天才。任何一个真正品尝到成功滋味的人，一定会感谢曾经拼命学习的自己。灵魂的 半是学识，另一半是你骨子里的涵养。人到了一定年龄，就没有必要再去在乎别人对自己的定位，无须讨好，无须勉强，你只需要为自己而活，只需要在碰到懂你的人时，微微一笑，寒暄几句，不约而同脱口而出，我们还健康，我们还能自理，我们还能做点事，我们还能相见，这就足够了.

其实，一个人有没有德行和学识，不是你自己说了算，这两个方面都有一个共同的特质，就是通过长期的、点滴的积淀和修炼而逐步深厚和高扬起来，它是通过一定的社会实践的具体事件、行为、行动体现和表现出来的。最不让人待见的就是伪装的人，没钱装阔，没权装大，无品装德，还大讲特讲如何待人接物，如何为人处事。无学识之人装有学问，鹦鹉学舌，说几句话不是用词不当就是语法有误，还高谈阔论伟人、名人、名著、名篇，对社会现实评头论足，指指画画，这样的人压根没有想到过当自己不坐那个板凳了，你到底是谁。

高尚的人活的是尊严，有素质的人活的是自律，有追求的人活的是信仰，有骨气的人活的是意志，普通的人活的是脸面，有权的人活的是架势，虚伪的人活的是面子，有钱的人活的是派头。一个人最不成熟的就是忘乎所以，高看自己，和他人相处也好，一起工作也罢，无视别人的存在，在他的心目中你不如他，比不了他，你帮不了他什么，所以你没有用处，似乎你就是多余的。年轻的时候若说有这样的现象，因为你不谙世事，到天命之年你还是这样，说明你骨子里没有良好的品质充斥你的基因，这就是你的本质，人怎么能说你好呢？别人没有说，或你没有听到别人这样说，是因为别人比你善良、比你优秀，尽管他是一个农民或环卫工人。

作为普通人、一般人、弱人，不要太过丢脸或丢脸少一些，就是对自己最大的善待和保护。现实中，有文化的人不一定有品德，有文凭的人不一定有能力，有学历的人不一定有知识，有位子的人不一定有教养，有金钱的人不一定有良心，有事业的人不一定有健康，有爱情的人不一定有家庭，有家庭的人不一定有温暖，有子女的人不一定有依靠，有肉体的人不一定有灵魂。但我希望人人都有一颗善良的心，你的人生一定是美好的，活着就是胜利，快乐才是目的，健康才是真谛。

有些人并非某些人厌恶，可能世人多有不善其人。大凡而言，品行不端的人多数人嗤之以鼻，不屑一顾，甚至视如草芥，弃如敝屣。因为这已经不是什么习惯问题，而是一种道德意识。

俗话说，林子大了什么鸟都有，不然怎么叫社会呢？就动植物而言，有的生长生存在阳光烂漫、水草丰美的地方，有的却藏匿在阴暗潮湿的旮旯拐角。总之，世界万物都有它的生存空间和生活条件。人也各有志趣，你认为好的别人不一定认为好，你认为应该学习的别人不一定去学习。再伟大的人都存在片面，每个人都具有偏见，人性使然。人性趋利决定了人思考问题时一般先考虑自身的立场来判断是非对错。其实人们口中的道理，多数情况下也是以自身的立场为出发点来说的。当你明白了这一点就能理解“对事不对人”和“帮理不帮亲”，其实是权衡利弊的产物，最大的道理就是先学会看穿人性，满足他人的利益，这样对方的立场才会偏向你，欲取之必先予之。通俗地说，就是萝卜茄子各有所爱，甜酸苦辣自然不同。一句话，这就是世界。就同学而言，在有生之年的结局永远是不会相同的，就像世界上没有相同的两片树叶。幸运的是咱的同学中没有出现小人、坏人、缺德之人、背叛党和人民的人。除我之外，能人却很多，有的本身就很有能力，就很有说服力，是某个领域的标兵；有的把子女教育得德才兼备，出类拔萃；有的把父母兄弟照顾得体贴入微，疼爱有加；有的把单位搞得阳光和谐，积极向上；有的把群众的急难愁盼处理得及时有效彻底。

但愿同学们做事有理有据有情，做人善始善意善终。

吾弟兴德

兴德是我的大弟弟，兄弟排行老三，姊妹排行老四，要加一个干姐姐，他就排行老五。身份证上出生的时间是 1967 年 1 月 1 日。父母亲在世的时候，我问过母亲，说准确时间记不清了，但生在冬天是确定无疑的。

兴德，是这辈子我的生命里、生活中最重要的人之一。从生命而言，他是我精神的一个支点；从生活而言，他是我的可靠伙伴。他出生在祖父、父亲出生的土旮旯里，生长生活在留有祖辈血脉、血性、德行和优秀家风的土壤中。听叔叔说我们是个大家族在当地小有名气。一是我们的家风好，为人好；二是祖祖辈辈都有一个读书人，而且学养深厚，德高为范。当地户族为了表彰我们家的优良家风，还特意刻匾赠予我们家，高悬于堂屋之上，这在当时是凤毛麟角，无上荣光。至于上面确切刻的什么字，叔叔说记不清了。但有一点是肯定的，那就是表彰表扬性的言辞。我还记得我们家的大堂屋，还有里面对门摆放的紫红色的大供桌，别致厚实的大街门，高高的土桩墙，前后空旷的大院落。后来开渠修路把前院占了。再后来我会写毛笔字的时候，叔叔常嘱咐在过春节时写上对联贴在街门上，写得最多的句子就是“向阳门第春常在，勤劳人家幸福多”。我们的街门正好向东，清晨的第一缕阳光早早就照耀在我们的门庭上，门前有一丛几十米高的大白杨树和一棵大沙枣树，喜鹊站立枝头，叽叽喳喳叫个不停。其次写得最多的就是“忠厚传家久，诗书继世长”。叔父说，我们家祖祖辈辈都至少出一个有模有样的读书人，也称文人。他的曾祖父刘伯林、祖父刘汉元，当时人们称为“伯林大爷、汉元大爷”，都写得一手好字、一手好文章，逢年过节，大东小事，营尔南北，十里八乡都请他们写对联、各种文书。有时春节前一个多月都不回家。伯林大爷的交通工具是一匹青色骏马，喂马用过的圆形大木槽我还见过。汉元大爷的交通工具是一头驴，他用过的驴鞍和一个很精致的褡裢我也见过，父亲外出时用它装东西，后来母亲就干脆改成了床垫。他们东奔西走都骑着它。我的祖父亲兄弟三人，我们的亲祖父排行老二，十几岁就当队长，因病过早去世。父亲的亲叔刘世珍排行老三，我们亲切地称他为三爷爷，更是聪明过人，得到书香门第赵家舅舅的器重，亲自教学写字、写文章、打算盘。人也长得魁梧俊朗，是男人中的精品。同样写得一手好文章，漂亮的毛笔字、钢笔字。据父亲说，在我们还小的时候，三爷爷写信来，都要请一个读书识字多的人念信给他听(父亲不识字)，念信的人说，这信写得真好，话说得好，字写得好。父亲多次要求我们向三爷爷学习，希望能达到他的水平。我亲眼见过三爷爷几面，的确非同一般，言谈举止给我留下了深刻的印象，是我们家族的骄傲，我把他当成学习的典范。后来我上中学了，信就我读。毛笔字、钢笔字我都见过，至今想来都自愧不如。三爷爷更叫绝的是算盘娴熟，账算精明。叔父说，三爷爷用的算盘是十五杆的大算盘，算账时两手打算盘，两边都一样说明准确。他是学业修成后，出走他乡，自谋生路，最终在新疆乌鲁木齐站稳了脚跟，曾经无数次地接济过老家。

按照兴德出生的时间，我查了一下，农历是在腊月初十，以此推算，刚入二九，天气很冷。我们都知道他小时候怕冷，有时我们姐妹们都叫他“寒号鸟”。在我们兄弟姐妹中，他停学最早，劳动最早，成家最早，吃苦最多。他继承了父母的衣钵，辛勤劳动，勤俭持家，宽厚待人。因为排行老四，个子又矮，皮肤也黑，人们习惯于叫他“四矬子”。干活时容易出汗，在黑皮肤的衬托下，显得极其吃力，我有深刻的印象，看着很是心疼。人们都说父母偏心眼儿，不让他上学，让他劳动挣工分。他劳动的时候还是大集体，因为劳动过早，体力消耗大，所以没长高。的确他干活是不偷懒不惜力气的，跟着父母起早贪黑样样农活都干，当然也学会了干样样农活。到我高中毕业后，同他一起在生产队劳动过三年，之后，我在村小学当民办教师，他继续在农田劳动。上坝修过四分干渠，跟着副业队搞建筑，吃在外，住在外，那时姐姐也去，据说在石滩上作业，中午在地沟里热得要死，他还是坚持了下来。后来又上夹山子水库干活，吃住也在那里，我牵挂他，曾专程去看望他，那时我已从安阳上学回来在上坝职中当教师。

待到包产到户后，哥哥另过，姐姐出嫁，弟弟参军，他和妹妹成了主劳力，就义不容辞地扛起了种地持家的重任。父亲前后开了十来亩荒地，加上承包地就三十多亩。耕种拉运主要靠人力和畜力，生产队分了一匹骡子，父亲又买了一匹马，这样可以搭对。哥哥又经营一台拖拉机，有些农活由拖拉机去完成。父亲喜欢养殖，田地里的活主要由他和妹妹完成。那时还没有双休日，只有周天的时候我才能给他搭把手。妹妹出嫁了，他的劳动强度增加了不少。之后成家了，和媳妇一起干，但女同志还要生儿育女，主要的担子还得他来挑，几十年风风雨雨，几十载披星戴月，黄天背着个老日头，几十年来永远重复着一种营生，他没有感到乏味，面对困难也没有丝毫的退却。好多时候大块的地里就他一个人，烈日就在头顶上炙烤着他，汗水渗透了他的衣背，头上大汗淋漓，就用衬衣袖子拭擦，所以他的衣袖常常也是湿的。为了省几个浇水钱，漫漫长夜里，沟渠上就他一个人，他的地就在一片坟滩旁边，他没有孤独，也没有害怕，只想让庄稼长得好，年底有个好收成。种制种的时候，他和媳妇凌晨三点多钟打着头灯就下地了，常常中午一两点才回家，人已经累得要散架，饭只能凑合着吃点，气都喘不匀，炎炎烈日下又要下地，一个夏天过去，人都瘦了一大圈，又黑又苍老。特别是种植的甜叶菊，灰尘非常大，前后收完就得十来天，人浑身上下就是甜叶菊的颜色，只有眼珠在转动，你才能看清他的面部。除了耕种自己的几十亩地，还要挤时间到别处打工和蹁工，以便在农忙时有人来帮助他。孩子上学和成家需要更多的花销，为了增加收入，几年前又搭建了一座温棚。百米长的温棚小两口起早睡晚硬是建造了起来，姐夫还说，那么大的工程又那么忙，我们谁都没有给帮上一把。温棚主要种植蔬菜，照旧早晨很早就传花粉，蔬菜成熟了，早晨三四点钟要到春光市场批发菜。后院又修建了羊圈和牛棚，从地上回来还要喂后院里的牛羊。所有这些都干完了才能坐下来呼啦几口饭。长期的高强度和密集的劳动练就了他吃苦耐劳的精神和手脚麻利的习惯。尽管如此辛苦，他对每年的计划做得还是非常精细，对未来充满了信心和希望，他与我亲口谈论过他对未来的计划，我很是感动。我还对他讲，非常理解你，只是不要太逼自己，最好在自己的体力、能力范围内。孩子们都自立了，也适当考虑休整一下自己，让自己的身心也放松一下。

他上学最少，停学最早，至于为什么，我们没有深谈过，也没有问及过父母。我们逐渐长大了，逐步成家了，都各自有了自己的思想和生活，就更不愿提及这件事了，因为这是一件伤心的事。在我的印象中，兄弟姐妹几个的学习都比我好，也没有惹过事，哪里像我惹了事还连累了父母。他上学少，但他重视子女的学习和教育，也喜欢读书。两个子女都上了大学，对他们的投资毫不吝啬，他上学少的短板在子女身上得到了补偿。两个子女都成家立业了，也有了家孙外孙，两家亲戚也十分和好，看着孙子绕膝撒娇，他笑得合不拢嘴。我想这是他与人为善修得的，他非常有理由尽享天伦之乐。他上学最少，但喜欢读书、学习、写字。他看《毛泽东选集》，看报章杂志，也看手机上的小文章。我写的书中的有些内容自己都有些模糊了，他却能背出来。他的字写得并不丑，再早队上的字我写得多，后来我没时间了他就写。他曾经当过几年的生产队长，是我们队上最为景气的几年，他与队上的人们、村干部和各生产队长都关系非常好，村干部处理事情有时还要询问他，队上有些家里有繁杂纠缠或邻里之间有矛盾，找他调和的总多一些。

父母亲在世的时候，我们家常常是人来人往，父亲好客，母亲热情又做得一手好饭，好些人是有事来，有些人就是想吃一点母亲做的饭。有时候一顿饭就吃不断，父母亲总是乐此不疲。父母亲因病先后过世，但他家里的客人更多了，他爱说笑话，人们愿意与他聊天，他爱喝口小酒，人们愿意跟他猜拳行令，加之划得一手好拳，好酒好拳者要么找上门来，要么请他去，消闲的时候也算是一种调节和休息，也是一种快乐。父母亲在晚年有痛苦，但也有幸福，并不凄惨和凄凉。病魔带给了父母亲巨大的痛苦，但在众姐妹的照料下，尤其是在弟弟、弟媳的精心抚养中安享了晚年，安度了晚年，父母亲也是满意和无怨的。为了减轻弟弟的负担，在父母亲病重期间我们兄弟姐妹轮流值班，但弟弟还是付出的最多。我们一有事情来不了，就给弟弟打一个电话，服侍父母的事情自然就由他代劳。关键是父母亲在生命的最后，都是走路艰难，站立不稳，上不了厕所，就在卧室弟弟改制的坐便器上如厕，越到晚上次数越多。我们既心疼弟弟，也心疼父母亲，心里总有过多的愧疚。冬天还要烧炕生炉子做卫生，平时不光是吃喝，还要照看吃药，洗换衣服。父母到最后，看望的人更多，他还要接待看望的亲戚朋友。弟弟和弟媳都认为是他们应尽的义务，没有半点意见。我跟弟弟不只一次地说过，弟弟却说，他在跟前，照看总方便一些，只要我们工作的工作好，挣钱的能挣到钱，他就高兴。我还跟弟弟说过，我们对父母最大的遗憾就是没有陪他们到各地走走。弟弟说，对父母而言，幸福不在于不缺吃穿，不缺钱花，快乐不在于游山玩水。我们的父母是天底下最为朴实的父母，他们绝对理解自己的子女，只要我们都健康平安，日子不要落到人后，这就是他们幸福的全部，你就不要自责了，在当时的条件下，我们都做到了最好，我们对得起父母，我们问心无愧。弟弟的开导让我心里也轻松了许多。

弟弟还有一个最大的快乐就是兄弟姐妹们经常到他家里去，我们也愿意去。那方热土是我们兄弟姐妹们梦想起航的地方，如今依旧散发着腾腾热气和焰焰火气，我特别喜欢吃他的一碗夹以蒜拌凉菜、姜白菜的拉条子。很多时候听我们回去，早早就杀一只自己养的鸡，做得美味可口，生怕姐妹们吃不好。后来我们确实都忙了，就节假日和上坟的时候提前预约。每次上坟，他都早早做好了上坟用的东西，最脏最重最累的那个背草袋的活就留给了自己。然后就准备好姐妹们的吃喝,每次我们都是十多个人,赶上坟回来,弟媳早已做好了饭菜,泡好了茶水,打好了洗脸水。饭后,兄弟们就边聊天边喝上几杯酒,该走了,他总是依依不舍。人这一辈子说长不长,说短不短,一个阶段有一个阶段的快乐,也相应的有一个阶段的烦恼和不快。我们也算是上了年纪的人了,幸福的时光记忆犹新,疼痛的日子也刻骨铭心。

近些日子,断断续续看了一些学生题材、家庭题材、农村题材的电视剧,蓦然回首,才明白我们这一代人一生中最为快乐的时光就是学生时代,也非常值得回忆,更值得回味。最为幸福的日子就是姊妹们和父母亲团聚一堂,兴高采烈,不论吃了什么,喝了什么,说了什么,那是非常值得珍惜和咀嚼的岁月。如今,父母亲都相继消失在了我们的视野中,只有回忆和缅怀才能慰藉我们干瘪的心田。

接下来的时日,更多的时候还是对兄弟姐妹们的牵挂和思念,总想知道他们在干什么,忙得怎样,时不时总想打个电话,有时电话打通了又不知道说些什么。有时又想见见面,聚一聚,海阔天空,畅所欲言,很晚了总不想散场,总觉得时间过得太快,觉得比吃一顿满汉全席还快活惬意。每次走时他给兄弟姐妹们都装一份菜,倘若是春节前,还要再装一份自己做的油饼子油锅子。个别时候,要是姐妹们不能一起回去,谁回去了来时一人一份菜都要带上。兄弟姐妹们有困难,他是一定要帮的,出钱出物出力,总要把自己的心意尽到。亲戚朋友有忙他也帮助的最多,因为和父母在一起,一些老亲的事情都是他安排应酬的。2015 年 12 月 31 日大嫂因病突发,抢救无效,离开人世,终年六十一岁,哥哥非常悲痛,我们也十分伤心。下午我赶回老家,一进院门,已是悲声四起，我和哥哥抱头痛哭，弟弟在一旁也失声痛哭。丧葬事宜从头至尾都是他安排的，棺木下葬完毕的那一刻，唐主爷忽然发起脾气，说有人把钢镚扔到了墓穴中，要取出来。弟弟毫不犹豫跳入坟坑从狭窄的缝隙中艰难地将五六个钢镚掏了出来。他从墓穴出来，浑身上下是泥巴和浆糊，头发也染上了浆糊，在冬天最寒冷的天气中顷刻间就冻成了冰块，姐姐和妹妹看得心疼便哭了起来，弟弟反倒安慰她们。他黄天背着老日头几十年，就是不怕脏、不怕累、不怕苦，绝不会因此而退缩。

他为我们付出了许多，也为我们处理了许多事情，也因为他在老房子，那里就是我们的根，每每回到老房子，我们总有一种浓浓的温馨从内心深处不由自主地升腾起来。我深情地爱着这片多情的土地，这里是承载我们梦想的地方，是培育我们理想的地方，是培养我们做人的地方。每一寸土地都镌刻着童年温馨的故事，每一个角落都散发着青春的气息，父亲母亲走过的路径上还有阵阵欢声笑语，还有阵阵鸟语花香，门前的那棵老沙枣树多像年迈的父亲母亲，虽然皱皱巴巴，老枝残叶，但春天来了，依然新枝吐叶，端午前后，沙枣花依旧散发出馥郁的花香，沁人心脾。早在我在村小学当民办教师的时候，在地委工作的我的前辈世朝爷爷常到学校里去，我们家的情况他都知道，聊天的时候他说，你们兄弟四人，名字取得最好的是“兴福”和“兴德”，我确实高兴。世朝爷爷在我们刘氏家族中，是他那一辈的佼佼者，学识渊博，声名远扬，能得到他的肯定和赞赏也是不容易的，如今的他也是酒泉的文化名人。父母在世的时候，我们把自己认为最好的食品、水果、烟酒留给父母，父母去世了，我们把自己认为最好的东西留给弟弟。长期的艰苦生活的磨砺和劳动生活的锻炼，成熟了他的思想，也锻造了他的意志。弟弟也的确能够独当一面，他心甘情愿做一个土生土长的农民，也情愿在黑土地上守候一辈子。我们兄弟姐妹们都尊重他，疼爱他。他从父母手中接过了养育我们的温床，守住了我们的根脉，守住了我们的魂魄，守住了我们的心灵，也守住了我们灵魂安放的家园。

兴德，你面朝黄土背朝天将姐妹兄弟的心灵富庶，你日夜操劳将儿女的安康保障，你不畏艰险，不怕苦难，把自己的生活打理得井井有条，你无怨无悔，委曲求全，把根扎在了老屋，把汗水浇灌在了老宅子，当然，幸福之花也绽放在了老地方。你所有的只争朝夕，都为了老宅的日新月异；你所有的牺牲付出，都为了老屋的增光添彩。

全世界，你最可爱！

兴德因为长期超负荷运行，劳累过度，再加上饮食不规律，过多饮酒，导致胃部出了很大的问题。2020 年 11 月 5 日，我们兄弟姐妹们在他家聚在了一起，我们都感觉他的脸色异常，建议他去看医生，他说手头还有些活不能放下，等把庄稼收拾干净了就去医院。在姐妹们的再三催促下，在好友的推荐下，他于 2021 年 10 月 3 日的早晨由儿子陪同去了酒泉市人民医院东街分院就诊。我早晨也赶到了医院，随后哥哥和弟弟也到了医院。各项检查和胃镜做完之后，我们兄弟姐妹几个就坐在楼道里一边聊天一边等结果。等胃镜穿刺结果出来，主治医师找我。到医师办公室，主治医师让我看了片子并说明了情况，我当时就懵了，像一根铁棒重重地擂在了头上，心里一沉，眼睛一酸，泪水夺眶而出。医生建议住院做深入的检查，以便制订科学合理的治疗方案。我镇定了一下情绪，擦干了泪水，尽量不要让弟弟发现异样。出了医师办公室，我有意支开兴德，和哥哥小弟商量怎么对弟弟说，怎么治疗。我们一致的意见是暂不告诉弟弟真实情况，先住院再现行现看。一切安排妥当后，傍晚我回到了家，一进家门，悲从中来，再也控制不住自己的情绪，像洪水冲破堤坝一样咆哮，一个人坐在书房号啕大哭了起来。心乱如麻，心里想着命运对弟弟的不公，心里想着下一步该怎么办才好。和姐妹侄子、弟媳沟通后，决定去北京。侄子很快联系好了医院，5日晚抵达北京，6日早晨住进了医院。各项检查复查结束后，回到了酒泉，没有回家，直接住进了市一院。牛年的春节就是在医院过的，年三十、初一、初二我都在医院陪护他，希望他有一个好的心情，希求奇迹的出现，希望虎年大吉，期望他也虎虎生威！

遵照北京医生的要求，他在酒泉市医院连续化疗了八九次，时间六七个月之久，经过检查评估，达到了手术的要求，紧接着就与北京联系，把资料寄了过去，北京确定可以手术，他在儿子的陪同下再次赴京。要走的那天中午，他把众姐妹邀请到他儿子新购置的楼房上，准备了一顿丰盛的饭菜，向我们表达了他的一份虔诚的谢意。下午的飞机，我们一行三辆车去嘉峪关机场为他送行，他和妻子、孩子都坐在大侄子的车上，我们坐其他两辆车子。负重前行你不可避免，留一些胆量，给你的兄弟姐妹，留些微笑，给遍地生花的地方，放下沉重，你才能承担，你才能再遇蓝天，我们付出多少也便微不足道。时间过的好快，他要走进安检门口了，忽然他转过身张开双臂，同时楼抱住了妻子、儿子和女儿，四人紧紧相拥，四颗头颅紧紧地顶在一起，失声痛哭，那既是悲壮的一瞬间，也是美丽的一刹那，就像资深导演精心安排的一个特写镜头，又像米开朗基罗精心雕成的一座不朽的雕像。我心里一颤，泪水夺眶而出，紧接着兄弟姐妹们都转头抹泪，无须多言，无须叮嘱，各自的心情复杂而沉重，内心的祈盼写满了所有亲人的脸庞。但那凄美缠绵的一幕却铭心刻骨，最美的情义芬芳了流年，唯美了心灵，在我心里成为永恒。一个丈夫的情怀，一个父亲的担当，一个家长的肩负，一个家庭的凝聚，一个男人的无畏，一个兄弟的心魄，呼之欲出，全跃然眼前，这种立体多面的震撼力是语言无法表达的。兄弟一场，姐妹一场，剜心之痛，感同身受，都是姐妹们永远不变的深情。梦一场，泪千行，叹人生苦短，尽显苍凉。此情绵绵，松柏之茂，日月丽天！

他安全地到达了北京，安全地住进了医院，安全地完成了手术，安全地出院，安全地回家，我们悬着的一颗心终于踏实了。相思似海深，旧事如天远，前后十天左右的时间，我们好似等待了很久很久。他订了返程机票，我们掰着指头计算他到达的时间，天上飞过一架客机，我们希望他就在那架飞机上，其实不是，一听到飞机的声音，总情不自禁地抬头张望，直到看不见。他终于来了，那天哥哥带着我们兄弟两个亲自到机场迎接，就像恭迎一位久经沙场，从枪林弹雨中凯旋而归的老将军。人一拨一拨的陆续走出，我们在众里寻他，心却不由自主突突跳了起来。

兴德，吾弟，请你原谅为兄的不才不周，没能关照和保护好你，让你遭遇了比天还大的苦难，使我们的心情如此沉重。光阴悠悠，日月如梭，时光的年轮把我们都推送到了天命之年的轨道上，我们也如父亲母亲一样，重复着往昔的事情，演绎着过去的故事，创造着自己的世界，每一件事情都给我们留下了一段难忘的记忆。山一程，水一程，程程有你，你耕耘过的田野上一年一度都会泛起层层翠绿，满眼金黄，你走过的路径上印满了你艰辛跋涉的深深足迹。无论往昔的岁月如何蹉跎，也不管我们走过的路途多么坎坷遥远，也磨灭不了我们的美好记忆和幸福时光。忘不了一个又一个艰苦劳作的日日夜夜，忘不了我们一起收获的一年又一年，忘不了我们共同筹划未来，憧憬美好的甜美时光，忘不了我们一同度过的一个又一个美好瞬间。如果时光能够倒流，我还愿意与你一道重复一遍我们经历的一切，再骑一次毛驴赛跑，即使摔下来也不哭，再捉一次迷藏，即使找到半夜找见了再回家也很快活……每次想你的时候，眼里、心里、脑海里，全是满满的深情，数不胜数的牵念都融入了笔端，在纸笺上一一展现，写平凡人的故事，分享平凡的感动，梦里有你，心里有你，兄弟之情便多了一份诠释、多了一抹色彩，无限的挂念，始终在我脑海里翻腾，是我一生放不下的深深眷恋，多么想重温一次做兄弟的美好！“墨以传万古文章之印，歌以写一家兄弟之情”，这是黄庭坚《送王郎》中的句子，颇能达我心志。

兴德，吾弟，跟你做兄弟真好！

唱支赞歌自己听

教师作为一种职业由来已久。在古时，教师的称谓有："师父、师傅、师保、师长、夫子、山长、宗师、教授、助教、学博、讲郎、教谕、先生等等"。随着时代的发展、社会的变迁、人们思想认识的变化，教师职业的功能没有变，但教师的地位、角色、待遇、影响、形象却是千变万化，日新月异。有时候出于一种光环的照耀，璀璨耀眼。"教师是太阳底下最光辉的职业。""教师是人类灵魂的工程师。""要让教师职业成为全社会尊重，令人羡慕的职业。"等等，不一而论。但也有十分尴尬，憋屈的时候。比如我亲耳听到的议论、谈论、评价和亲眼看到的表现、境况。反正是相同话语和行为出在教师的身上和别人的身上是不一样的。

事实上，社会和人们对教师的高期望和高要求是正确的，也是十分应该的。这也从另一个方面证实了教师职业的重要和特殊。即使社会和人们不要求，教师职业的特殊性也理应使教师至少做到高素质、高要求，教师、教育理所当然应该成为引领社会前进和发展的重要力量，应该是整个社会和民族的生力军。上学时代我就对教师很尊重，到今天我对教育和教师的认识就更为深刻了，整个社会实际上都享受到了教育的红利。

老，大也尊也，师，学问高也，技能强也，道德美也。这是我对老师的最初理解。其实这也是不全面的。我们对老师的理解多是从职业来理解的。传统的理解是，老师，尊称传授文化、技术的人，泛指在某方面值得学习的人。“老师”一词最初指年老资深的学者，如《史记·孟子荀卿列传》:“齐襄王时，而荀卿最为老师。”后来把教学生的人也称为“老师”，如韩愈《师说》中:“师者，所以传道授业解惑也。”元好问《示侄孙伯安》一诗:“伯安入小学，颖悟非凡儿，属句有夙性，说字惊老师。”明清以来，一般称老师为“先生”。直至19世纪末，辛亥革命元老、中国现代教育奠基人何子渊等将西学(美式教育)引入中国，创办新式学校后，便开始在《学生操行规范》里面明确将教师称谓定义为“老师”。但绝大部分学生约定俗成将“先生”改称为“老师”，则是从国民政府时代开始的，并一直沿用至今天。

我国有悠久的尊师重道的传统，古代就有“人有三尊，君、父、师”的说法。尤其是那些德隆望尊的贤达之师，更是被人们敬若神明。“天地君亲师”，老师同天地、国君、祖先一样歆享着世人的香火供奉。《吕氏春秋·尊师》云:“生则谨养，死则敬祭，此尊师之道也。”古人席地而坐，以西边为尊，故尊称家庭教师为“西席”和“西宾”。人们认为，仿佛老师只是教授知识，解答问题的人，不苟言笑。其实，自古而今，存在着良多的亦师亦友的典范。老子与孔子便是如此，程门立雪也是如此。在我国几千年的灿烂历史中，“师”总是受人尊敬，被人爱戴的。随着阅历的丰富和亲身工作的感悟，我对教师内涵的理解更多是从其职能、功能来理解，只有职能充分有效发挥出来，才能真正成为一个合格的教师，才能把职业升华为事业。从职业讲教师，按照行业规范，在时间节点内，根据职称和专业，向学生传授科学文化经验技术。从职能、功能讲教师，这个职业是人类社会最古老、最高尚的职业之一。首先担负着传递文明薪火的重大使命，老师是学生学习的引路人，生活的指导者，人生的方向标。他受社会的委托对受教育者进行专门的教育。在社会发展中，教师是人类文化科学知识的继承者和传播者。对学生来说，他又是学生智力的开发者和个性的塑造者。因此，人们把“人类灵魂的工程师”的崇高称号给予人民教师。在教育过程中，教师是起主导作用的，他是学生身心发展过程的教育者、领导者、组织者。教师工作质量的好坏关系到我国年轻一代身心发展的水平和民族素质提高的程度，从而影响到国家的兴衰。

有人说老师是春蚕，春蚕到死丝方尽。我说老师是春天。亲爱的老师，是您用人类最崇高的感情播种春天，播种理想，播种力量，播种信念，播种追求，播种奉献。您用语言播种，用彩笔耕耘，用汗水浇灌，用心血滋润，这就是我们敬爱的老师崇高的劳动。您的教诲催学子风雨兼程，学子的祝福却伴您昼夜心耕。一路上有您的教导，学子们才没有迷失方向；一路上有您的关注，学子们才能顺利到达理想的彼岸！看那枝头绽放的鲜花，是您辛勤的汗水灌浇。您用知识的甘露，浇开孩子们理想的花朵；您用心灵的清泉，养育孩子们情操的美果。江河把我们推向浩瀚的大海，曙光给我们带来明媚的早晨，亲爱的老师，是您把孩子们引向壮丽的人生。星光淡淡，在您的指引下，学子们克服万难，大步向前，一次次见证着生命奇迹；月影朦胧，在您的指导下，学子们坚定信心努力奋斗，一遍遍迎着生命挑战；云思缱绻，在您的帮助下，学子们披荆斩棘，昂首阔步，一回回诠释着生命的意义，他们身上散发的智慧之光，永远闪烁着老师亲手点燃的火花。

有人说老师是绿叶，托起花的绚丽和果的甜美。我说老师是开启学生幸福之门的金钥匙。是您，总在学子们漆黑的前方照亮希望的明灯；是您，总在学子们创伤的心灵上播撒温暖的爱意；是您，总在学子们失败的旅途上引燃渴求的目标；是您，总在学子们骄傲的表情上教导哲人的谦逊；是您，在学子们年少轻狂，叛逆地要狂闯天下的时候，将他们及时唤醒，让我们真正懂得：不积跬步，无以至千里。您不是演员，却吸引着学子们饥渴的目光；您不是歌唱家，却让知识的清泉叮咚作响，唱出迷人的歌声；您不是雕塑家，却塑造着一批批青年人的灵魂！老师，您就是开启万千学子智慧的敲门砖，您是打开他们幸福之门的金钥匙，是他们生活航程中的引路人，是奏响他们人生乐章的指挥者。

有人说老师是蜡烛，燃烧了自己，照亮着心灵。我说老师是美的耕耘者和播种者。您因材施教，善启心灵。是您用美的阳光普照，用美的雨露滋润，学子们的心田才绿草如茵，繁花似锦。您是一棵挺拔的树，曾结过成熟的果实，岁月在您的身上镌刻下苍老的年轮，您的身旁却崛起一片森林郁郁葱葱。您的人格就是教育工作者的一切，您用健康的心灵孕育健康的行为。在孩子们从幼稚走向成熟，从愚昧走向文明的路上，您用生命的火炬，为他们开道。您推崇真诚和廉洁，以此视作为人处世的准则。您是莘莘学子心目中的楷模，您用智慧领航，让人生精彩不断。

有人说老师就像春雨，浇灌着幼苗。我说老师是伟大的园丁。难以忘记，天犹朦胧，是老师陪孩子们喊响口号，阔步前行；难以忘怀，夜已深寂，是老师叫孩子们好好休息，蓄足精力；难以忘却，无时无刻，是老师给孩子们无微不至的呵护，让孩子们倍感温暖和珍惜。老师，您就是这希望与幸福的播种人！是谁把雨露撒遍大地？是谁把幼苗辛勤哺育？

是您，老师，您是一位伟大的园丁！看这遍地怒放的鲜花，哪一朵上没有您的心血，哪一朵上没有您的笑影！您的工作在今朝，却建设着祖国的明天；您的教学在课堂，成就却在祖国的四面八方。

有人说老师像那默默无闻的树根，使小树苗壮成长，又使树枝上挂满丰硕的果实，却并不要求任何报酬。我说老师是爱的使者。您用心中全部的爱，染成了孩子们青春的色彩；您用执着的信念，铸成了孩子们个性的不同。老师，孩子们生命的火花里闪耀着一个您！亲爱的老师，您那赤诚的爱，唤醒了多少迷惘，哺育了多少自信，点燃了多少青春，催发了多少征帆。因为您的一片爱心的灌浇，一番辛劳的耕耘，才会有桃李的绚丽，稻麦的金黄。学子们把谢意化成一束束永不凋谢的鲜花，给您的生活带来芬芳。您的爱永远是一剂慰藉孩子心灵的良药，撒播在每一位学生的心间，像丝丝暖流，温暖感怀。您的眼神是无声的语言，是燃烧的火焰，点亮了孩子们的孤灯，对学生充满期待，给学生巨大的热力，永远铭刻在学生的心底，久久保留一颗感怀之心。一个个日子升起又降落，一届届学生走来又走过，不变的是您深沉的爱和灿烂的笑容。时间刷白了您的青丝，笔尖点亮了您的智慧，爱心彰显了您的伟大。您的爱，太阳一般温暖，春风一般和煦，清泉一般甘甜。您的爱，比父爱更严峻，比母爱更细腻，比友爱更纯洁。您的爱，天下最伟大，最高洁！

有人说老师就像是太阳，永远壮美着花朵的成长，又像是月亮，于高空俯视山高水长；加减乘除算不尽您做出的贡献，诗词歌赋说不完对您的崇敬。我说老师是永恒的守望。您执一根教鞭勤勤恳恳点中外，站三尺讲台兢兢业业道古今。老师，说您在培育祖国的栋梁，不如说您就是祖国的栋梁，正是您，支撑起我们一代人的脊梁。十年树木，十载风，十载雨，十万栋梁。

有人说老师是画家，在孩子们稚弱的心灵上，描绘着给予他们勇气的风帆。我说老师是大海。您接纳和包容了孩子们的所有，您无比的神圣，用那能容纳百川的广大胸怀来迎接学子们，在您的循循善诱下，有时，即使是一次失败、一点挫折、一次批评、一次鼓励，也能给予他们向上的动力，也能让他们心存感激。您教他们学会感恩，懂得感激，他们的内心将会感到无比的温馨。老师教人不厌，诲人不倦，劳苦功高。虽然工作很清贫简单，每天都背靠黑板，面对学生、公式、单词、定律，下了课您都细心讲解，看似生活乏味，但包涵有人生的最大乐趣。老师，您是真诚的、善良的、美好的。所有同学们的心扉都愿意向您敞开。是您，带学子们走进书的海洋，感悟做人的道理，指导该怎么走人生路。

有人说老师是蓝天，孩子们就是苍鹰，是老师让孩子们飞翔。我说老师是诗和远方。有一首诗最为动人，那就是师恩；有一种人生最为美丽，那就是老师；有一道风景最为高雅，那就是师魂；有一种魔棒最为神奇，那就是粉笔；有一种平台最为神圣，那就是讲台。老师，您是那么的平凡，在三尺讲台上书写的分明是伟大，您压弯的是自己的脊梁，托起的却是明天的太阳。您无限的光芒，洒在清晨清凉的土地上，引发我们无边无际的遐想。

有人说老师是雨露，孩子们就是鲜花，是老师滋润着他们成长。我说老师是一团火。您用火一般的情感温暖着每一个同学的心房，无数颗心被您牵引激荡，连您的背影也凝聚着滚烫的目光。您是火种，点燃了学生的心灵之火；您是石级，承受着学生一步步踏实地向上攀登。就是这团火发出了无穷的温暖和璀璨的光芒，温暖了多少曾经荒芜的心田，温暖了多少缺少温度而不能发芽的种子，温暖了多少冰冷的心，照亮了孩子们眼前的黑暗，带给他们光明和希望，给孩子们足够的营养补给，为他们的健康快乐成长打下坚实基础。

老师是最辛苦的，又是最幸福的。上学时代我最敬畏老师。我们是唱着《每当我走过老师窗前》的歌度过学生时代的，记得最为清楚的歌词是“静静的深夜群星在闪耀，老师的房间彻夜明亮，每当我轻轻走过您窗前，明亮的灯光照耀我心房，啊，每当想起你，敬爱的好老师，一阵阵暖流心中激荡，培育新一代辛勤的园丁，今天深夜啊灯光仍在亮，您在写教案，高大的身影映在您窗上，啊，每当想起你，敬爱的好老师，一阵阵暖流心中激荡”。《每当我走过老师窗前》是一首写实歌曲，毫无夸张。老师是幸福的，您是《黎明的通知》，清晨是您在操场上踩出了第一行脚印，早上是您用第一缕阳光叩开了花朵的心扉，您年年放飞一群快乐的小鸟，您天天都收获着美好的希望，您用生命的琴弦在三尺讲台上弹奏出了一曲感人的乐章，您铸造了一具顶天立地的丰碑，把劳动站立成了一句永恒的格言！“老师，我想对你说，你是天使，你洒下了一片青春和阳光。你说向日葵是朝鲜族小姑娘，头上顶着金黄金黄的洗脸盆儿，笑微微地等待着。田野里归来的农民伯伯洗一洗晒黑的脸庞。”老师，您幸福是因为普天之下的桃李芬芳都弥漫着您的馨香，是因为您的笑容最美，您的春天最多！阳光普照，园丁心坎春意暖；雨露滋润，桃李枝头蓓蕾红。今天的太阳为您升起，今天的鲜花为您怒放，今天的雄鹰为您展翅飞翔，今天的赞歌为您高唱！

我也有粉丝

这里说了好多的事，也说了好多的人，唯独没有说说自己，借此之际我也说说自己吧。

人一辈子怎么都是活，但活法大有不同，感受也就不同，对活法的选择也因人而异。谁都想活得快乐、风光、满足、满意，但意愿总是与现实有一定的差距，这就受到主观因素和客观因素的双重影响。有人说，忧愁也一天，快乐也一天，为什么不选择快乐呢？但我们活在大千世界里，有些时候是不由人的，只能被动接受。选择快乐简单，没有快乐选择难。倘若一辈子很少有顺心顺意的事，那就只有一个选择：认命；如果是生活中人人必走的路，人人必经的事，你也不正常，别人能快乐你却无法快乐，那选择也只有一个：认命。只有认命或许少些烦恼，只有放得下或许少些烦恼，只有忘却或许少些烦恼，只有信马由缰或许少些烦恼，只有任其自然或许少些烦恼，只有忍气吞声或许少些烦恼，只有认为自己永远差、永远错或许少些烦恼，这些也是能取决于个人的决定因素。

人天生是有缺陷的，也是有软肋的。因此也就有了主观心态的区别，活法的区别，所追求快乐的区别。我们看看曹雪芹的《好了歌》：世人都晓神仙好，惟有功名忘不了！古今将相在何方？荒冢一堆草没了。世人都晓神仙好，只有金银忘不了！终朝只恨聚无多，及到多时眼闭了。世人都晓神仙好，只有娇妻忘不了！君生日日说恩情，君死又随人去了。世人都晓神仙好，只有儿孙忘不了！痴心父母古来多，孝顺儿孙谁见了？

有些人有自知之明，有些人自以为是，有些人好自为之，有些人蛮不讲理，有些人得意忘形，有些人自取其辱，有些人自私阴险，有些人磊落助人，有些人得寸进尺，有些人适可而止，有些人大度包容，有些人死钻牛角。有的人活得快乐，有的人活得忧愁，有的人活得充实，有的人活得空虚，有的人活得简单，有的人活得烦琐，有的人活得洒脱，有的人活得拘束，有的人活得沉重，有的人活得轻松，有的人活得痛苦，有的人活得无虑，有的人活得窝囊，有的人活得自在，有的人活得开明，有的人活得愚昧，有的人活得精致，有的人活得粗糙，有的人活得自负，有的人活得谦卑，有的人活成了伟大，有的人活成了堕落。世界有多复杂，人的活法就有多复杂。不管怎么活，总得活下去，尽管活法很多，但适合自己的活法就是最好的活法。不论时间多长都是一辈子。一个人绝对的好，或一个人彻头彻尾的坏，都是不切实际的。是金子总会发光，但它是从沙砾中淘出的。

此生最为崇尚和感兴趣的人：自身能发热发光的人；有信仰、有理想、有追求、有思想的人；有决心、有信心、有耐心的人；心地诚实善良，做事实在可信的人；懂责任、有担当、有学问、传递正能量的人；有学养、有修养、能够自律的人；不以金钱、地位衡量父母兄弟姐妹，孝顺父母、关心兄弟姐妹的人；做事帮人不带目的、不求回报的人；知道自己该怎么做、做什么，认识和懂自我的人；不做闲事、不管闲事、不说闲话的“三不管”人；不恃强凌弱、不傲慢无礼、不暗中害人的人；

无意间碰了你一下、扶了他一把、让了一个座位，能够对你说一声“对不起”“谢谢”的人。一个人如果使对手欣赏，把敌人震慑，叫坏人胆寒，让小人嫉妒；使朋友敬仰，令同行佩服，让人民爱戴，叫好人上心才是最为有本领的人，才真正谈得上有素养和修养。

就我而言，写文章仅仅是一种爱好，文采谈不上，和“家”也没有瓜葛，至于文风还是较为明显的，我喜欢敦厚、朴实、通俗、清新的格调。除了写写文章，练练书法，我还有个游泳的爱好。腿没受伤的时候经常游，到游泳馆游、人工湖游。尤其是在人工湖上游泳，仰卧在湖水上，享受着阳光，遥望着蓝天白云，暑气顿消，精神愉悦。再早酒泉还没有室内游泳馆就去酒钢游泳馆游。后来我的腿因摔而伤，路走的多了会难受，风吹难受，着凉也难受。再后来就游不成了，下水就抽筋，不只是难受，因此多年来很少下水。我原来特别想到北戴河游一次泳，看来这只是个愿望了。

我活得好不好，生活幸福不幸福，日子过得累不累，心里有多少快乐、又有多少痛苦只有我自己知道。未来的路怎么走也只有我自己明白。

缅怀父亲母亲

父亲于2013年6月24日(农历五月十七)晚9点40分左右离开人世,享年七十八岁。母亲于2011年8月3日(农历七月初四)早晨8点32分去世,享年七十三岁。父亲是在母亲去世后不到两年的时间去世的。他们离我们而去都已有十多年的光景了,但在我的印象中好像发生在昨天,他们的音容笑貌和一举一动还深深地刻在我的心里,他们的脚步声像钟表的声音仍在我的时光里滴答作响。父母亲所处的那个时代,其艰难和艰辛是不言而喻的。对父母而言,能把子女养大,上学、成家、立业,已经很了不起了,就是一个非常合格的父母。对子女而言,对父母再好也总会在父母身上留下诸多遗憾和歉疚。我们兄弟姐妹也经常谈论起父母,总觉得最大的遗憾就是没有陪伴父母看看外面的世界,也没有带着父母吃吃比较出名的美食。没有陪父母到外边的世界看看,一是因为我们都有自己的事情抽不出来时间,关键也是没有过多的资金。二是父母也丢不下家里的事情。没有带着父母吃吃比较出名的美食,我们都认为当时母亲的饭菜做得最好,我们认为好吃,别人也认为好吃,母亲招待过的客人不计其数。所以我们都认为最好的饭菜就在我们家里,还到哪里去吃美味呢?其实无论你找出多少个理由,都只不过是来安慰自己而已,即使也能说服别人,但心中的那份愧疚依然不能使你释怀，因为遗憾没有变，遗憾也没有办法变。我们的父母亲，最大的特点，也最为人称道的就是善良和勤劳，我在“怀念妈妈”的系列文章中从不同的角度作了详尽的阐述和回忆，表达了对父母崇高的谢意和敬意。

前段时间在网络上读了一篇文章，感慨良多，触动了我心中的那份痛。一个叫王翠英的妇女于2001年生下了中国首例五胞胎，全部存活，如今各个健康。生娃容易，养娃难，养五胞胎就更难。为了养活自己的孩子，王翠英什么苦都不怕，无论多么难受，她都咬牙坚持了下来。好在五个小孩都很乖巧懂事，从不向妈妈要玩具、零食什么的，幼儿园的老师，也经常向王翠英夸奖道：孩子们都很节俭，饭菜都吃得光光的，一点儿也没浪费，还非常听话。可听到老师的夸奖，王翠英却高兴不起来，因为只有她自己知道：孩子们之所以节俭，是因为家里吃不饱；孩子们之所以懂事，是因为家里穷，买不起玩具。当妈妈的最见不得自己的孩子受苦，别的孩子应该有的，自己的孩子却没有。可很多时候、很多事情她并没有选择的余地，只能硬着头皮迎难而上。养儿方知父母恩，一个人只有亲自养育小孩，才能深刻体会到：养孩子有多么不容易，更何况要养育五胞胎。生活没有感同身受，只有冷暖自知，王翠英也不想去解释什么，她所能做的就是尽自己最大的努力，让孩子们吃饱穿暖。这样的苦日子，一直持续了6年，直到2008年，才有所好转。2008年，五胞胎成为真人奥运五福娃代言人，才引起了社会的关注，许多好心人纷纷向这个家伸出了援手，孩子们的学费也被减免了，王翠英才彻底松了一口气。读过此文，我得出一个结论：女性为母则柔成刚。

我的母亲也是这样的人。我情不自禁想起小学时代的一件事情。在当地的习俗中，惊蛰都要吃红糖水泡油炸鸡蛋。同学们到学校七嘴八舌说他们吃了几个几个鸡蛋。问我吃了几个，我也说吃了几个几个，其实我一个也没有吃。不是妈妈不给我们做，而是我们家没有。那时和叔叔的孩子在一起有十一个，我们在一起生活，哪有那么多鸡蛋。妈妈向来做事光明磊落，公平公正，要不吃都不吃。我们对妈妈没有一句怨言，也没有一点怨气，但还是非常难受。妈妈、婶婶、爹爹、叔叔，他们如此艰辛，也没有舍得吃一个。我们十几个孩子上学，铅笔、橡皮是拿鸡蛋去商店换的，本子是用父亲向别人要的白纸裁好后用针线钉起来的。那个时候困难的家庭是很多的，我们是一个大家庭，能吃饱就已经很不错了。我们现在想吃什么有什么，缺少的是时间。但子欲养而亲不待，父母与我们阴阳两隔，他们已经在另一个世界了。

2020 年 4 月 5 日清明节，我们兄弟姐妹将父母合葬于一个新的墓地，其实是父亲生前就看好的，这也算了却了我们一个最大的心愿。之前，兄弟姐妹合计好要立一块碑的，我琢磨着要写一副对联。思考再三，拟了“德高勤劳润泽桑梓，心善恩重荣光儿女”，拿去让我们邀请的迁坟刻碑的先生看，他说你把你父母写得太高大、太美好了，建议你改一下吧。先生是我们的老亲戚，心意是诚恳的。我接受了他的建议，将对联改为“意好芳馨传梓里，德厚儿女多荣光”。

2021 年 4 月 4 日又是一个非同寻常的日子，这天清明节我们照旧去扫墓，也是我非常难忘的一次，这也是父母合葬后的第一个清明节。弟弟和妹妹异口同声说了一句话，爹爹妈妈，今天是清明节，我们来看望您，希望能保佑我们健康平安。听到这话，我心里一沉，泪水不禁夺眶而出。为了不让他们发现，我就站在了火的下风，以示因烟熏而流泪。我非常清楚他们说话的意思。我立在坟前,久久注视着父母的坟冢,还再想弟弟妹妹说的话,他们说了我们都想说的话。在姐妹呼唤时我才依依不舍地离开坟地,乘车回家。2022 年的清明节,哥哥提前就做了计划,4 月 5 日那天,我们在父母的坟地栽了几棵松柏树,清理了一下坟地的杂草,给父母的坟茔捧了一抔新土。也许,在这样的局限中,这也算是一种由衷的纪念吧。

清明,是农历二十四节气之一。中国传统的清明节大约始于周代,距今已有两千五百多年的历史。《历书》:春分后十五日,斗指丁,为清明,时万物皆洁齐而清明,盖时当气清景明,万物皆显,因此得名。清明一到,气温升高,雨水增加,正是春耕春种的大好时节,故有"清明前后,种瓜点豆"这一谚语。清明节是一个祭祀祖先的节日,主要是扫墓,为慎终追远、敦亲睦族及行孝的具体表现。

清明节的习俗由来已久,是丰富有趣的,例如讲究禁火、扫墓,还有踏青、荡秋千、蹴鞠、打马球、插柳等一系列风俗体育活动。相传这是为了防止寒食冷餐伤身,所以大家来参加一些体育活动,以锻炼身体。因此,这个节日中既有祭扫新坟生离死别的悲酸泪,又有踏青游玩的欢笑声,是一个富有特色的节日。中国社科院民俗学博士施爱东说:"清明节是中国最重要的传统节日之一。它不仅是人们祭奠祖先、缅怀先人的节日,也是中华民族认祖归宗的纽带,更是一个远足踏青、亲近自然、催护新生的春季仪式。"按照以往的习俗,扫墓时,人们要携带酒食果品等物品到墓地,将食物供祭在亲人墓前。清明踏青出游。唐代之前,寒食与清明是两个前后相继但主题不同的节日,前者怀旧悼亡,后者求新护生,一阴一阳,一息一生,二者有着密切的配合关系。寒食是为了悼亡,祭亡是为了佑生,这就是寒食与清明的内在文化关联。寒食节与古人对于自然的认识相关。在中国,寒食之后重生新火就是一种辞旧迎新的过渡仪式,透露的是季节交替的信息,象征着新季节、新希望、新生命、新循环的开始。后来则有了“感恩”意味,更强调对“过去”的怀念和感谢。

所以,有人说,认知了清明,就懂得了人生!这是非常有道理的。清明是一个节气,又是一个节日。作为节气,范仲淹在《岳阳楼记》中有段文字,用来描述清明节气最为贴切:“至若春和景明,波澜不惊,上下天光,一碧万顷,沙鸥翔集,锦鳞游泳,岸芷汀兰,郁郁青青。”这是一段最美的文字,而世界上再也找不出比“清明”更恰当的两个字来形容这个季节之美。作为节日,杜牧的《清明》揭示的最为具体。“清明时节雨纷纷,路上行人欲断魂。借问酒家何处有?牧童遥指杏花村。”作为节日,主要是祭祀。清明扫墓与踏青,本来是两个不同的文化主题,宋以后慢慢融为一体,并不断地被赋予肯定的文化意义。人们把祭祀先人与中华民族重视孝道、慎终追远的民族性格直接联系起来,认为清明节俗体现了中国人感恩、不忘本的道德意识。清明节祭祖扫墓、追念先人功德的活动,与中国文化深层的祖先崇拜、孝道文化之间有着深刻的关系,而这种文化正是中国社会几千年来得以和谐稳定发展的支柱,有助于在古人与今人、前人与后人之间建立和谐的代际关系,进而促进人与人、人与自然之间的和谐关系,这也是清明节具有强大生命力的民间根基。

清明时节,带着虔诚和复杂的心情,站到祖先和亲人的坟前,你才知道自己从何而来,将向何处!我是谁,从哪来,到哪去?这是一个现实的绕不开的话题。从哪来?静立茔冢默然,你便会追寻到这个答案。你来自父母,父母来自祖父母，祖祖辈辈，总会有根，总归有源。开枝散叶，枝再繁，叶再茂，扎向大地的根，只有一处，这就是融入血脉中的眷念，是我们的来处。父母在，人生尚有来处；父母去，人生只剩归途。生者寻根，叶落归根。有人烟处，必有血脉传承。从中国文化深层的祖先崇拜、孝道文化来讲，清明时节，教我们做人。清洁、清廉、清净，无非一个清白！明事、明礼、明法，无非一个明白！清白、明白之人，自有清风拂面涤心，自有明月皎洁般的真善美。清爽做人，清白做事，足矣！岂能事事如意，但求无愧于心！当你明白了“从哪来、到哪去”，“我是谁”似已豁然开朗！你是人子（女），你是人父（母），你是人夫（妻），你是华夏血脉，你是人类赤子。清明祭祖，彰显的是一种血脉的传承和责任。来到这世间，你安身立命，拥有自己的角色，承担相应的责任。所以，清明是责任、是感恩，是哀思、是心静，是思接千载、神游万仞，是传承、是教育，是进步。清明，也更像是一种精神，一种思想。

父母的生活融入了子女的头脑，父母的人格也融入了子女的血液。在这里我从传统与历史、文化与伦理、现实与虚幻、情感与理解的高度讲清明，写清明，看似画蛇添足，实则别出机杼，为情感的奔赴筑造了一条别开生面的路径。清明节的传统文化内涵是极其深远的，在中国传统文化中也处在一个制高点上。中国传统文化博大精深，渊源厚重，世事洞明皆学问，人情练达即文章。自古就有的家国情怀、孝道为先、尊老爱幼等美德也是传统文化的重要标的，本来中国传统文化对人生、对现实、对社会的关注总是第一位的。比如，尊老养老的文化根本使得中国社会具有很强的亲和力和凝聚力，健康的储蓄习惯是中华民族勤劳朴实、勤俭持家的具体体现，也使得国家和人民具有超强的抗风险能力。还比如，自古至今，儿女对自己父母的理解也有各自的界定和认定。父母在子女的心目中最伟大、最高尚，最通俗平常的认定也只不过就是平凡、普通、伟大。我对我的父母一定敢用其定义。平凡是因为他们默不作声，天长日久的艰辛付出；普通是因为他们既没有过人的才华，又没有超人的背景，也没有惊天动地的业绩；但伟大不仅是他们孕育了生命，培育了生命，而是给这个生命的有机体从原始点上，就灌输了丰富健康的精神能力和多元的高蛋营养，使他们留给子女的词典里没有缺钙、缺德、软骨、贫血、龌龊、退缩、庸俗等这样的词语。我们的父母的确是十分朴实普通的人，但他们通过自己的努力、劳动和实践，完成了一个家庭乃至一个家族的精神传递。刘氏家族的基因图谱在我们的祖先手中就已经成型，成为中华民族精神谱系中的重要血脉分支，我们只能从史料中、故事中、传说中、文学作品中，宏观上、主观上感知当年金戈铁马，气吞万里如虎的豪迈。因为那是千百年、千万人的精神积淀。到了我们这个时代，我们能感受到的家族精神血脉，也就是我们所能感知到的地方名流、家族典范遗留的精神财富。最能够真实领悟的是父亲的曾祖父、祖父，我的曾祖父、祖父、父母身上体现出的优良秉性，是对刘氏家族优秀基因的延续和传承，带给我们的感受是看得见、摸得着的被固化了的一种自愿接受和主动行为。更像是一剂强心针，在你精神萎靡的时候注入你的机体，立刻使你疲惫不堪的身躯踔厉奋发，心明眼亮；又像一股热流在你身体需要温暖的时候传遍周身，顷刻使你寒冷僵硬的躯体活泛有力，孤蓬自振。父亲母亲走完了他们平而又凡的路途，用坚实的脚步丈量了他们单调而壮丽的人生，用他们心醇气和、尽善尽美的德行考量了自己的灵魂，是老实巴交、默默无闻的耕耘者，名副其实的“修行者”。也用心血和汗水凿通了我们与先人之间的精神栈道，使我们的灵魂最终能有安放的归宿。

日复一日，年复一年，变化的是风景，不变的是铭刻在心底的多彩岁月，西北高原上的风昼夜不停地吹，把大地吹绿了又吹黄，吹黄了又吹绿，但吹不走、吹不散、吹不枯、吹不淡的，却是无穷无尽的怀念。哀思长长，缅怀不尽，这种思念与岁月一同成长，一样悠长，一样起伏跌宕。所以，清明时节，清明之日，这个特殊的非同寻常的节点，对我们而言有着更为广阔和深远的意义，在我们心中钳刻下太多无法抹杀的印迹。又是一年春韭绿，东风十里桃花红。在这里，我们可以窥见曾经那一转身就失去的岁月的芳容，铺天盖地的春天，带给我们多少爱的希望，在充满温暖的失去里，不再有无奈的伤痛和叹息的声音，每一次的失败，每一次的迷茫，每一次的彷徨，每一次的煎熬，都在此升级为一次次的跋涉，一次次的期待，一次次的凝华。这个特殊的日子，为我们凭吊父母、缅怀父母搭建了一个满意而必需的平台，带给了我们多少温馨的回望，捎去了我们多少无尽的念想，承载了我们无数的精神寄托，沉淀了我们多少流失的时光，唤醒了我们无数的美好，抵挡了多少漫长的黑夜带给我们的寂寞和恐惧，激活了我们多少理想的火花，赓续了我们这个家族源远流长的基因，释放了我们多少雄厚的感恩怀德，当然也使我们悠远沉重的心情得以些许释怀，也使我们长途跋涉的人生列车在此休憩整修，为我们撑起了一片蔚蓝的天空，注入源源不断的新动能，让我们蹄疾步稳，行走得更远。这个特殊的日子，充实了我们的生活，验证了我们的追求，坚定了我们的信念，提升了我们的心气，凝聚了我们的人心，指点了我们的迷津，矫正了我们的偏差，补充了我们的钙，壮实了我们的身躯，磨炼了我们的灵魂，荡涤了我们的心灵，坚实了我们的脚步，惊艳了我们的人生。这个特殊的日子，也成了我与父母亲沟通交流的光纤传导和时光隧道。

每次站在父母的坟前，五味翻腾，心情总是十分沉重的，一种愧疚和歉意油然而生，看着丰盛的祭品，心想，父母在世的时候，如果有这么多好吃的，有这么多钱该多好啊。每当兄弟姐妹们相聚，觥筹交错，欢声笑语，喜气洋洋的时候；每当我邀请亲朋好友欢聚，朋友们在一起开怀畅饮，天南海北，家长里短，无所不谈的时候；每当我看见子女陪同父母，父母又带着孙子孙女徜徉在大街上、公园里的时候，我都想起了父母，如果这个时候有父母在该是多么的幸福，哪怕母亲做家务，父亲放他的羊我都高兴。世世代代，天下所有的父亲母亲，都是一生为子女奔跑的人。我又在安慰自己。明知父亲母亲经历的就是那样一个艰难困苦的时代，但他们一直都是“吃苦在前”，却并没有“享受在后”。他们以常人难以承受的压力和无限宽阔的胸襟，克服了多少困难，化解了多少难解的矛盾。在我们的记忆中，尤其是母亲一生与“享受”二字没有丝毫关系。在她看来，家人安康就是最大的“享受”。到了我们的下一代，父母亲的脚步只是“平移”了一个跑道，重新开始了他们生命里的又一次奔跑。一天又一天，一年又一年，一代又一代，父母亲实在“跑不动”了，实在太累了，才不得不停下奔赴的脚步。当他们的脚步停下来的时候，我们就成了没爹没娘的孩子……这就是父亲母亲，那个一生都为孩子们奔跑的人！

父亲母亲，为了子女们，你们耗尽了最后一滴心血，为了家族，你们跑完了人生的最后一步路程。即使曲终人散，即使阴阳两隔，有一种比泰山还重的情谊丝毫不会弱化逊色，不论你们走了多远，也不管我们又长了几岁，在你们的面前，我们永远都是孩子，即使做了父亲、祖父又能怎样？对你们的依赖之心怎么也改不了，对你们的思念之情怎么也淡不下。依赖你们，多想你们化作新鲜的空气，围绕在我们的周围，看我们欢笑，分享我们幸福的味道，一直到永远；依赖你们，多想你们化作一股清风，拂去孩子们身边的阴霾，抚摸着我们的秀发，亲吻我们的脸颊；依赖你们，多想你们化作一缕阳光，照亮我们的黑夜，温暖我们的心房，抚慰我们流血的心灵，让我们的世界处处鸟语花香。父亲母亲啊，您说我们怎么还如此贪婪呢？你们能接受吗？可是，我心里本就明白，我们相隔很远，遥远的距离无法用数字衡量。但我又相信我们相互离得很近，仅仅一张纸的厚度。我还明白，你们也化不成风，也变不成光，你们只是平凡的你们，你们只是高尚的你们。我只能向着没有方向的远方眺望，静静地把你们念想。

想你们，想你们！在我孤独的时候、痛苦的时候、寂寞的时候、无助的时候、无奈的时候、低沉的时候、荣耀的时候、幸福的时候，思念的潮流像霜打的枫叶色彩越发浓厚耀眼，情不自禁地凭着自己的直觉，向着你们所在的家园，在自己的心灵深处深情地呼唤着你们，敬祝你们幸福安康！我担心你们听不见，请把你们的窗儿打开，等待风儿起，让风儿捎给你们，盼望白云过，叫白云告诉你们。

想你们，念你们！我把你们的经历编织成了一个个美丽的童话故事，讲给我的友人和下一代听。你们是童话的主旋律，是我挥之不去的影子。纵使高山大海，隔断了我们的视线，却隔不了我心中的挂念和情思；纵使泪水模糊了我们的双眼，却模糊不了我们的感激和歉疚。无论走向天涯何处，你们都走不出我的心房；无论多少时光流逝，你们都是我梦里梦外的牵挂和思念。

想你们，念你们！多想在人生的下一个站台、渡口或转角处还能遇见你们，不是想给你们诉苦，不是想让你们放羊、做饭，不是想让你们帮我们带孩子，不是炫耀我们又换了新房子，只是想邂逅你们那久违的笑容，只是想告诉你们我们长大了，只是想让你们也看到我们幸福的微笑。

敬爱的爹爹，可爱的妈妈，我想要对你们说的话有很多很多，好多好多。因为有些话无法倾吐，无处倾诉！

父亲母亲，我很是平庸、平淡、平常，以至于自己的事情有的时候都处理得一塌糊涂，一筹莫展。大半辈子，也曾忍受过不少的污蔑和屈辱，也曾遭遇过很多的麻烦和心酸，也曾经历过他人的小看、排挤和打压，也曾一个人偷偷地流过很多伤心的泪水。生活的艰难困苦我不怕，工作的繁忙压力我不怕，他人的小看排挤我不怕。妈妈，您教诲我对人要包容、忍让、大度，您交代我关心照顾好兄弟姐妹，要尊重和理解大哥大嫂，凡事听从大哥的安排，这些我都做得很不到位，我内心深处有很多的歉疚，也有许多无法向别人言说的痛楚，我积攒了许多许多心里话，等到下辈子向您倾诉。再过几年，我也该“解甲归田”了，好想放松一下自己，以世界上最为慵懒的方式，蜷缩在沙发上或被窝里，看看自己喜欢的电视，听听优美悦耳的音乐，品品甘淳味淡的香茗，正儿八经放慢曾经匆匆的脚步，回首自己的来路，筹划自己的未来，欣赏路边的风景。十指朝天，不再留心按时起床的闹钟，不再顾及他人对我的态度，不再去想如何处理微妙的人际关系，不再去看他人的脸色行事，无意与他人争个你高我低，也无意同他人论个你对我错，不再悔及过去的事情，因为对对错错皆已成为历史，人生就是一条单行道，世上也没有治后悔的药。放下曾经沉重的行囊，忘却不必要的恩恩怨怨，记住他人对你的好，感受一下清浅时光、清闲身心、清理心房、清除杂念、看云淡风轻、听花开花落的静美，享受一番孙女绕膝、撒娇呢喃的天伦之乐。

父亲母亲，你们的心思我全懂。您的儿子无论经受了什么，无论获得了什么，都没有退缩过，消沉过，气馁过，自贱过，颓废过，骄傲过，自满过。说归说，做归做，尽管生命进入了倒计时，有一种习惯始终还是无法更改，在有限的时光里，还想给人方向，给人希望，给人力量，给人智慧，给人自信，给人快乐！请谅解儿子的无能和不才，缺钱、缺权、缺势、缺名、缺才，但不缺品德，不缺良心，不缺善良，不缺追求。大事是没有做成，也做不了，但小事却是尽其所能；大人物没做成，也做不了，但小人却是没有当过。

父亲母亲，我知道，你们就在天边不远的地方看着我们，守候着我们，但怎么就听不到你们的一句话呢？怎么就不晓得你们的一点信息呢？只有在梦中偶尔与你们相遇，偶尔看到你们的音容笑貌。但，令我心酸的是你们依然那么俭朴，依然那么辛苦，妈妈佝偻的脊背依然弯曲，爹爹脸上的皱纹依然如沟壑般深刻，烈日当头，额头的汗水浸湿了头发，汗水如雨点般滴下。“锄禾日当午，汗滴禾下土。”“足蒸暑土气，背灼炎天光，力尽不知热，但惜夏日长。”……一生的劳苦却凝成了永恒！人生的道路是有限的，但思念你们的脚步却没有尽头，无论我们的成就多么耀眼，无论我们的生活多么富有，但梦见你们，想念你们总是我们最为开心的事情。无论花开花谢，无论燕去燕归，无论风霜雨雪，你们都是我们的魂牵梦绕，我们的相思缠绵，我们抹不去的思念。你们陪我们一程，我们牵挂你们一世，你们惊艳我们一时，我们感恩你们终身。只要我们的生命还在，我们的挚爱就生长，只要我们的灵魂不死，我们的牵思就不间断，没有止境，没有期限，只有永远！

不管怎么写，也不论写了什么，总是表达不尽对父母的感恩之心、久久怀念和深深歉意。在此，我将朋友用微信发给我的、写他母亲的诗《今夜，只想为母亲写诗》改写，献给我敬爱的父亲母亲：

今夜，繁星点点，天空深邃，微风徐徐
我不想散步，也不想观赏这美丽的街景
我的脑海里填满了思念的文字
我只想为父亲母亲写诗
天堂里的父亲母亲
我好想为你们写一首诗
手握你们生前看惯的钢笔，铺好你们生前熟悉的稿纸
还没有写出一行文字
愧疚的表情早已布满了衰老的脸颊
泪水滴滴，打湿了素笺白纸
每一滴晶莹里都藏着儿女的心事
黑夜啊，请闭上你美丽的轩窗吧
好为我遮住脸上的泪光
不要让爹爹妈妈看见我忧伤的脸庞

今夜，我只想为你们写诗
哪怕只写一个字
亦是对爹爹妈妈思念的无限延长
我的胸膛里堆积的都是对你们不尽的感恩

一笔一画都是对你们的永恒回忆
亲情的闪电穿透了夜的肩膀和肢体
思念的泪滴早已痛断肝肠
再想倾诉心扉已无处可去
心中的悲凉谁人会想
黑夜啊,请拉上你华丽的帷帐吧
为我遮挡暮霭寒凉
不要让爹爹妈妈看见我瑟缩的凄惶

今夜,我只想为你们写诗
任凭泪水在文字里流淌
有父亲母亲的人都知道
只有爹爹才是坚强的脊梁
只有妈妈才是冬日的暖阳
我把信笺上写满了哀思
却不知怎样寄去天堂
月朦胧,风呜咽,云哭泣,夜长长
黑夜啊,何时才能走完你的程量
我急切,是因为
我要把所写的诗行
该怎么发往父亲母亲居住的天堂

今夜,我只想为你们写诗
爹爹呀妈妈呀
你们可曾看到
儿女们眼睑中经常深藏的泪殇
每个夜晚,我守望着你们,如同一颗星星守望者另一颗

星星

每个夜晚，我都看着你们，但我总是难以言说，就像面对初恋的女友

我的依恋，我的怀念，我的自责，我的祈祷，我的悲伤，我的心……

爹爹呀妈妈呀
你们可曾感应到
儿女们的心总是那样的疼痛
您给我们寄托多少希望，您就收获了多少失望
您给我们施舍多少恩爱，您就得到了多少痛楚
您给我们的成长倾注多少心血，您就留下了多少苦涩
您给我们种下多少幸福的种子，您就流出了多少汗水
您留给我们多少遗憾，我们就承载了多少伤痛和无奈
你们可曾感应到
儿女们内心深处长久的呼唤，我们想您
没有你们的夜晚我们多么孤独
去天堂的路途是否非常拥堵
因为，我用导航也找不到你们的居处
至此，摹仿的诗行应该休止
我饱含深情将古老的歌谣再添新意
爹娘，世界上最美好的名字最动听的歌谣
爹娘，是一种力量
爹娘，是一种信仰
爹娘，是一种坚定
爹娘，是一种思念
爹娘，是一种回忆
爹娘，还是儿时我们最向往的把把糖……

儿女们的健康是爹娘最好的祈求
儿女们的平安是爹娘最大的心愿
儿女们的不断努力是对爹妈最好的回报
儿女们的甜美笑容是爹妈最大的幸福……

你们在哪里,家的根脉就在哪里
你们在哪里,儿女们的幸福就在哪里
乡愁的滋味在这里
才华的舞台在这里
使命的力量在这里
前进的动力在这里
成功的希望在这里
安详的生活在这里
绿水青山的画卷在这里……

父情母爱,有千般样貌
儿孝女顺,有万般姿态
我们相互孕育,彼此呵护,共同成长,一起幸福
你们用坚实的脚步,护卫着儿女们前行的路途
你们用勤劳的双手,苍翠了儿女们生活的颜色
你们用善良的本性,润泽了儿女们稚嫩的心灵
你们用长久的守候,坚定了儿女们对理想的追求
你们用实际的言行,灵动了儿女们呆滞的思维
你们用自己的牺牲,灿烂了儿女们孱弱的生命……

您还告诉我们,通向成功道路的起点就是自己跌倒的地方

多姿的生活,自然因爹娘而多彩

幸福的我们，必定因爹娘而快乐！

父母是一部永远也读不完的书籍，是一篇永远也写不完的华章，是一曲永远也唱不尽的深情歌谣。时光匆匆，岁月如梭，伴随着父母留给我们的一切，我们自己也将渐渐老去，父亲母亲的一切都已沉浸在了岁月的长河中，都已嬗变成了故事。但在我而言，他们的言行音容却永久镌刻在了我内心最深处，时常感觉有一双看不见的手在敲击我的心扉，愧疚和遗憾的心情总是难以自已，带血的伤口总也无法愈合，只能任思念的情愫和感恩的情义诉诸笔端，不管父母亲听得见听不见，无论父母亲听得懂听不懂，枯瘦、荒凉、孤单的心田却又多了一丝绿意和活力，也感受到了一缕春风入怀的温馨！

写给自己

教了一辈子学，读了一辈子书，识了一辈子字，说来真是惭愧，有好多的道理我还没有搞明白，好多应该懂得的知识还是一知半解，好多的字不是不认识就是写不上，还有些意思不清楚。俗话说，隔行如隔山，不要以为你是老师就什么都懂。天有多高、地有多大、时间有多长，知识就有多高多大多长，各类书籍浩如烟海，你怎么能学完呢？就如天下美食美味你是吃不尽尝不完的。但是学习的兴趣还是很浓，就像欣赏人世间的美景，永远有新鲜的壮丽的感觉。在这里我与自己的心灵对话，专为自己写下一段文字，抚慰一下自己的心灵，整理一下自己的心灵，算是对心灵的滋养。

(一)尽量克服依赖依靠他人的思想

这个世界很复杂，这个社会很现实，谁都有谁的事情，谁都不容易，谁也不是等着为谁服务的，在单位也好，在家庭也好，属于自己做事情自己做。在业务上不会的学，确实学不会的请人帮忙，这是可以理解的，再做不了的就请专业人员做。在领导岗位上也一样，尽量自己做，要给年轻人和职工做出表率，不要在什么事情上都搞特殊。权利和义务都是对等的，既然接受了那个权利，就不要怕麻烦，自己的事情自己做。在家里也一样，除了男女老幼有别，其他都是对等平等的，不要有事就找人，该找的也找，不该找的也找，一有事情就首先想到别人，久而久之，你的能力、意志力、判断力都将大大降低，你的责任心和担当意识又从何谈起。人生最不明智的就是“我们不肯探索自己本身的价值，我们过分看中他人在自己生命中的参与。于是，孤独不再美好，失去了他人，我已惶恐不安”。

人的素养体现在各个方面。

人要有去掉弱者思维的勇气，始终做自己的主导。当一个人把自己当成弱者的时候，实际上是忘记了自我的内在力量，甚至会认为自己毫无力量、毫无价值。但是一个人果真毫无力量，毫无价值吗？其实从来不是的。当我们觉得自己毫无力量的时候，往往是我们陷入了一种习惯性无助的现象和陷阱中去了。事实上，我们比想象中的要强，比如在一场强大灾难面前，曾经的弱者也变得异常强大。不要小看自己，学会化解弱者思维的最好方式是懂得把自己变成强者，习惯用强者的态度和方法去面对那些不公平的瞬间，我们内在的力量也会更加涌现。当一个人被自己的弱者思维所控制的时候，无论是自己的身心和头脑都会处于一种全身心的压抑情况，自然无法让自己获得成长。

稻盛和夫（稻盛和夫，世界著名实业家，出生于日本鹿儿岛县鹿儿岛市）甚至还说自己的景气都要自己来造。可见一个人一生中自主性是多么重要。他曾在《经营十二条》的实践中阐述，万事万物取决于气。讲素养的人懂得从八方来财，从四面八方吸取能量。每个人或许要明白，如果我们想让自己的内心强大，首先就要有雄浑之气，这股气是我们个人成长的最大支撑，更是决定我们人生运气的基础。

心理学发现，人的心灵状态不仅能影响企业经营，甚至还能左右一个人的人生。在生活中，你也会发现，当你心情好的时候，做什么事都会特别的顺利。当你特别不开心的时候，好像麻烦事也会接踵而至。所以我们常说的一句话叫做，先学会“调频”，你的频道对了，自然你的运气和人生也会越来越好。要记住一个事实和真相，人不是因为有了好事才高兴，而是因为高兴，好事才会来临。我们最重要的是学会自己造自己的景气，你只有相信自己是好运的，相信自己是好命的，你才能更大概率遇到好的人生，好的命运。

（二）学会整理自己，经营自己

古语有云：“一切万法，不离自胜。”人生在世，你会成为什么样的人，过怎样的生活，归根结底都是源于你自己。如果你自身没有养成良好的习惯，没有良好的行为，那么无论再好的条件，生活也终将一塌糊涂。我们常常抱怨孩子们时间安排不合理，学习方法不得当，生活习惯很差，这是因为我们没有给他们培养出这方面的能力，他们的脑海里没有这种意识。成人也一样，你要能够整理好自己，让自己保持最好的状态，那么自然能够踏平所有坎坷，即使再平凡的日子也不会索然无味，也会有许多个美丽的瞬间让你留恋。

整理好自己从整理心情开始。记得有句话是这样说的：“我们的心是一条路，心开，路就开；心卡，路就卡。”人生在世，心情真的对一个人影响很大。乐观豁达的人，遇事总能够用积极的心态面对，困境自然更容易化解，路也自然会走得轻松。而那些悲观的人，哪怕只是一点小小的波折，也会彻底将其击垮，最终难有所成。如果你处于一个重要岗位，不仅影响个人，还会影响整体。一个球队，一场比赛，中间那个 MVP 的人物非常关键，他的语言和脸色都会影响一场比赛的结果。

周国平说：“不管生命多么短暂，笑着生活，笑着享乐，笑着受苦，这才是人生。”在这个世界上，眼泪、伤心是最没有用的东西。它不仅无法让你的生活变好，反而会消耗你的热情，消耗你的信心，削弱你的意志，最终只会让你陷入更大的困境。所以，无论任何时候，都不要让心情生病，无论困苦再多，也不要写在脸上。躲不开，就坦然面对；得不到，就果断放弃；想不通，就别再纠结。当你看得开，拿得起，放得下，你就会发现，无论当下如何痛苦、如何艰难，生活总会慢慢变好，阴雨连绵的日子总会过去。

其次是整理好自己的情绪。作家刘娜曾说：“情绪是一把枪，当我们扣动情绪的扳机时，枪口其实是对准了自己。”确实如此。也许，生活中，当我们碰到了无法接受的事情，遇到让自己反感的人，就像饭碗里见到了苍蝇，总会情不自禁地想要生气，想要发火，或找种种借口刁难。可是就算脾气发出来，又能怎么样呢？情绪发泄的那一刻，也许你忘记了一切，无法控制，你一时很爽，可是情绪发泄出来的代价，往往不仅会伤了情谊，甚至还会害了你的前途和出路，得不偿失。有的时候，你觉得狠狠地出了一口恶气，顿觉神清气爽，当你静静回想，又觉得何必呢。这时候的心情比情绪冲动的时候更为难受。

有人说：“为什么再怎么崩溃，也要控制情绪？因为我知道一旦情绪发泄出来，给自己带来的终会是更糟糕的东西。”当情绪激动的时候，作为一个成熟的成年人，应该有隐忍克制的能力。因为只有如此，你的生活才不会被情绪破坏，也不至于把他人的心情搞糟，你也才能更容易收获浓浓的温情和幸福。

再次是整理好自己的圈子。作家苏岑说：“不必把太多人请进生命里。若他们走进了你的内心，就只会把你的生命搅扰得拥挤不堪。”在这个世界上，圈子对于我们每个人来说都是特别重要的。甚至可以毫不夸张地说，我们拥有怎样的圈子就决定了自己将是什么样的人，有的人步入成年了圈子依然照旧，还有的人把这当成人脉倍加珍惜。一次与一位朋友说起微信圈，他说他的微信圈有七千多人，电话号码有三千多个，我不知道怎么回答他。林语堂先生说：“生活的智慧在于逐渐澄清滤除那些不重要的杂质，而保留最重要的部分。”我们的圈子也要像清理微信圈里的垃圾一样，每天进行一次清理，不断净化和提升我们的圈子质能，垃圾就该去垃圾的地方，使自己的圈子有思想、有活力、有方向、有格局。生活中，圈子能够潜移默化地影响我们，甚至会带领着我们走向不同的人生。整理好自己的圈子，远离那些只会消耗你的人，你才能够清除负累，轻装前行，最终将生活过得更好，然后在前行的道路上，走得更稳、更远。

只有整理好自己，才能谈得上经营，才能更好地经营，才能将自己经营得更好。其根本的价值意义在于有效地提高自己，壮大自己。现实的世界里没有人不希望自己光彩，自己的价值发挥得更大。很多人都希望自己变得无比强大，向别人证明自己的能力，让别人对自己刮目相看。真正的强大，不在于如何对待别人，不仅是向别人证明自己的能力，而在于如何经营自己的生活，经营自己的心灵世界。所以，一个人真正的强大是内心的强大。要使自己的能力素养不断得到提升，还要从学会经营自己开始。

首先从学会控制自己的怨气开始。一个人有志向、有素养的标志，不是放纵，不是任性，不是自负，而是学会了控制发泄。人生在世，十有八九不如意，面对坎坷风雨，有人坦然，有人有取有舍，有人怨天尤人，有人气急败坏。经常抱怨的人，怨天天不应，怨人人不理。抱怨得越多，越是将自己陷入困境，也使自己的心情掉入泥潭不能自拔。抱怨看似是简单的发牢骚，实则无形之中伤人伤己，有人没有觉察，有人在冷静思考时幡然醒悟。

其实很多时候，阻碍我们前进的并不是困难本身，而是我们对待困难的态度。唯有将怨气收起来，把心态调整好，内心保持平静自省，乐观向上，才是克服困难的最佳途径。在生活中，我们总会遇到很多的困难和麻烦，有些还是非常棘手紧要的，但抱怨解决不了任何问题，唯有学会去改变自己，反思自己，才可能扭转局势。

当你弱小时，你的抱怨，没人在意，没人关注，甚至也毫无任何价值和意义。但当你强大时，你周围的人，都会变得足够温柔，足够对你尊重和照顾。这是不争的事实，也是生活残酷的一面。任何人在遇到问题时，要做的是竭尽全力去调整和改变，你越抱怨，越无力，越改变，反而越有益。一代圣人孔子在周游列国时，四处碰壁，但他从未抱怨过，反而坚守自己的理想，修身立德，不断改变自己。

《论语·宪问》中说："不怨天，不尤人。下学而上达，知我者其天乎！"（不埋怨天，也不责备人，下学礼乐而上达天命，了解我的只有天吧！）与其怨天尤人，不如反躬察己；与其抱怨黑暗，不如提灯前行，就是这个道理。

其次是从学会收敛锋芒开始。真正涵养深厚的人，大多都将锋芒藏了起来。历史上这样讲过，唐宣宗李忱（唐宣宗李忱初名李怡，唐朝第十六位皇帝，在位十三年）有一句名言："别人笑我太疯癫，我笑他人看不穿！"在未登基之前，他只是一个亲王。因为政局黑暗又复杂，他不得不低调做人。他终日呆若木鸡，不爱说话。哪怕是在皇家聚会上，他也是一副又痴又傻的样子，任由兄弟子侄嘲笑，丝毫不露锋芒。尽管如此，唐武宗李炎[唐朝第十五位皇帝，初名李瀍(chán)]还是没有放松警惕，视叔父李忱为威胁，多次想要除掉他。李炎曾在寒冬里带着皇族打猎，为李忱制造了一场坠马事故，将李忱一个人留在寒冷的野外，想要活活冻死、饿死他。结果，李忱挣扎着走回皇宫，却被李炎逮捕。危急关头，一位宦官将李忱救出牢狱，偷偷地运出皇宫。接着，李忱开始云游天下。后来，李炎病死了。宦官们想起这个“傻子”，觉得他是最好控制的傀儡，就把他接回皇宫，扶持他登基当皇帝。结果，登基后，李忱突然来了个大转弯：他变得英明神武，往日的呆傻气息荡然无存，他迅速平定混乱的朝政和党争。宦官们都看傻眼了，没人再敢造次。其实他的“装傻”是特定条件下的收敛，不仅使他浑俗和光，也使他韬光养晦。

再次，把习惯管理好，才能把人生经营好。改变自己的陋习，才是自我进阶的第一步。大卫·纳文斯曾在TED有一段演讲：“微小的习惯有巨大的力量，养成有益的习惯，能带来更正面的改变。”每个人都能通过重塑自己的行为来改变自己，从而把自己从糟糕的生活中解救出来。梳理自己身上的坏习惯，对症下药，寻找合适的方法逐一修正。虚心听取别人的意见，兼容不同的观点，就能自我反省、自我检查，从而纠正陋习，弥补不足。很喜欢玉鹤鸣(南京玉鹤鸣医学营养科技股份有限公司)创始人、企业家颜培玲曾说过的一句话：“被习惯主宰，不必思考和学习，惯性推向哪里就往哪里去。这种活法，自然轻松。但是，只有管理好自己的行为模式，才能拾级而上，走向更高层次的人生。”

(三)学会感恩，学会祝福

有人说每一个人都不是一个孤岛，要跟家庭、他人、单位、组织、集体、社会融合起来，一个人生存和发展离不开社会提供的一切，也离不开家庭这个港湾，你更不可能是“全能冠军”，在雨天的时候总有人递伞给你。也自然会遇到开心的事和一些不愉快，有些是因为自己，有些是因为他人。不论怎样，都要保持一种沉稳的心态，平静地对待每天发生的每一件事，常怀感恩之心。对父母的感恩已经成为一种孝心，对他人的示好和帮助表示真诚的感谢，这是一种素养。如果真正做到这样或这样去做，我们的内心就会获得无比的安静和幸福。我们每个人都喜欢好事，喜欢听好话，实际生活中，一些不好的事情躲是躲不过去的，我们只能选择面对、应对。如果我们只对好事表示欢迎、高兴，对坏事的接受程度和处理能力很低，这会导致我们的情绪很容易波动和冲动，甚至一蹶不振，这就是所谓的自己打倒自己。

学会祝福别人、祝福自己就更是一种境界。俗话说，福往者福来。在生活中，我们还需要做一个懂得祝福别人并付诸实际行动的人。当你懂得祝福他人的时候，你的祝福也会返还到自己身上。“人而好善，福虽未至其祸远矣”，永远都要记住，福往者福来。祝福是有力量的，祝福别人也是在祝福自己。我们不要带着怨恨的情绪和傲慢的态度和人交往，或请人帮忙，更不要随意诋毁和咒骂别人，这些咒骂其实都会伤到自己。唯有懂得放下，懂得尊重，不把那些伤害的话带到心里，我们的内心才会充满温暖与慈悲。即使我们看到、听到有些人骂人，我们心里面也要学会怜悯他们，因为他们内心装满了愤怒，其实都是在攻击自己，说明他们还没有真正放下那些不愉快，思想的包袱是极其沉重的。唯有学会发自内心的祝福别人，希望别人越来越好，我们才会在这种内心的祝福中找到自我成长的意义和价值。“君子莫大乎与人为善”,祝福往往是在特定环境下深度给予别人一种赋能。祝福从来不是空话,祝福是发自内心相信别人、祝愿别人,并且将这层信念深深地传递给别人。种下一棵树,收获一片绿荫,这是祝福带给他人与自我的最大价值和意义体现。

(四)请不要小觑成功背后的那些微习惯

人不是优秀了才有好习惯,而是有了好习惯,才成就了优秀的自己。习惯不好,能力再强也是弱者。中国有句古话,三岁看大,七岁看老。在正常人或者成人的眼里,三岁、七岁甚至十岁以前的孩子,什么也不懂,最大的特征就是顽皮、好动。那么三岁看大,七岁看老到底反映了什么意思?《三字经》里讲“人之初,性本善”,王阳明心学也讲人生的最高境界和终极目标是“致良知”。其实这里的看大、看老有两层含义,一是人性本善,由于环境的影响有了真实的差异;二是“微习惯”,真实的差异也是“微习惯”。这些孩子们天真无邪,他们的行为往往是不带任何目的的最为自然地流露,从他们的细小处可以判断出成人时、老年时是什么属性的人。我们必须习惯,站在人生的交叉路口却没有红绿灯的事实。人生的境界不是拿钱买来的,生活的本质也并非物质的富足,一个人的素养也并不仅仅是学识的深厚和为人的良善,生活的快乐也绝非拥有美女帅哥、美味美食、花天酒地。在当地有外国人和外地区的人开的公司,人们似乎对他们有很多的钱并不津津乐道,除了信服于他们兑现承诺的果敢和管理的科学严谨,更惊叹和好奇于他们弯下自己的腰捡起地上的一块纸屑或一个烟蒂的简单瞬间。说小了这就是典型的“微习惯”,说大了就是弯腰捡起一片纸屑,净化的是自己的心灵,顺手抹去一块污渍,纯洁的是自己的灵魂。这也是对三岁看大,七岁看老的最好诠释。

一个微小的惯性行为，都会从你的脾气、性格、好恶、倾向，到你的身体、精神，进行渗透式的影响。

微习惯是什么？

作家斯蒂芬在《微习惯》中这样定义“微习惯”：微习惯就是你强迫自己每天做的微不足道的积极行为。我则认为，“微习惯”就是一个正常人意识里存在，行动上实施，对自己、他人、社会都能产生正面影响的，又不被人看重甚至忽略的行为。

大家常说知易行难，想要改变意味着要与自身坏习惯做斗争，对抗起来自然感觉艰难。就像很多人都知道看书的好处，想过打开书，下意识又习惯打开手机刷抖音、微博，一转眼两小时过去，一页书也没翻着。伊拉斯谟（荷兰哲学家，16世纪初欧洲人文主义运动主要代表人物）说过：“一个钉子挤掉另一个钉子，习惯要由习惯来取代。”那么这里的瓶颈问题就是如何养成“微习惯”。一个好习惯的养成不是一蹴而就，也不是一朝一夕之功。

首先，选择和做出适合自己的微习惯和计划，哪怕是口头的，心里想的也好。把你想要培养的习惯列成简要清单，再筛选其中的重要习惯进行培养。定期进行自我评估，没有完成找原因，进行再计划，力争量身定做。

其次，研究、验证、挖掘每个微习惯的内在价值。多问自己几遍为什么想要培养这些微习惯，找到价值观层面的东西，增强信念。虚心听取别人的意见，兼容不同的观点，就能自我反省，自我检查，从而纠正陋习，弥补不足。

再次，保证时间，时间是执行任务的保证，如果这个时间不合适就要及时调整，如果计划的时间又被更为重要的事情挤占，还是要下决心挤时间想办法完成。最好的办法就是时间允许提前行动。

最后，微量开始，从小到大，从简到繁，由少到多，超额完成。不要设定任何含糊的目标，这样会缺乏明确导向，执行力不强。完成几天后你就会拥有一个行为链，接下来你唯一要做的事就是不破坏它，让它慢慢成为习惯。看到自己愿意采取行动可以激发坚持的动力，即使我们做的是很小的事，它还是会成为习惯，产生巨大力量。我们不断强迫自己执行可实现的任务，也是在强化我们的意志力。学会对自己负责，对自己的成长负责，每天保持良好的状态去看到自己的成长，我们的自信就会有了更多的底气。

总体而言，坚强的毅力是养成良好习惯的基本前提，反之良好的习惯又促成了坚强毅力的固化。曾有读者给周国平写了封信，问："如何才能过好自己的人生？"周国平只回了四个字："管理习惯。"后来，他在《人生答案之书》中进一步解释道："习惯本身就是认识化为血肉所形成的本能，而学会管理它则是境界的提高。"人，是具有习性的动物。但是所谓人生，就是不断克服习性的过程。只有善于管理自己的习惯，才能掌控自己的人生。

每一个微习惯的养成，都在强化你的自律人格，形成积极的良性循环，助你快速实现人生进阶。不断更新，持续学习，主动涉猎更多的知识盲区，才能升级思维模式，打破惯性行为的壁垒。改变陋习就意味着又形成了一个良好习惯，只要有毅力改变陋习，什么时候都不晚。良好的习惯为一个人的成功创造了有效的条件。成功并不完全是经天纬地之才，盖世英雄之名，只要葳蕤人生，只要生活有序，做生活的强者，都是好样的。

你的好运，其实就藏在你的微习惯里。

(五)认识自己,认清自己,做真实的自己

这个话题是我最想说的,我有切身的体会和痛楚,走过了大半生,看到了不少,也学到了不少。亲身感受了有的人的傲慢和无知,有的人的务实和谦恭,亲自品尝了你即使光辉了也得低下头把尾巴夹得更紧的滋味。我曾忍受过巨大的侮辱,我坚信不可能一辱到底。现实中,说我好的人很多,说我不好的人也不少。很多时候,我们能够轻易地发现别人的错误,却往往难以发现自己的思维误区。有的是性格使然,有的是缺乏思考,有的的确是自己有所不知。所谓“当局者迷,旁观者清”,说的便是这种情况。

一个人成长和发展的最首要前提,不是认识别人,而是认识自己,认清自己。只有让自己处于清醒状态,不被外物所迷惑,渡得了自己,才能有余力去渡别人。在《哲人言行录》里,有人问泰勒斯[古希腊时期的思想家、科学家、哲学家,出生于爱奥尼亚的米利都城,创建了古希腊最早的哲学学派,是希腊最早的哲学学派——米利都学派(也称爱奥尼亚学派)的创始人。古希腊七贤之一,西方思想史上第一个记载有名字留下来的思想家,被称为“科学和哲学之祖”。泰勒斯是古希腊及西方第一个自然科学家和哲学家]:何事最为难?他回答了五个字:认识你自己。的确,在这个世上,我们经常犯的蠢事,往往就是没有看清自己,而是太把自己当回事,似乎离了自己地球都停止了转动。

认识自己,认清自己,要明白自己想要什么。有的人,因为害怕自己被孤立,或被别人看不起,于是,他们的行为就以周围人的喜好为喜好,目的完全是为了换来周围人的认同。可是,时间一长,他们便会发现,他们迎合周围人的喜好,并没有换来周围人的认可与喜欢,反而显得有悖常理,甚至会

招来非议。老子说:“知人者智,自知者明。”一个人,如何能够获得真正的快乐呢?那就需要自知,知道自己到底想要什么,知道自己到底对什么动心。当然,一味地冥思苦想,也只能是闭门造车,无的放矢。所以,要知道自己真正想要什么,就离不开尝试。我们要在多次的实践中,来观察自己真正的感受如何。当我们通过感受与自己对话,就更容易发现,自己真正想要的是什么了。当我们知道了自己的心动所在,也就能目标明确去追寻了,不做和少做无用功。

如果想要激活自己的潜能,我们可能需要明白自己要什么。当你懂得自己要什么的时候,你的生命之门才可能开启。真正的成长就是不断激活自己潜能的过程,人生之所以需要不断激活自己的潜能,本质上也是整合自我的过程。当我们的生命开启了自我觉醒,自我开悟的成长之路,往往我们会变得更为清醒和强大。生命的成长是一个不断了解自己要什么的经历。毕淑敏曾说,人生是没有意义的。有意义的人生都是自己选择和塑造出来的。

了解自己要什么是我们生命开悟的开始,更是我们生命被唤醒的开始。好的生命是用来活出自己的,当你掌握了这个潜能的要点,你或许就会知道,你的人生活出什么样,取决于你内在的觉醒以及你对自我的掌握和了解。好好去追问自己想要什么样的人生,这样的追问越早开始越好,越早懂得生命的要点和生命的责任是什么,我们越能开启生命的自动自发过程,自然你的内在潜能也会被激活。德国哲学家尼采曾说过,一个人最幸运的莫过于年富力强的时候知道自己的人生使命是什么,往往他就能够安于当下,更能忍受任何一种生活,因为他早已知道自己为什么而生。思维决定行为,行为选择环境,所以我们最重要的就是找到这个自我,才能够进行所谓的命运的突破和转折，而命运的突破和转折也都是在命运之中的。总之，对万事万物认知之前最重要的是完成自我的认知和定位。

认识自己，认清自己，明白自己的优势在哪里，自己的潜能到底有多大，自己到底能走多远。李白说："天生我材必有用。"是说人人都有可用之处，不要轻易地否定自己。西班牙有句谚语："自知之明，是最难得的知识。"如果没有一个清晰的自我认识，就容易误入歧途或走弯路。现实中有很多人自卑、自暴自弃的根源，就是认为自己一无是处或无一技之长，或与他人盲目攀比。这其实是源于对自己的认识不够全面、不够深刻，也是缺乏自信的表现。人有悲欢离合，月有阴晴圆缺，一个人，既然有缺点，那么，他就必然有优点；反之，一个人如果极其完美，无懈可击，那么，他必然有伪装的成分。这样，我们又当如何去发现自己的优势呢？这就需要我们不断去实践、尝试、发掘、磨砺、学习。我们所说的天赋就是一种巨大的潜能，实践、尝试会发现，学习、磨砺会提高。比如，一个人的天赋是在弹钢琴上，但是，他从来不去弹钢琴，那么，他又如何能够发现自己的天赋呢？天赋是一个人很好的资源，有了天赋正如顺水行舟。当然，天赋是先天的因素，努力是后天的因素，如果不加努力，也会沦为芸芸众生，平庸之辈。所以，有的人的天赋，也非常需要默默地努力，长时间地打磨。一个人，要想快速获得成功，就需要认清自己的天赋。只有借助天赋的力量，才能走得更快、更轻松。大多数人，之所以平凡，不是因为没有天赋，而是因为不屑于去发掘自己的天赋，导致白白浪费了自己的天赋。这就是一种没有认清自己、挖掘自己所造成的结果，从人生的角度来讲，这可算是一笔非常大的损失。思想与行动要科学合理地结合起来，思想，是用来指导行动的。一个人，如果光行动，却不去思考，那么，他必然要走弯路甚至走到歪路去；但是，一个人如果光思考，却从来不行动，那么，思考就是在浪费时间与精力。

我们最容易掉入一个误区，那就是“等待明天再说、下一次吧、还有机会”来向自己的惰性妥协，这便是在自欺欺人。一个人，最可怕的，不是欺骗别人，而是欺骗自己。所谓“万事开头难”，当我们被惰性所拘束，强迫自己走出第一步时，那么，我们就会更容易走出第二步、第三步了。一个人顶级的智慧，就是能够叫醒自己，不再被外界不利因素所纷扰、所迷惑，也不再被自己所欺骗，活出真实而充满活力的自己。我们都只是一个普通人，永远都不要对自己寄予的希望太高，这种过高的希望往往会给我们的身心带来一种巨大的伤害，我们会借由高目标抑制自我。充分保持觉察的空间，知道高目标是自己，无法达到也是自己，理想和现实之间的距离需要时间去成长和精进，唯有对这些都有深刻的认知和清醒的判断，我们就不会陷入自我批判中。在生命中，我们需要用拉长的维度来看待人生的整个过程，保持一种期待，同时珍惜现在，用持续精进的状态让我们的能量维持积极向上，我们也容易感染他人。

认识自己，认清自己，要懂得自己的两面性，每个人都有优缺点。认识自己，源于看到自己的第一个真相。人生的第一个真相，就是认识自己。这是我们伟大的哲学家苏格拉底所说的，认识你自己，你才不会迷惘，认识你自己，你才懂得尊重自己。事实上，如何认识自己，我们先要从每个人的优缺点说起，每个人都有优缺点，优点和缺点是一个人的一体两面。我们懂得这个事实和真相，你会发现，任何人的性格都是优点和缺点的融合体，人人都是不完美的。所以我们不要认为自己很完美了，当我们想要站在道德的制高点议论别人缺点的时候，你或许需要明白，你其实也不完美。不完美的本质告诉我们，对他人的性格多点宽容和包容，其实也是接纳我们自己的表现，自然我们的人缘和人气也会更好。认识到自己和他人的优缺点，本质上是帮助我们每个人拉到生命的原点去看待生命，上天创造了每个人，每个人都不一样。我们有时在批评别人的时候，大都是拿自己的长处和别人的短处比，所以才会彰显自己的优越感。如果我们懂得众生平等，你或许就会明白，如果我们拿别人的长处和你的短处比，你也无法去逞强。真正的强大来自对生命的无比敬畏。敬畏是打开我们智慧的开端，如果没有敬畏，我们内心就会充满各种各样的傲慢和偏见，甚至误解。这种傲慢和偏见，会影响我们客观地看待别人，看到别人的优点，更会影响我们做出良好的比较、准确的判断。

认识自己，认清自己，要明白每个人都有自己的课题，人生绝对不是一场空行。如果我们想要让自己变得强大，我们还需要明白一个成长的真相，那就是每个人都有自己的课题。人人都有自己的课题，所以面对他人和自己的人生，我们需要明白的是，生活其实是一个考验，人生处处都是道场。我们最重要的人生课题不是修炼别人，而是修炼自己。好的人生是把自己变得更完整、更完美的过程，而不是处处彰显自己的优越感。成年人最大的智慧是懂得生活的不容易，更懂得成长路上需要经历重重考验和磨难，好的人生是带着清醒的智慧活着，不懈追寻人生的意义，而不是带着怨气和各种各样的傲娇活着。持续努力地成长自己，持续努力地绽放自己，持续努力地考验自己，我们才能看到生命的各种可能，更会意识到自己的生命首先是对自己负责。面对人生的课题，我们需要养成良好的心态，不害怕，不逃避，不推卸，而是正确地认识，坦然地应对，我们就会借由这份坦然收获成长的真知。我们懂得人人都有自己的课题，我们或许就会懂得内省自己。不要处处逞强和逞能，无端地高看自己，所有逞能的背后都是体现出自己的优越和浅薄，一旦我们被这种优越感控制，我们就会成为优越的束缚者。好的成长是打破自己的过程，更是看透自己的过程。你傲娇自己的身材，你傲娇自己的学历，你傲娇自己的家世，你傲娇自己的金钱，这些都会无形地绑架你、羁绊你、迟滞你，让你变得清高和自负起来，更无法帮助你和真实的社会连接。只有打破内在的傲娇，我们才能真正对生命平等和一视同仁，这样我们也会跟别人建立真正的连接。真正的美好来自灵魂的魅力，更来自美好心灵的吸引力。学会承担自己的人生课题，有信仰，有追求，有正确的价值观，你就会真正沉下心来，真正做好自己应该做的事情，帮助自己创造一个更为强大的自我。

（六）努力克服缺点

人无完人，这是谁都懂得的道理。追求完美，这是谁都想要的结果。可世界是如此的大，世事那么的复杂，人心又是那么的难测，谁能改变得了呢？

最好的做法和对自己最有益的方法就是认识自己，努力克服自身的一些弱点和缺点。有些时候自己不觉得，却已伤害到了别人，最终也会伤害到自己。有些想法如果是瞬间产生又稍纵即逝，那倒也是人之常情，如果成了一种习惯，那就贻害无穷。

一是克服贪欲。

司马迁《货殖列传》中说："天下熙熙，皆为利来；天下攘攘，皆为利往。"意思是说，天下人为了利益而蜂拥而至，为了利益各奔东西。指普天之下芸芸众生为了各自的利益而奔波。人总是有欲望的，也会自然追求利益。有些人不为高官厚禄所动，不为金钱美色所惑，是因为人格的利益、道德的利益、民族的利益、国家的利益在他心中筑起了一道防护林，贪欲无法侵入。有的人，台上台下不一样，人前人后不一样，说的和做的不一样。只要自身贪欲存在，你就不配正人君子，也就没有资格谈堂堂正正做人。

二是克服嫉妒。

我曾说过这样的话，嫉妒是人最大的软肋，是一种心理病态。还说过，心理健康远远比身体健康更为重要，一个身体硕壮、心理肮脏的人对他人和社会危害更大。社会上流行一句话，羡慕嫉妒恨。事实上是揭露了一种社会现实。盲目攀比之风盛行，导致人性扭曲，道德下滑。同样的荣誉自己得理直气壮，别人得说风凉话，冷嘲热讽。同样的职位，自己得天经地义，别人得评头论足，甚至捕风捉影散布消极言论。同样的话别人说就是不讲素质，自己说就觉得能说会道，是大道理。只要别人一有好事就表现出满脸的不悦，装作看不见听不见，只要别人一有不好的事情，立刻就活跃了起来。

三是克服狭隘。

说穿了这也是一种病态心理。非常见不得别人好，甚至自己已经得到手的东西，非常害怕别人得到，看问题片面，总给别人泼冷水，巴不得别人比自己差，似乎别人都与他一样平庸才心安理得。同样的事情要求别人为他那样做，别人碰到同样的事情就事不关己高高挂起，有时还帮倒忙，同样的事情你的事重要别人的就是闲事，干同样的活你是辛苦别人是清闲，扛同样重的东西你是劳累别人是应该，付出同样的代价你是艰难别人就是免费的午餐，吃同样的饭你胃里难受可以别人难受就是胡说，挣同样的钱，你没钱天经地义，别人没钱就是不会过日子。利益不公是绝对不行的，只要多做一点事就认为是吃了大亏，要求别人是一个标准，要求自己没有标准。总之，不好都是别人的问题，压根就没有反省过自己。

四是克服自大。

自高自大，自吹自擂，自鸣得意，傲慢无礼，自欺欺人，目中无人，恃强凌弱，顾盼自雄，自以为是等，这些都是自己打倒自己的元凶。如果任何一个人有了上述毛病，你已经是自己的阶下囚。别看你一天趾高气扬，坐在前面，走在前面，吃在前面，你的内心永远是蒙尘的，即使你有很好的天赋，也有父母为你积攒的丰厚的物质基础，也抵不过你这些洪水猛兽般的恶习。

（七）养好自己的心灵，别让不良因素打乱了你的生活

心既好理解又难理解。好理解是因为它的客观存在，是人的一个脏器，也是人体器官的中央，有病了就会影响身心的全体，衰竭了就意味着生命的结束。庄严的生命结束都称其为心脏停止了跳动。难理解是因为心带有了思想、意识、思维、意念等抽象的精神因素，摸不着看不见。如那个人心思不好，不安好心，他是真心对你好等。

静心是呵护心灵的首要。静心是心灵平静的一个过程，也是心灵修炼的一个目标。少年时的张狂，青年时的狂妄，是可以理解的，年轻气盛、血气方刚就是一个人那个时段的一个特征。若到了不惑之年还那样，就显然是不成熟的表现。一个成年人真正成熟的标志是什么？事来则静。即便内心波涛汹涌，表面也能云淡风轻，儒雅坦荡，低谷时能调整好自己，保护好自己，高处时，也能坚守好本心，不炫耀显摆。

哲学大师王阳明说:“人须在事上磨,方能立得住;方能静亦定、动亦定。”没有人生来就懂得如何静心,必须要经受住世事的磨炼,根基才能更稳固。当事情超出我们的预期时,先不要慌乱,冷静下来,考虑清楚前因后果,权衡清楚利弊,再采取行动。先处理好自己的心情,才能处理好发生的事情。尤其是超出了我们相反的方向。有时事情的对错不是绝对的,它有客观因素的局限。很多时候,当你遇事越慌乱,就越容易出错,导致满盘皆输。静下来,给自己一个缓冲的时间,理性思考才能找出相对合理的解决办法。即使你的心胸再宽广,不好的事情,不利的事情,难堪的事情,致命的事情,总会刺疼甚至刺伤你的心。不是你不够强大,也不是你承受力太差,是因为美好的心灵敏感度很强,总是容易受伤,就像眼睛里容不得沙子。这时需要你心静,但更需要你强大自己的精神。当你的精神格局足够辽阔,自然就会自动屏蔽低能量的物质,吸引一切光明的人与事进入你的心中,由此你的内心得以光明,思维得以缜密,情绪得以理性,认识得以深刻,决断得以科学。在生活中,你会发现,一个人内心越安静,力量越强大。当一个人内心的杂念和私念越多,往往内在的力量就会薄弱,就像面对强劲的敌手,你的优势兵力不是集中而是分散,就是指挥能力再强也鞭长莫及。

净化内心是呵护心灵的源头活水。在人生成长的路上,我们如果想要变成善良的人、强大的人,首先需要净化自己的内心。一个人的内心越净化,内心越简单,事实上,我们的力量越强大。在成长的路上,你会发现,成熟的人,其实都懂得净化自己的内心。过多的私欲会消耗自身的能量。王阳明心学强调,去私欲,致良知,就是一个让自己变得强大的过程,更能帮助我们做出正确的选择。一个人如果有太多的私心,那你面对的人和事肯定就多,利益的分配不公,就导致矛盾甚至树立对立面,然后每天都对别人处于防御之中,自然内心的力量就会分散,分散了就会削弱很多。如果我们处处防御别人,就无法发展自己。如果我们处处把别人当成对手或敌人,就会变得非常的被动。过多的私欲也会限制我们的格局和眼光,让我们无法拓展自我。真正内心强大的人,是懂得去净化自己的内心,本质上也是看到自我的私欲而克制它。祛除私欲的目的,是为了更好地发展自己,更是为了拓展我们自己的心智路径。我们可以平心静气地学习他人,并且可以将他人的智慧拿来为自己所用。

“如何净化自己内心,学会一个方法,《管子》中说:心为知之宫。——也就说,心,对一个人而言,就是现实中的帝王。我们希望中的帝王是怎样的,或者说,我们推崇什么样的帝王,那么,心,就该怎样。比如帝王得文武全才吧?得智略超群吧?得信息灵通吧?得远离小人吧?得高瞻远瞩吧?那就是我们该怎么对心的要求和期盼。——怎么才能文武全才?那得学啊。那得练啊。那得用啊。用过了才能证明是不是真的。”不要怕自己的才华被埋没,因为只要是花总有开放的一天。当别人埋没你的时候,请你做一颗种子,把埋没在你身上的泥土当作自己成长的肥料,不断地吸收养料,积蓄能力,让自己的梦想生根,让自己的希冀发芽,让自己成长为一棵树——一棵参天大树。现实中有这样一种情况,如果你想独占一切,不留余地给别人,那么你的一切就会被清空;如果你有功却什么都不想要,最后什么都是你的。这个时候你的思想得到了升华,命运也发生了质的飞跃,心灵得到了超强的洗礼。因此也就有了以下的说法,一点也不夸张。心大一切小,心小一切大;心高一切低,心低一切高。心窄一切窄，心宽一切宽；心有一切有，心空一切空；心悟一切悟，心迷一切迷；心安一切安，心乱一切乱；心美一切美，心丑一切丑；心强一切强，心弱一切弱；心动一切动，心静一切静；心康一切康，心病一切病。这是对“心为知之宫”的通俗解释。

顺其自然是呵护心灵的绿地。在生活中，我们只能顺其自然，该来的挡不住，该走的留不住，尝到甜头和吃到苦头，有时是无法选择的。最好法则就是老祖宗留给我们的精神财富:学会顺其自然。学会顺其自然，你就能轻松挫败生活中许多看似无法克服的困难，这是面对生活最艰难的方式。现实中，我们有捞不着的，同样，也会有求不得的，我们努力工作事业毁了，我们对爱情执着到底却崩了。然而，当我们面对无法改变的事情时，不需要太过执着地去争取，而是要有一颗脱胎换骨的心，尽自己最大的努力去做，剩下的就交给命运吧，至少不会因为遗憾而错过更多美好。每天腾出一点时间，与自己安静相处。将所有的精气神凝聚在一起，向内觉察。听身体有节奏地呼吸，感身体各部位能量的运作，念身心一体相合的欢喜。此时，一呼一吸，一开一合，你整体生命的规律运作会更加接近自然界的能量运行频率，从而与环境同类相吸，同频共振，凝聚成你强大的身心能量气场，随时接纳和过滤生活中扑面而来的一切。

信仰是呵护心灵的原动力。做人要有信仰，做事要有信心。信仰是指路明灯，信心是前进动力。打垮自己的，不是别人，而是你自己。不要把一次的失败看成是人生的终审，世上没有一帆风顺的事，只有坚强不倒的信心与毅力。逃是懦弱的，避是消极的，退就显得更加无能。成功的道路靠自己闯，心在哪里，路就在哪里！心有多大，舞台就有多大。的确，逃避终究不是办法，转身也不一定是弱者，面对生活，面对命运，何不怀着一颗出世的心，放下所有的执着、感叹、抱怨和痛苦，让一切在任何时候、任何地方，随遇而安。你最终会发现，这是人生的最高境界，你也终于可以保持内心的平静和轻松。王阳明曾说，世界上一切的战斗都是心战。一个人要想强大，不是外表强大，而是内心强大。内心强大的人，能够稀释一切痛苦和哀愁。

放得下是呵护心灵的灵丹妙药。生命不是一场赛跑，而是一次旅行。比赛在乎终点，而旅行在乎沿途风景，好心情才会有好风景。有些事，轻轻放下，未必不是轻松；有些人，深深记住，未必不是幸福；有些痛，淡淡看开，未必不是历练。坎坷路途，给身边人一份温暖；风雨人生，给自己一个微笑。一切皆是缘，得到的必然失去，失去了依旧有平静的心来承接，那么，人生是美丽的过程！如果一味不放弃，早晚会有失去的时候！不介意花开花落，不计较阴凶险恶，淡然处之，一切泰然自若。

善待身体，光明精神是呵护心灵的本钱。实践证明身体是革命的本钱，也是克敌制胜的基础。越是在艰难的时候，越要规范自己的作息时间，越要好好吃饭、好好睡觉、好好运动，让身体在和谐的开合节奏中凝聚能量，战胜困境。光明精神是说心光明，则一切光明。越是在困苦的时候越要调节好自己的心态，开朗积极的意识状态，可以提升精神免疫力，可以建立起强大的能量场，帮助身心抵御很多外来的干扰与侵袭。精神专注在美好而光明的境界中，自然就会祛除心中的黑暗，将美好而光明的东西吸引过来。

心静是呵护心灵的最高境界。心静是呵护心灵的最高境界，也是最美境界。心静就是心灵所处的最佳状态。《菜根谭》里说："此身常放在闲处，荣辱得失谁能够差遣我；此身常安在静中，是非利害谁能够瞒昧我。"心静了，大千世界在我脚下；心静了，任凭世间风起云涌，一切皆为外物；心静了，宛若那淙淙流淌的小溪，透明而清冽，永远透着一股从容而淡定的气质；心静了，闲看花开花落，云卷云舒……人生，说到底修的便是这一颗心，心若修得圆满，则一切皆为圆满，唯有心静，方能让心圆满，方能成就人生的最高境界。

心静则生智慧。心，只有静，方能在静中思考一切；心，只有静，才能在思考中生出无数种智慧，才能以静制动，以不变应万变，才能做到有所为有所不为。人，总会受到无数因素的干扰，无论是情感上的还是周围的环境，若不能保持心静，只能越来越烦躁不安，若心总在浮躁中沉沉浮浮，乱了思绪，乱了心智，那么能有精力去思考问题，解决问题？

有故事这样讲，有位弟子请教禅师："为什么一休和尚总能在打坐之后，圆满地解决所有的难题？"禅师答道："其实打坐只是一种形式，而真正代表的意思是人需要在心静中，方能思考问题，深入问题，这样就能生出智慧，想通问题症结的所在。"弟子点头道："难怪我总不能解决问题，原来是自己的心不静。"心不静，则乱象丛生，心乱如麻，根本理不清楚问题的头绪，心若静，则思绪清，在千头万绪中找到正确的源头，方能慢慢地寻到问题的症结，从而解决问题。

心静则淡泊。诸葛亮在《诫子书》说："非淡泊无以明志，非宁静无以致远。"深刻反映出诸葛亮对人生的哲理思考，认为一个人须恬淡寡欲方可有明确的志向，须寂寞清静才能达到深远的境界。心若不宁静，欲望则无穷无尽；心若不宁静，人生之旅则是一场追逐名利的匆匆旅程，看不到沿途的风景，享受不了清风徐来的惬意，独剩无穷无尽的欲望折磨。

做人应该淡泊名利，宠辱不惊，而做到这一切，唯有心静。人生若能心静，名利不过缥缈之物，得之不惊，失之不悲，不以物喜不以己悲。心静，才能在静中看淡一切，从纷杂的欲望中跳出来，才会领悟到人生的真谛。

心静则万物美。心静，你的生命必定被涂抹上最美丽的颜色。盛唐诗人常建在他的诗歌《题破山寺后禅院》中表述，“山光悦鸟性，潭影空人心”。意思是说山光的明净使鸟儿欢悦，深潭的倒影使人心中的俗念消除净尽。柳宗元在他的诗歌《江雪》中描述，“孤舟蓑笠翁，独钓寒江雪”。表达出诗人在政治改革失败后虽处境孤独，但顽强不屈、凛然无畏、傲岸清高的精神面貌。其实柳宗元虽说在垂钓，却意不在水中鱼。柳宗元用这种方式，向大自然表达着他的人生价值和理想志趣。这广袤的天地之间，没有了飞鸟和人类，只有独钓的老翁和纷扬的雪花，一时间，柳宗元走进了一幅巨型山水画里。这是将心注入的境界，景中有心，心中有画，在这里所有的景致都宁静成了诗人心中的一汪清泉，诗意水墨，淡泊出诗人的人生追求，在他宁静的心里，不管过去如何翻江倒海，此时却是宁静如水，温润如玉，不动不摇，浮躁的不过是凡尘外物。无论是在生活中，还是事业上，做到心静，则一切都静。心静，则成就一切诗意之美。练太极讲究的便是心静如水，天人合一，只有让自己静下来了，才能融入万物之中，从而发挥出无穷的威力。

学会始终保持乐观的态度是呵护心灵的润滑剂。学会始终乐观，我们才能真正创造好的人生景气。而这个不得不提及的就是觉知。觉知就是一定要记住学会自我监察，要时刻观察自己的内心状态。比如自己生气了，自己愤怒了，我们都需要去觉察，其实觉察就能带来平静的心情和状态。其次，我们需要学会让自己的心情好起来，我们可以有负面情绪，但是不要长久停留在负面情绪中。负面情绪会极大消耗自我的能量，让我们无法拥有好的状态去投入生活。我们要明白，学会保持好心情，某些时候，就是在给我们的身体蓄积能量，我们蓄积能量越高，自然我们遇事会更为从容淡定。保持乐观的心态，还需要我们善于利用外界积极有利的要素，懂得时刻调整自己的频道和周围环境共振，我们就能获得好的运气和好的能量。

吾心安处是吾乡是呵护心灵的沃土。王阳明说，真正内心强大的人，往往能达到一种人生境界，那就是随时随遇而安。他在《啾啾吟》中云，“人生达命自洒落，忧谗避毁徒啾啾”。在他看来，内心强大的人，无论何时何地，遭遇什么样的困境，受到什么样的对待，都能做到心安，不会因为外界的变化而烦扰自己的内心，这无疑是一种极高的人生境界。苏轼在《定风波·南海归赠王定国侍人寓娘》中说“此心安处是吾乡”。意思是让我心安的地方才是我的家乡。全词表达了作者随遇而安的旷达胸怀。苏轼的一生是一本情节曲折的励志书籍，去过人间天堂，也去过荒无人烟的人间地狱。一次次磨砺让苏轼具有了超脱的心态，达到了“此心安处是吾乡”的境界。苏轼的政敌不断地打击他，想让他屈服。绍兴四年的时候，他又被贬谪为琼州别驾。在动身到海南岛之前，苏轼已经交代了后事，他根本就没有想着能够回来。人生已经处在最低谷，但苏轼的心态更加平和了，内心很宁静，敌人越是打击他，他的精神反而更加强大。这是因为苏轼做到了意念内返，精神归位。宦海沉浮，喧嚣红尘，只有意念内返，精神归位，定于中达于外，超越时空的无限变化，就会在世相千变万化中确定地呈现出生命内在的欢喜与富足。精神归位，就是身心合一，就是天人合一。敬畏天道，顶天立地，在宇宙间体会一切无常，放下人我是非烦恼，把意念融合进蓝天里，融合在虚空中，当战胜困难的时候，命运就会对我们露出笑脸，就会收获很多。意念内返就是把自己的心力暂时锁定在内观的精神状态中，也就是在一个能级很高的意识状态中，一瞬间就可能触摸到生命内在的高我，永恒的平和感便油然而生，你会有一种豁然贯通的感觉。再通俗地讲就是内心的强大。具有一颗强大的内心，一个人才能够走得长远，才能够化害为利，才能够勇往直前。相反，当一个人精神外露，去攀附，去比较，去控制，去纠结，去恐惧，去焦虑，去抱怨，灵魂就会流离失所，失去稳定的根基。

要学会接纳自己的负能量是呵护心灵的宽带。如果我们想要让自己内心强大，不要时刻逼自己变得强大，而是时刻接受自己内在的小纠结、小情绪，懂得这些纠结和情绪都是在帮助我们调节自己的身心。没有一个人二十四小时都是充满着完全的喜乐和和平，每个人身上都会有自己的负面情绪，不要在自己有负面情绪的时候，对自己进行攻击，甚至完全否定自己。生活中某些负面的情感体验尽管不那么美好，但对于我们的成长也有意义。例如，羞耻感、焦虑感和挫败感等会给我们带来不舒服、不愉快的负面感受。但是，体验负面感受未必是件坏事，它可以丰富我们的人生阅历，使我们的生命变得更加饱满丰盈。懂得接纳自己的负面情绪，告诉自己这些都会过去，我们就能获得内在力量的持续增长。真正的正能量从来都不是让自己随时保持情绪高涨，真正的正能量是允许自己拥有各种各样的情绪，而且告诉自己，这都是正常的。

当人生遇到坎坷，历经磨难时，我们应该不断为自己鼓掌、鼓劲、鼓励。不为困苦所屈服,不为艰险而低头,不为磨难所吓倒。生活的理想是为了理想的生活,生活的幸福是为了幸福的生活。只有为自己鼓掌,人生之路才会越走越宽广,人生之路才会越走越坦荡。相信自己,幸福的人生之巅一定会有你!

(八)永远不要放弃努力,持续提升自己的修养

永远不要放弃努力,最好给自己动力而不是压力,做最好的自己,而不是非要超越自我,超越他人。凡事尽量靠自己的努力,不被自己打倒就是超越自己,不被别人利用你的善良来欺骗你就是超越别人。有人说要追求卓越,这也是没有错的,把自己的潜能激活,发掘出最大的能量,把自己的能力聚焦,发挥到最好,这对谁而言都是好事。卓越是一种努力的方向和目标,但卓越因人而异,因时而异,因事而异。

《资治通鉴》中说:“才者,德之资也;德者,才之帅也。”一个再有才能的人,如果德行不好,也是走不长远的。好的品德,就是一个人刻在骨子里的教养,是一个人灵魂深处的修养。追求事业是我们努力的方向,提高德行是提升修养的核心。所以,努力与德行是相统一的,一个没有事业心的人就失去了努力的方向,一个不努力的人也就谈不上德行。一个人的德行体现在人生的各个层面,大到服务人民,奉献国家,诠释生命的意义。小到爱护公物,节约一滴水,体现一份爱心良知。在中华民族的文明史上,德永远是光彩照人的,它涵养一个人的精神境界,远离邪恶,上善若水,它也同样积淀和照亮一个民族的灵魂。一个国家的强大体现在物质的极大丰富和国民精神世界的格外高昂。山不厌高,海不厌深,个体的强大填充了集体的强大,集体的强大又促使着个体的强大。这些都要靠长期的坚持和不断的努力。你不努力,谁也给不了你想要的生活，将来的你，一定会感谢现在拼命的自己，余生很贵，请勿浪费，别在吃苦的年纪选择安逸，你若不勇敢，没有人替你坚强。坚强就是我们所能看到的修养的提高。

有些人臣服于失败，有些人屈服于困难，有些人急于求成，有些人陶醉于暂时的成功。其实坚强是一个漫长的历练，水能穿石，靠的不是坚硬，绳锯木断，靠的不是伶牙俐齿，都是坚持，久久为功。越是漫长的坚持，越能带给我们最永久的幸福。一个缺乏耐心的人，永远都不可能成为一名强者。要想出人头地，有所成就，就必须忍住那些扎在心头的芒刺，将其化为前进的动力。忍字不是心头的那把刀，而是刀下那颗耐心。忍住一时之气，苦撑到明天，方能博得成功。要记住，生活不相信眼泪，忍住泪水，将其酿成幸福的美酒和自身成长的养分。当你把自己对生命的理解和对他人的敬虔之心投入的时候，往往你就会拥有无限的勇气，你更能摆脱个人的小情绪，而专注自我的成长。好的生命都是需要用来锤炼与自我持续成长的，将心注入就是这样的过程。当你修养提升到一定高度，你的认识也随之提高，不再只是用简单的失败和成功来衡量自己，而是持续奋斗，持续努力，持续用心地创造属于自己的机会，生命的潜能就会被持续激活。

幸福的家庭都是一样的，不幸的家庭却各有各的不幸，成功的道路千万条，殊途却同归，失败的因素千万种，但结局各有千秋。你无须告诉每个人，那一个个艰难的日子是如何熬过来的。大多数人都是看你飞得高不高，而不在意你飞得累不累，所以，做该做的事，走该走的路，不退缩，不动摇。无论多难，也要对自己说：再坚持一下，希望就在前方，也别辜负了自己曾经经历的一切。在人生的道路上，与志同道合者联袂同行，携手共进，荣辱与共，也是一种修养。永远不要让自己陷入孤立无援的状态，在人生艰难的过程中，我们需要相信，学会坚持是一种连接他人的过程，团结他人的过程，也是让自己获得更多能量的过程。好的坚持是一种和万事万物连接的过程，我们的德行就撒播在追赶的道路上，我们的修养就写在坚持的土壤里。

(九)不要拒绝苦难和挫折

人生不如意常八九。这是好多人都熟悉的一句话。

每个人的人生都不会四平八稳，上天会给你各种各样的考验，失败、挫折、苦难等，借此让你坚强意志，呈现潜能，加速飞跃。面对苦难的态度，决定了你人生的高度。苦难是人生的基本特征。有一个苦难守恒定律是这样说的：每一个人一辈子吃苦的总量是恒定的，它既不会凭空消失，也不会无故产生，它只会从一个阶段转移到另一个阶段，或者从一种形式转化成另外一种形式。反言之，一个人享受的总量也是恒定的。孟子曰："天将降大任于斯人也，必先苦其心志，劳其筋骨，饿其体肤，空乏其身，行拂乱其所为，所以动心忍性，曾益其所不能。"苦难，是人生的必修课，也是生命给予的最好礼物。人的生命似洪水在奔流，不遇着岛屿、暗礁，难以激起动人的浪花。巴尔扎克说过："世界上的事情永远不是绝对的，结果完全因人而异。苦难对于天才是一块垫脚石，对于能干的人是一笔财富，对于弱者是个万丈深渊。"也还有人说："任何一个卓越的人，都有一段艰难的遭遇以及百折不挠的奋斗历史。"

回首往事，那些生命闪光的部分，常常是低谷期造就的。

我们看一则小故事，它同样对我们有启发。三只青蛙一同掉进了一个盛满鲜奶的木桶里。第一只青蛙想，这是上帝的旨意。于是它干脆闭上眼睛，缩起后腿，一动不动，结果它被窒息而死。第二只青蛙想，我根本没有机会出去，桶是那么结实，无论怎样去努力都无济于事，还不如认命吧。于是它也死掉了。第三只青蛙想，我为什么不试试呢？只要我的腿上还有些力气，我就一定要把头伸到上面。于是它游啊游，游啊游，后来它的腿忽然碰到一些硬硬的东西，于是试着踩了上去，最后用力一跃，结果一下子跳出了木桶。原来，在它不停游动的过程中，鲜奶被搅拌成了奶酪，它因此免遭这场劫难。三只青蛙的故事告诉我们，逆境虽不可改变，但人们可以改变自己，永远别放弃，要勇于一试。

写这篇文章，就是明确地告诫自己挫折并不可怕，痛苦、挫折与成长相伴，是不可避免的。人生本来就不是一场物质的盛宴，而是一场精神的修炼。人总是在遭遇一次次重创之后才会幡然醒悟，重新认识自己的坚强和隐忍。所以，无论你正在遭遇什么磨难，都不要一味抱怨上苍不公平，甚至从此一蹶不振，人生没有过不去的坎，只有过不去的人。因此，当我们身处逆境中要处逆不惊，处逆不惧，处逆不倒，以积极进取的态度面对人生，敢于向命运宣战，敢于向自身的贪图安逸思想开刀，敢于在并不平坦的人生道路上勇往直前，从一重重的逆境中冲杀出来。让“不经一番寒彻骨，怎得梅花扑鼻香”成为我们的座右铭。让厄运在你的不屈和无畏的精神下战栗。

（十）学会换位思考

换位思考实际上是一种处世哲学，为人之道，做人之法，做事之规。就是凡事体谅，常怀慈悲，将心比心。换位思考体现在工作生活的方方面面，理解运用得好，少一份烦恼，多一份快乐。换位思考多出现在人与人的交往中，对待事情尽量做到理性、实事、公正，好事情多思考别人的因素，坏事情多考虑自己的因素。俗话说，好事不说跑不掉，坏事不说不得了。真正优秀的人，都懂得遇事不责备于人，不打击人。而有些人在遇到事情之后，经常无意识地抱怨，首先想的是推卸自己的责任，开脱自己，当成为一种习惯的时候连自己都无法察觉。泰戈尔说过："不要因为你自己没有胃口而去责备你的食物。""以责人之心责己，以恕己之心恕人。"这是明智的选择，也是一个人自省的反映。一个心智真正成熟的人，明白毫无责任之心地怨怪别人是没有意义的，凡事先从自己身上找原因，避免同类型的问题再次发生，才是有担当、有责任的表现。遇事不责备家人，才能家庭和睦；不责备朋友，才能友谊长存；不责备伴侣，才能相濡以沫；不责备服务人员，他才能主动更好地服务。遇事不责备，每日能反省，有错及时纠正，才是一个人最高级的修养。

一个懂得换位思考的人，心里不仅仅想的是自己，应该还装着别人。利己主义只能满足个人一时的需求，利他主义惠及的却是一片。真正善良的人，心里总是装着别人。人活于世，没有人是一座孤岛，人与人之间最深度的联结，无非是试着换位，将别人放在心上。

晚清商人胡雪岩有个著名的撑伞理论："常为他人撑伞，日后别人也会为你撑伞。"在一篇文章中，别人把这句话又衍生成这样：只有在下雨的日子里，你不断地为他人递伞，日后，在淋雨的时候才会有人为你打伞。这很显然，别人为你撑伞是因为曾经的付出。天下没有无缘无故的爱，也没有无缘无故的恨。你这时付出了，也许在有生之年你都看不到回报，总有一天回报还是与你有关。"这世间心存良善之人，会因为自己出身卑微，而对别人多一份体恤；因为自己经历过被大雨浇透的狼狈，所以不忍心看到别人被雨淋湿。”生活中那些曾跌落过深深谷底的人，遭受过莫大屈辱的人，反而对人世存有一份悲悯之心，忧患之心，责任之心。自己趟过污浊泥泞，却依旧对他人施以援手，才是世间最高级的善良。康德（德国著名哲学家，古典哲学创始人，其学说深深影响近代西方哲学，并开启了德国唯心主义和康德主义等诸多流派）曾说：“我尊敬任何一个独立的灵魂，虽然有些我并不认可，但我可以尽可能去理解。”与人相处的最佳思维理念和最高智慧，是学会换到别人的立场上和处境中去考虑问题，这样诸多问题便会迎刃而解。

（十一）培养自身的自愈能力

大自然有自我修复的功能。动物界除人类之外，成万上亿种的动物，除了少量家养的以外，它们没有医院，没有药物，有些人类都不能靠近，有些偶尔或意外跃入人类的视野。它们的生存和繁衍完全靠自己。按照生物链的原理推测，每种动物都有天敌，它们自生自灭。它们有它们的家园，它们有它们的自由，它们有它们的快乐，它们的世界也精彩纷呈，它们的生活也阳光灿烂，它们的未来也充满希望。它们给地球家园带来了无限生机，是人类的伙伴和战友。实际上，它们曾给人类以巨大帮助和无穷启发，人类有保护它们的责任。很喜欢一段话：“信仰不是神，它从来不拯救谁。而是你选择什么样的信仰，拯救自己。拯救，都是自己的事。”无论你是深陷不幸的违法乱纪中难以抽身，还是囿于生活的鸡毛蒜皮里反复崩溃；无论是无意中自找的麻烦，还是他人给你带来的不悦；无论是身体上遭受的摧残，还是精神上受到的伤害，最终，能治愈你的，只有你自己。

人这一生，迷茫是常态，不如意亦常态。学会以常态之心对待人和事，不要怨天尤人，不要苛求自己，知彼解己，梳理自己身上的坏习惯，对症下药，寻找合适的方法逐一修正。有时候伤害自己的并不是别人，恰恰是自己，要么自寻烦恼，要么自己没有筑起或筑牢坏事、烦事侵蚀你的防火墙。学会放过自己也并非坏事或放弃，有时的放弃是以退为进，以静制动，是为了更好的进。凡事不要勉强，更不可强求。学会接受自己也有做不到的事情的事实，所定的目标在现实的范围内，在自己的能力范围内，如果搭上几层梯子都还够不到，那你宁可不制定，等待就是最好的抉择。学会开心地接纳不完美但是努力生活的自己，让自己任何时候都处在现实的世界里，活在自己的世界里，不要为自己去找任何止步和开脱的理由，自暴自弃，自怨自艾，才能在任何的风雨侵袭面前，不倒下、不消亡。学会承受一些负面感受，善于将负面情感转变为成长的助力，可以让我们从中获得美好的情感体验，不断成长。学会做事抓住核心，要事第一，分清影响你成长和正常生活的主次的陋习，按照影响程度依次来改变。懂得精诚所至，金石为开的道理，绝不能任由自己在生活的刁难里陷落，也不要自欺欺人，那样只会跌入更深的谷底不能自拔。学会统合综效，虚心听取别人的意见，兼容不同的观点，就能自我反省、自我检查，从而纠正陋习，弥补不足。学会把快乐演化成一种习惯，有些人什么都不缺，就是不快乐；而有些人什么都没有，但却很快乐。他们的差别就在于是否把快乐当成一种习惯。一个富翁可能整天忧心忡忡，而一个穷人可能每天都心情舒畅；一个身体健全的人可能很悲观，而一个残疾人可能坦然乐观；一个处境顺利的人可能愁眉不展，一个身处逆境的人可能面带微笑。这些都是习惯带给他们的不同的人生境地。学会对生活微笑，不管你的生活有多么糟糕，都要记得微笑；不管你受了多少伤痛，都不要绝望；不管你的内心有多迷茫，都要记得你的梦想。有了梦想，灵魂就不会四处游荡；有了梦想，生活就有希望；有了梦想，每个平凡的日子都会变得闪亮。学会反省。人生没有反省，就不可能有真正意义上的进步。特别是遭遇了困难与挫折，更要认真细化，深刻检视自己的思维、言行，从中发现意识的漏洞以及不良的习惯，防止再犯同样的错误。学会觉悟使命，人落魄时，经历人情冷暖，很容易看清生活的真相。这个时候，恰恰是人最容易开悟的良机，要学会大胆舍弃，该扔的扔，该放下的放下，把自己的意念集中到人生使命上，全力以赴去做最有价值与意义的事。学会遏制和切除嫉妒、攀比的毒瘤，在力所能及的范围内做得更好。有人说在现实生活中，当你强对方很多的时候，对方会羡慕你，你强对方一点点的时候，对方一定会忌妒你。离你远的人羡慕你，离你近的人则会忌妒你。所以“远交近攻”这个战略对于我们个人而言也是适用的。学会培养出自己的底气，最重要的是让自己在某个方面有价值。人的自信来自被需要的价值。人与人的价值是不同的，真正的自信来自我们内在的底气，更来自我们找到自己的意义所在。

阿德勒（阿尔弗雷德·阿德勒，奥地利精神病学家，人本主义心理学先驱，个体心理学的创始人）曾说，每个人都是社会属性的，每个人必须让自己回归到社会中去，才能找到自我的价值。他认为人的幸福感更多来自我们在社会群体中找到自己的归属感（归属感或称隶属感，指个人、自己感觉被别人或被团体认可与接纳时的一种感受）。而社会的归属感，从某种意义上体现了我们个人的价值。如果你在某个领域有所专长，对社会又多奉献，需要你的人更多，你的幸福感就越强。真正意义上的幸福不是让自己不断索取,也不是为了证明自己有多么优秀。真正的自信并不是以你赚了多少钱来衡量的,真正的自信来自你对自己价值的肯定,对自己专业的肯定,对自己所做奉献的肯定,当你能够做好这些事情的时候,你的自信会更有认同感,也不轻易被人击败与击溃。我们要想让自己变得越来越自信,最重要的是去不断尝试,找到自己认为有意义的事情,并把它做好,这才是我们培养自己最好的方法。

古人说:"向内求一寸,多一寸的智慧。向外取一尺,多一尺的烦恼。"这告诉我们,改变他人不如改变自己。是你去适应社会,不是社会来适应你。人最大的幸福,不在外求,而在内寻。内心的强大才是真正的强大,内心的喜悦才是最大的快乐。一个人最容易受伤害的无外乎以下几点:语言的伤害,生活习惯的伤害,人生追求的伤害,分配的伤害。

沟通不在一个频率上,不如少言沉默,做好自己的事就好。生活习惯不相融,那就随他们去吧,凭什么要求别人迎合自己呢?人生追求有差别,那就抱个"世界是自己的,与他人无关"的态度。分配不公,利益不均,苦乐不匀,也别想那么复杂,低头是一种能力,它不是自卑,也不是怯弱,它是清醒中的嬗变。有时,该低头的时候稍微低一下头,或许我们的人生之路会更精彩。每天多一点努力,不为别的,只为日后能选择一种自己喜欢的活法。如果你的确已经用力了、尽心了,何必还去耿耿于怀,闷闷不乐。人生本就不会事事如意、样样随心,学会宽慰自己,懂得安慰自己。人生难料,难料人生。生活像一道菜,苦辣酸甜咸俱有。人生又是一场戏,生旦净末丑皆全。红尘过往,没有人握得住地久天长,人生之事岂能尽如我意。其实,有时候没心没肺地活着,似懂非懂地看着，糊里糊涂地过着，半睡半睁地眯着，也挺好！与其把所有的精力用在想着如何改变别人身上，不如考虑如何让自己过得更舒心、更自在。

那么怎样才能让自己过得更舒心呢？哭笑皆由人，悲喜自己定。但“定”一定要有原则：做人道德第一，做事原则第一，工作规矩第一，为人诚信第一，合作真诚第一，对人尊重第一，矛盾化解第一，进步学习第一，学习刻苦第一，成功谦虚第一，失败振作第一，身体自爱第一，心灵呵护第一，相处理解第一，做饭质量第一，家务细致第一，卫生爱护第一，衣服整洁第一，心态健康第一，情绪稳定第一，成长阳光第一，生活快乐第一，人生进步第一。

不要奢望过高，不要期待过多。很多人为工作和学习忧虑，为没有地位、没有权力、没有财富忧虑，所以就认为没有什么值得开心的事情，这可是大错特错。大道不从外得，万物皆备于我。当你的内心世界变得足够丰盈，就会明白“凡事求人不如立己”的道理。把对外的希冀，变成丰满自己羽翼的因素和理由，长出属于自己的铠甲。当你既能一路过五关斩六将，自在自由，游刃有余，又能在生活的巨浪打来时，遮风避雨，又何惧人生的多舛善变、翻脸无情呢？

然而在现实生活中，人生岂能处处是阳光，身边岂能时时有花香。若想过得幸福、快乐，就得消除心理的种种疾病。良药妙方只有一个：时刻保持淡泊、良好、积极、快乐、健康的心态！正如亚伯拉罕·林肯所说：“只要心里想着快乐，绝大部分人都能如愿以偿。”人生是一种艺术，是一种夹杂着喜、怒、哀、乐的舞台表演。每个人在自己的人生大舞台上是悲观还是乐观，又想扮演什么角色，完全由自己决定。你选择了什么样的角色，便会拥有什么样的生活。生活并没有拖欠任何人任何东西，所以你完全没有必要整天愁眉苦脸，而应该对生活充满感激。当然我们并不总是被动地接受外部环境的影响，也可以用自己的热情和激情、行动来影响环境。放不住的，只能遗弃；盼不来的，只能放弃；留不住的，只能终止。人生，就是这样，选择不易，放弃艰难。人生之苦，苦在选择，人生之难，难在放弃。人生，说到底，就是选择与放弃。当困难来临，不“等、靠、要”，积极与困难正面对峙，把自己逼近极限，付出比别人更多的努力，这样“非要不可”的状态就会激发出巨大的身心潜能。同质相吸，同频共振。信念与斗志就是强大的能量磁场，当你开始“自救”时，你强烈的信念与坚定的信心就会吸引来那些助你成事的资源，此所谓“自助者天助”也。水到绝处是风景，人到绝处是重生。稻盛和夫说，人生不是一场物质的盛宴，而是一场精神的修炼。而那些所谓的挫折失败，都是上天有意安排来磨炼心性，提升自己灵魂亮度的因素。这就是我们要懂得感激生活的理由。

（十二）做人要有底线

人生在世，有两大主题，一是做人，二是做事。有底线就有高度。人们通常把人生的高度称为境界，因此就有境界无上限，道德有底线的说法。其实，科学和辩证地思考，道德的高度也是有限度的。《礼记·大学》中就讲“大学之道，在明明德，在亲民，在止于至善”。意思是说《大学》的主旨在于使人的美德得以彰显，在于鼓励天下的人革除自己身上的陋习，在于使人们达到完美的境界。“止于至善”确切地说，“止”达到，“至”最、极，“善”完美。就是做事要有知耻之心，在达到至善之前便停止。因为世间善恶本是一念之差，至善已经是善的边缘，再向前一步就是恶了。再通俗一点就是见好就收。要想安身立命做自己，就必须坚守心灵的底线，懂得适可而止。

人无德不立。一个人的道德成长在于弘扬高尚的德行，在于关爱他人，在于明大德、守公德、严私德，在于不断追求更高的道德境界。“止于至善”是一种“虽不能至，然心向往之”的实践过程，是一种向往美好、永不言弃的精神状态。每个人都可以从点滴小事做起。“勿以恶小而为之，勿以善小而不为。”积少成多，积善成德。无论境界、底线，还是做人、做事无不与道德有关联。做人做事要有起码的原则，违背了原则就是逾越了做人的底线。

境界不一定人人都能达到，底线却不能旦夕缺失。因为底线是基础，是根本，是不能再退的最后一道防线。人生在世，需要底线。底线是为人处世的核心。

一个人首要的是坚守道德的底线。除此还要坚守以下底线。

一是做人讲良心。

讲良心就是遵从本心，坚守自我。霍桑(19世纪前半期美国最伟大的小说家)说：“纯洁的良心比任何东西都可贵。”而在这个快节奏的时代，越来越多的人为获取更大的利益投机取巧，抛弃自我，让自己的底线一降再降。要知道，河水到了一定深度，水面才能行驶船只，否则终会搁浅于沙滩。实际上这也属于道德范畴，只是在这里把它单独列出，因为良心涉及的面很广，也是一个人最起码要做到的。如果不讲良心，说明你已发生了质的变化，心思坏到了极点，其他底线也就无从谈起。

二是做事“行己有耻”。

孔子说：“行己有耻。”意思是说，一个人行事，凡自己认为可耻的就不去做。朱熹说：“人有耻，则能有所不为。”我们要知廉耻，懂荣辱；有所为，有所不为。“行己有耻”需要我们有知耻之心，不断提高辨别“耻”的能力。孟子说：“羞恶之心，义之端也。”“羞恶之心”引导我们判断是非善恶，明确行为选择的理由。它像威严的法官，端坐内心法庭。在行动之前，审查愿望；在行动之中，监督调解；在行动之后，反思效果与影响。“行己有耻”意味着我们能真诚面对自我，闻过即改，知耻而后勇。“行己有耻”要求我们树立底线意识，触碰道德底线的事情不做，违反法律的事情坚决不做。唯有守好初心、不丢底线，日子才会踏实可爱，自己才能幸福心安。

三是时间再久也不忘恩情，知恩图报。

做人，贵在有一颗感恩的心。生活时，不忘生你养你的人；工作时，不忘给你搭建平台，提供条件的党和政府；落魄时，不忘雪中送炭的人；失意时，不忘贴心陪伴的人；成功时，不忘一路指引的人。人这一辈子，再久都不能忘了曾经的恩情。滴水之恩，定当涌泉相报；他人恩惠，必然永记心间。这是一个人做人的最基本原则，更是为人处世之道。懂得知恩图报，人生才会收获幸福。如果一个人连感恩的心都没有，路只会越走越窄。

四是再穷不能丢骨气。

骨气是一个人的骨骼，丢了骨便没了形。骨气，是人格的硬度。做人，应以志气为先，如果守不住，便如那路边野草一般，没有骨气、随风飘摇。但若守住了，就有一种气势，腐蚀近不了身、诱惑入不了心。人有志，竹有节。生而为人，再落魄，都不能丢了自身的志气与骨气。正所谓“富贵不能淫，贫贱不能移，威武不能屈”。做人，凭的就是一身骨气。自己不卑不亢，别人才不会看轻，这是原则，更是底气。自古至今，不论哪个民族对投敌叛国者，辱没民族者，迫害忠良者，伤害无辜者无不恨之入骨。

五是再累不能耍心机。

现实生活中有一些投机取巧之人，他们明面上埋头苦干，背地里却敷衍了事，因为害怕吃苦，总想着走捷径，觉得自己可以靠运气、靠耍小聪明获得成功。殊不知，小胜靠智，大胜靠德。人生一分耕耘，一分收获，容不得半点虚假。不然不仅没有得到想要的，还会失去原本拥有的。做人，只有守住底线，踏实做人、勤勉做事，才是真正的明智之举。不驰于空想，不骛于虚声，则真理可明、功业可就。

六是再难不能坑朋友。

俗话说，多一个朋友多一条路，多一个冤家多一堵墙。朋友是你人生路上的拐杖，朋友是你人生河流的一根桨。人生在世，很多东西都不必计较，但诚信绝不可无。一个人，只有守住诚信的底线，才能守住做人的根本，也才能堂堂正正立于天地之间。讲诚信的人，不会背弃别人，在他们心中，良心比金贵，人品重如山。而没底线之人，则恰恰相反。只要利于自己，他们可以背叛任何人，哪怕是最好的朋友，都可以肆意伤害。

就像一则寓言故事里讲的那样：驴子与狐狸本是亲密好友，它们商量着一起去打猎。谁知途中遇到了老虎，狐狸见大事不妙，立即跑到老虎面前，许诺把驴子献给它，只求让自己免于危险，老虎答应了。于是狐狸便引诱自己的朋友掉进了一个陷阱里。此时，老虎见驴子已经是囊中之物，扭头便把狐狸抓住吃了。机关算尽太聪明，反误了卿卿性命。由此可见，很多时候，算计朋友其实也是在摧毁自己的后路，伤害朋友就等于是在刁难自己。与其为一时之利而苦思心计，不如凭一颗真诚之心处世，与人为善，认真做事，为自己累积一个好口碑。

七是再强也不能狂妄。

《曾国藩家书》中有一句话引人深思："家败离不得个奢字，人败离不得个逸字，讨人嫌离不得个骄字。"人有多谦卑，就有多高贵；人有多狂妄，就有多庸俗；人有多骄傲，就有多愚昧。田野里，饱满的谷穗总是低着头。小溪流水总是淙淙作响，大海深奥一贯默不作声。

八是再气也要有全局意识。

有些人只考虑自己的小圈子，意识里只有自己，总嫌别人不好，话里带刺，笑里藏刀，颐指气使，搞得自己不顺心他人也不愉快。个人也好，自己活动的范围也罢，事情总有个先来后到，轻重缓急，要是凡事都不顾及他人感受，我行我素，那只能是外耗钱财，内耗心血，最终鸡犬不宁，日子尘土飞扬，室内外充满了污浊的空气。

九是再坏也不能丧失人性。

有些人不择手段，无所不用其极，乘人之危，釜底抽薪，落井下石，伤口上撒盐，把自己的所得建立在他人的痛苦之上，十足的兽性。

十是再随意也积点口德，为自己留条后路。

有的人看到片面，就妄下结论，用三言两语就定义一个人。把别人的缺点无限放大，甚至以好心提醒之名，肆意在背后说别人的坏话。却不知，人无完人。很多我们认为好的品质，只能用来约束自己，不可用来绑架别人。走好自己的路，不对别人的世界评头论足，是一种莫大的尊重。

十一是再无助也要坚守生命底线。

生命不仅仅是属于你自己的，还是属于每一个爱你的人的。生命是至高无上的，所以任何时候都不能放弃你的生命本源。西湖大学校长施一公教授说过:“人的生命就一次,我们如果不把生命的意义体验到极致,我们枉来这人世间。”我们尊重生命,体验人生,同时也赋予生命更深的意义。

(十三)学会说话、什么时候说话,学会随和,闲事不过多争辩,凡事不过分纠缠

这里说的问题都与说话有关。

有人曾经这样说,人用两岁来学习语言,却要用一生学习说话的艺术。这说明说话的方式极其重要。从生理科学上讲,人从婴幼儿开始就学习语言,正常儿童语言的发育经过发音、理解和表达三个过程,三方面内容一环紧扣一环,具体又可分为六个阶段。一岁前是预备期,是咿呀学语和初步理解阶段,故又称“先声期”。循序渐进,三到六岁是完备期,说话流利,会用一切词类并能从成人的言谈中发现语法关系,修正自己暂时性的语法错误,逐渐形成真正的语言。在这里,我们主要讲的是说话的艺术,同样的事情,有的人说,听着就不舒服,就激化矛盾;有的人说,就听得乐意。现实中,语言是最为直接、最为重要的交流方式,因此学会表达就很重要。现实中,意见不一致,发生争执或一点小摩擦也实属正常。但常常争执就不是什么好事了,一个人什么事都与他人争执也绝非什么优点。无论所争执的事是大是小,既有争执和意见,心里就不会舒服,无论自己是胜是败,精神上总难免受到相当的损失。

为人处事,该说则说,该什么时候说就什么时候说。自己是什么身份,该说什么话,不该说什么话,一定要弄清楚。有时候,让你闭嘴的不是道理问题,而是你的身份问题。知而不言就是说话的艺术体现之一。有时候不言是一种低调。层次越高的人,越是奉行低调谦恭的处世哲学,不多言自己取得的成绩。即便是成就斐然,也依旧虚怀若谷。反之,喋喋不休,夸夸其谈地炫耀,并不能得到别人的尊重和羡慕,只能招来别人的反感。虚荣心和炫耀欲是人生的两个软肋,只有守住一颗谦卑心,方能行高致远。有时候不言是一种尊重。有的人自作聪明,认为自己什么都看得清,辨得明,主观臆断,有意推卸责任,有意抬高自己。有时不言,是对事态分寸的准确拿捏。对别人寻根究底,不留一丝空间与体面,只会让人觉得难堪,最终落得损人而不利己的结局。生活中,很多事情之所以复杂,是因为说得太开。有的时候实际上就是主观臆断,妄加评论。有句谚语说,带东西带少,带话带多。多亲密的人,都应该留有空隙,让彼此能够有氧呼吸,再好的关系,都应该保有距离,让彼此看到对方不足的时候也同时看到美。知而不言,言而有时,永远比夸夸其谈更彰显智慧。

为人处事,求同存异,随和相行。随和不是无原则无主见,更不是随大流。恰恰是一种高级的智慧,是一种被低估的修养。因为只有心静才能达到随和。随和的人,言语眉间尽显温柔。“宠辱不惊,看庭前花开花落;去留无意,望天上云卷云舒。”生活中没有那么多大是大非,一般而言,多数人赞同的就是对的,不要给人家添堵,也不要标新立异,更不要上纲上线。俗话说,温文尔雅,淑人君子;逸群之才(拥有超过众人的才能,出自《中论·虚道》),玉树临风(形容人像玉树一样潇洒,秀美多姿,多指男子),随和的人,言语举止温和文雅。他们不以自我为中心,不固执己见,不斤斤计较,即便是原则问题,也是平等地和人家交换意见,不闹意气,不存成见,不抓小辫子,不得理不饶人,不居高临下,不用蛮横的态度强人所难,更不拿权力压人,拿势力唬人。君子如玉,随和的人就好像一块温润的美玉，也许貌不惊人，也许才不出众，却在无形中有着一股别样的魅力，让人想要与之接近，放下心防，即使没有实际生活中的互动，也会在精神上进行交流。

为人处事，多做事，少争辩，才是最高级的活法。不要拿一些无聊的事情争辩，既浪费时间也自讨无趣。真正的有理无须争辩，让时间和实践去验证。不争辩，是一种高级的智慧。《增广贤文》云："常与同好争长短，不与傻瓜论短长。"意思是说，可以经常与志同道合的人争论彼此的见解，但不要与愚蠢的人斤斤计较，否则得不偿失。与志同道合者的争论实际上是讨论和交流。虽然说道理越辩越明，但和不同层次的人是没法交流的。有一则故事这样讲，峨眉山上住着一位得道高僧，已经活了一百岁了。有人远道而来，向他请教快乐的秘诀。高僧平静地说："永远不要和愚者争论。"那人似乎对这个答案并不满意，于是说："大师，我不太同意你说的这一点就是秘诀。"高僧笑呵呵地说："是的，你说得很对！"井蛙不可语海，夏虫不可语冰就是这个道理。

为人处事，有时不解释，是一种成熟的表现，有的人却觉得因为是理亏了无法再说什么。其实并非如此，这要看事情的本身。《诗经》有云："知我者谓我心忧，不知我者谓我何求。"懂你的人不用解释，不懂你的人不必解释，生活本就不易，人心本就难测，社会本就复杂，不必渴求别人的理解和认同，更不能无原则地苟同讨好对方。别人想什么，我们控制不了，别人做什么，我们强求不了，别人说什么，我们也阻止不了。如果在单位，"好心"的领导认为你在讲道理，心急的领导就认为你在狡辩。我们唯一可以做的，便是尽心尽力做好自己的事，走好自己的路，按自己的原则，在不"祸及"他人的前提下静静地过好自己的生活。懂你的人不言而喻，不懂你的人越辩越糟，连喝水都觉得塞牙缝。鲁迅先生说过："人的悲欢并不相通，我是觉得他们吵闹。"有时候，做人做事不解释，矛盾反而会更少，生活反而会过得更好。

为人处世，凡事不过分纠缠是一种豁达。一个人，不管什么时候不纠缠自己糟糕的际遇，都是一种人生的大智慧。不仅不纠缠，还要想得开，放得下。唐代文学家刘禹锡一生被贬数次，可谓是几起几落，但是即便如此也没有让他沉沦萎靡。并且还写下了《陋室铭》："山不在高，有仙则名。水不在深，有龙则灵。斯是陋室，惟吾德馨。"最能代表他心境的还是《酬乐天扬州初逢席上见赠》中"沉舟侧畔千帆过，病树前头万木春"名句。白居易的《醉赠　刘二十八使君》诗中有"举眼风光长寂寞，满朝官职独蹉跎"这样两句，意思是说同辈的人都升迁了，只有你在荒凉的地方寂寞地虚度了年华，颇为刘禹锡抱不平。对此，刘禹锡在《酬乐天　扬州初逢席上见赠》诗中写了那样的诗句。刘禹锡以沉舟、病树比喻自己，固然感到惆怅，却又相当达观。沉舟侧畔，有千帆竞发；病树前头，正万木皆春。他从白诗中翻出这两句，反而劝慰白居易不必为自己的寂寞、蹉跎而忧伤，对世事的变迁和仕宦的升沉，表现出豁达的襟怀。其实，这恰恰是刘禹锡"不纠缠"的人生智慧。毕竟事已至此，不管如何苦恼也无济于事，如何冥思苦想也不能马上改变当下，不如拥有一份好心境善待自己才是正道。只有不纠缠，才能让自己拥有"既来之，则安之"的心境；只有不纠缠，也才能让自己摆脱往事的束缚与桎梏。文天祥在元朝廷许以高官厚禄之后不为所动，宁死不屈，写下了万古流芳的《正气歌》。他被押到刑场后，面南而拜，慷慨赴义，年仅四十七岁。在自己人生低谷之时，还能保持这份悠然心境，以及让人艳羡钦佩的洒脱真是非常难得。

他兵败被俘后写下的“人生自古谁无死，留取丹心照汗青”的千古名句更是激励了无数仁人志士，实际上也启发了我们。

毕竟，你苦苦纠缠过去，会让自己看什么都不顺眼；你苦苦纠缠命运的不公，反而会让自己内心越发悲苦与凄凉。说实话，并不是昔日的往事跟你过不去，而是你放不下过去，与自己过不去，让不愉快的事装满了你的心，怎么能看到生活美好的一面？给心留一点空间，让它蠕动起来，让它活动起来，让它活跃起来，面对人世间所遭遇的一切。

人生很短，一个转身就到了暮年，不要把时间和精力浪费在无意义的事情上面。

（十四）过简单的生活，活普通的自己

心简单了，世界也就简单了，生活自然就简单了。人生之旅或阴或晴，避免不了风雨兼程。我们时常会感觉心累，只是自己想得太多。我们总说生活烦琐，其实是自己不懂得品味。我们总是争强好胜，其实是自己虚荣心太强。有些人做梦都想钱，有的人把权力看得比生命还重要，有些人热衷于拉关系，有些人习惯于耍手腕。简单是自己选择的，普通也是自己定位的，尽管有时有外界因素的影响。贫穷不是罪，心穷才是原罪！逆境不可怕，不敢面对，不懂应对，才是真正可怕！

正常的生活其实就是一个成长的过程。真正的成长是净化自己的过程，净化的本质是去除更多的私欲，懂得厚德载物。当你所做的事情能够给更多的人带来价值，自然你的功德不可没，而你也能够实现自己的人生价值。学会利他，是从生命的角度看到自我的人生和他人的人生其实是一体的，你或许才会懂得，好的人生是站在生命的更高级去实现自我人生的统一。在现实生活中，大家永远都只愿意和强者合作，所以有人说在做事的时候一定要高调，只有高调才能吸引更多的资源。所谓“人之道，损不足而奉有余”，你越弱别人越远离你；你越强别人越愿意把资源交给你，所以做事一定得高调。但我的原则却是做人低调，做事认真，简单生活。

敬畏生命，敬畏自然，遵照自然规律生活，生活既简且顺。

生命和生活是不能分离的，生命从本质上讲就是一种有节奏的能量振动。节奏和谐，则生命充满生机，能量聚集。节奏失衡，则生命陷于混乱，能量耗散。人的日常行为若失去节奏感，思维便容易失常。经常违背人体的生物节律，则新陈代谢混乱，身体便容易生病。如果一个人知道了自己生命的节奏，就掌握了生命的运程。

一个人要想命运顺畅，首先就要把握人生的节奏，起承转合，抑扬顿挫，错落有致，与环境和谐共存，自然转运。生活追求简单就是要懂得调整生命节奏，知晓轻重缓急，进退有节，开合有度，取舍有理，不要纠结于一时的得失，让身心归位，生命进入整体的频道，与自然同频共振，趋近天人合一的境界。真实的生活中，当快则快，当慢则慢，快慢结合。在快节奏中忙里偷闲，主动“浪费”一点时间在自己喜欢的事情上，品品茶、下下棋，修修绿植，遛遛宠物，逛逛大街，与喜欢的人一起聊聊天，同儿时的伙伴一同回忆昨天的天真无邪。生活不要杂乱无章，时间安排科学有序，动中求静，静中生动，动静相间。坚持运动，用跑步、游泳、健身等运动形式保持身体的活力。情愿花点时间去冥想、静坐、禅修，与自己的心灵对话。顺天应时，开合有度，意念有开有合，生命才会能量饱满，生机勃勃。开，身心放松，意念放逐于山海之间，星辰之中，融合着虚空蓝天，融合着清纯的宇宙之气，身体通透，精神灵明。合，身心归位，意念回收至体内，全身各处，每一个部位都自动融合，意念自动交融，形成一个生机勃勃的整体。于开合间，一张一弛，汲取宇宙之精华，顺应自然之频率，打开生命的格局。

人生何尝不是如此，有起有落，有开有合，在磨难中开阔出去，升华自己。在得意时回收精神，慎独慎微。老子曰“人法地，地法天，天法道，道法自然”，人生要懂得顺其自然，敬畏自然。日出而作，日落而息。观察自然的规律，从春生夏长、秋收冬藏中体悟生命的节奏，在潮起潮落、花开花谢间感通天地的轮回。登山，观海，在壮丽山河间汲取宇宙的能量，开合人生的境界。身心归位，精神回收。顺天应时，就是最好的生命节奏！

有的人把大量的精力消耗在了人际关系的建立上，顾此又顾彼，感到疲惫不堪。现实告诉我们，你若是没有价值，身处任何圈子也是无人问津。所谓“岭深常得蛟龙在，梧高自有凤凰栖”。

归根结底，这世界终究是以能力论高低的。如果自己没有本事，再多的社交都是浮沉！那就摆正心态，找准位置，成为更好的自己。

用杨绛的诗做这篇文章的结束语，也做本书的结束语：

好好珍视自己，
你的年龄应该成为你生命的勋章，
而不是伤感的理由。
人生一站有一站的风景，
一岁有一岁的味道，
无论别人如何待你，

都要好好珍视自己。
对得起内心的那一抹骄傲，
在自己的世界里独善其身，
在别人的世界里顺其自然。

跋

这本书，在内心深处思考酝酿了好久，从动笔到成型也有两年的时间，这绝非一时心血来潮。有些人、有些事总在眼前晃动，挥之不去；有些话，总在脑海萦绕，久久不散。深思熟虑，权衡再三，还是写吧。像我这样的人，除了缺钱、缺时间，其他什么都不缺。写什么，怎么写，表达什么当然是思考的核心。关于这部书还有一个小插曲，动笔伊始，思考的并非是这样的内容，而是想再写一部纯教育内容的书，并且想与他人合作。同几位我认为可以合作者都没有达成一致，他们给了我一个心悦诚服的理由，其实是一个再合适不过的婉拒。后来经过一段时间的斟酌，写书目标依旧，但内容要变，也就成了今天的模样。

想好的事情说做就做。遨游在知识的海洋中，徜徉在文字的世界里，浸泡在生活的琐事中，坐在电脑前，往事涌上心头，人物扑面而来，感慨心中激荡，有辗转反侧的苦思，有对过往的难以释怀，有肯定、否定甚至自相矛盾的纠结，有豁然开朗的敞亮，有窥见希望之光的喜悦，也有迈向成功之路的豪情。

有些话，似乎没有思考，笔落语出，过了再看还真无法修改，就像一头母牛生了一个牛犊，就是往壮里长。我写我想写的东西，不在乎名利，就大河奔流，一吐为快。

每天晚上夜深人静的时候，倒一杯白开水，坐在电脑前，和时间赛跑，同命运交流，与生活切磋，跟心灵对话，放下一切的应酬，抛却不必要的烦思杂念，删除昨日的烦恼，选择今天的快乐，设置明天的幸福，取消曾经的不快，复制醉人的风景，粘贴美丽的心情，珍惜如水的光阴，储存永远的爱心。回望来路，一行歪歪扭扭的足迹清晰可见，还能感受得到春雨的温度和鲜花的沁香。

回首来路，看惯了世间万事万物，听惯了人间千言万语，也看清了要走向远方的路。我遭遇过激流险滩，也经历过风雨无阻，一路从污泥浊水中跋涉过来，不奢望阳光和鲜花、掌声和点赞，但当呼吸到新鲜空气依然感到格外兴奋，看到一片绿叶也令我激动不已，更懂得了敬畏生命，珍惜当下，感恩曾经对我有滴水之恩的人。一番寒风刺骨之后，我的心态更加镇定安稳，心灵更加清澈透亮，我也练就了一双“火眼金睛”，看事不偏不倚，看人能看到骨子里，别人的一举一动、一颦一笑，我能立刻感到其真伪和冷暖、好心和恶意。

展望未来，幸福在向我招手，谋划着自己之后的人生之旅，在向着六十岁的人生码头靠近，短暂的停留和整修后，我再向幸福出发，在幸福的道路上没有休止符。